文春文庫

坂の上の雲

(一)

司馬遼太郎

文藝春秋

目次

坂の上の雲　一

春や昔

まことに小さな国が、開化期をむかえようとしている。

その列島のなかの一つの島が四国であり、四国は、讃岐（さぬき）、阿波（あわ）、土佐（とさ）、伊予（いよ）にわかれている。伊予の首邑（しゅゆう）は松山。

城は、松山城という。城下の人口は士族をふくめて三万。その市街の中央に釜（かま）を伏せたような丘があり、丘は赤松でおおわれ、その赤松の樹間（このま）がくれに高さ十丈の石垣が天にのび、さらに瀬戸内（せとうち）の天を背景に三層の天守閣がすわっている。古来、この城は四国最大の城とされたが、あたりの風景が優美なために、石垣も櫓（やぐら）も、そのように厳（いかつ）くはみえない。

この物語の主人公は、あるいはこの時代の小さな日本ということになるかもしれないが、ともかくもわれわれは三人の人物のあとを追わねばならない。そのうちのひとりは、俳人になった。

俳句、短歌といった日本のふるい短詩型に新風を入れてその中興の祖になった正岡子規である。

子規は明治二十八年、この故郷の町に帰り、

春や昔十五万石の城下かな

という句をつくった。多少あでやかすぎるところが難かもしれないが、子規は、そのあとからつづいた石川啄木のようには、その故郷に対し複雑な屈折をもたず、伊予松山の人情や風景ののびやかさをのびやかなままにうたいあげている点、東北と南海道の伊予との風土の違いといえるかもしれない。

「信さん」

といわれた秋山信三郎好古は、この町のお徒士の子にうまれた。お徒士は足軽より一階級上だが、上士とは言えない。秋山家は代々十石そこそこを家禄として殿様から頂戴している。信さんは安政六年うまれの七カ月児だが、成人して大男になったところをみれば、早生児というのはその後の成長にはさしつかえのないものかもしれない。

信さんが十歳になった年の春、藩も秋山家もひっくりかえってしまうという事態がおこった。

明治維新である。

「土佐の兵隊が町にくる」

ということで、藩も藩士も町人もおびえきった。この藩の殿様は、久松家である。徳川家康の

異父弟がその家祖になっており、三百諸侯のなかでは格別な待遇をうけた。幕末、長州征伐では幕府の命をうけて海を渡り、長州領内で戦った。要するにこの時勢での区分けでは、佐幕藩であった。

おなじ四国でも、土佐は官軍である。土佐藩は、松山藩を占領すべく北上したが、その人数はわずか二百人たらずであった。

「朝廷に降伏せよ。十五万両の償金を朝廷にさしだせ」

と、土佐人の若い隊長が要求し、このため藩はさわぎになり、結局はそれに従うことになった。城も市街も領土も、一時は土佐藩が保護領としてあずかるかたちになった。城下の役所、寺などには、

「土州下陣」

というはり紙が出された。信さんは十歳の子供ながら、この光景が終生忘れられぬものになった。

「あれを思うと、こんにちでも腹が立つ」

と、かれは後年、フランスから故郷に出した手紙のなかで洩らしている。

伊予松山というのは領内の地味が肥え、物実りがよく、気候は温暖で、しかも郊外には道後の温泉があり、すべてが駘蕩としているから、自然、ひとに戦闘心が薄い。

この藩は、長州征伐でも負けた。負けてくやしがるよりも、謡がはやった。

長州征伐マの字にケの字
猫に紙袋で、後に這う

士族の子までうたった。

敗けといえば、鳥羽伏見でも負けた。藩士は海を渡って逃げて帰った。さんざんに負けた上に城も領内も土佐藩に保管された。

「当分土州預地」

という高札が、城にも城下の四つ角にも立てられた。

もっとも土佐人がこの松山で乱暴を働いたという事実はなかった。土佐の隊長は小笠原唯八と言い、淡泊で知られた男で、進駐した士卒を厳重に統率し、松山藩士の感情を傷つけぬようにつとめた。

むしろ松山藩は、この小笠原唯八のためにすくわれた。なぜならば官軍の一派である長州人が海を渡って松山の海港である三津浜に上陸した。

「先年の長州征伐のうらみを報じてやる」

と、長州人は最初から復讐に燃えてやってきたのだが、小笠原唯八がそれをなだめ、かれらを入れず、ふたたび海へ退去させた。そのとき長州人は松山藩がもっていた最大の財産である汽船を奪った。

　松山藩がこまりぬいたのはそういう屈辱よりも、経済問題であった。賠償金十五万両というのは、この藩の財政からみればほとんど不可能な数字であった。

　この支払いのために、藩財政は底をつき、藩士の生活は困窮をきわめた。

十石取りのお徒士の家である秋山家などはとりわけ悲惨であった。

すでに四人の子がある。この養育だけでも大変であるのに、この「土州進駐」の明治元年（慶応四年）三月にまた男児がうまれた。

「いっそ、おろしてしまうか」

と、その懐妊中、当主の平五郎が妻お貞にいった。町家や百姓家では、間引という習慣がある。産婆にさえたのんでおけば、産湯をつかわせているときに溺死させてしまうのである。が、武士の家庭ではそういう習慣がなく、さすがに実行しかねた。結局はうまれたが、その始末として、

「いっそ寺へやってしまおう」

　ということになった。

　それを、十歳になる信さんがきいていて、「あのな、そら、いけんぞな」と、両親の前にやってきた。由来、伊予ことばというのは日本でもっとも悠長なことばであるとされている。

「あのな、お父さん。赤ン坊をお寺へやってはいやぞな。おっつけウチが勉強してな、お豆腐ほどお金をこしらえてあげるぞな」

　ウチというのは上方では女児が自分をいうときに使うのだが、松山へいくと武家の子でもウチ

であるらしい。

「お豆腐ほどのお金」

というたとえも、いかにも悠長な松山らしい。藩札を積みかさねて豆腐ほどのあつさにしたいと、松山のおとなどもはいう。それを信さんは耳にいれていたらしい。

旧幕時代、教育制度という点では、日本はあるいは世界的な水準であったかもしれない。藩によっては、他の文明国の水準をあるいは越えていたかもしれなかった。

伊予松山藩では、

「明教館」

という藩校がある。藩士の子弟はことごとくそこに入る。明教館には小学部が付属しており「養成舎」といった。普通、数え年八つになれば入学した。

信さんとよばれていた秋山好古も、八つでその学校に入った。

明治になり、その四年、松山にも小学校が設けられ、士族も町家の子弟もそこに入ったが、間尺のわるいことに信さんはすでに十三歳であったために、齢がどっちつかずであり、

「だから入らなかった」

と晩年語っている。入らないというのは年齢による理由だけでなく、維新後の士族の没落で家が貧窮をきわめていたからでもあった。

ひきつづき松山に中学が設けられた。

ここにも、信さんは入っていない。それどころか、信さんの毎日は労働者のそれであった。

「銭湯の風呂焚きをして居なはった」

というのが、松山に残る口碑である。信さんはすでに十六になっている。

色白で目がとびきり大きく、しかも鼻が隆すぎるという、いわば異相で、町のひとは、

――長崎の異人のような顔じゃ。

とうわさした。大きな目の目じりが、やや垂れているあたりが愛嬌になっていた。唇が娘のように赤く、そういう信さんが町家の町筋などを通ると、若い娘たちが声をひそめてうわさした。

じつは、近所に銭湯ができた。戒田さんという旧藩士が、自分の屋敷のむかいにそういう施設を建てたのである。

――士族が風呂屋になった。

というだけで、町中の評判になった。むろん、半分は悪評である。「士族のくせにひとの垢とり稼業をすることがあるか」ということであった。ところが、

「風呂屋はまだいい。秋山の坊ちゃんが風呂焚きになっている」

ということで、うわさをいっそうにぎわした。じつはこのことは信さんが頼みこんだ。

「よかろう。賃銭は、一日天保銭一枚じゃ」

と、戒田のオイサンがいった。やってみると、すさまじい労働だった。

まず燃料とりからはじめねばならない。お城下から東のほうに横谷という山がある。そこへ小木をとりにいく。そのあと、井戸のつるべをいちいち繰って水くみをし、浴槽にみたす。次い

で、焚く。

あとは、番台である。

「信さんは、やるのう」

と、戒田のオイサンは毎日ほめた。このオイサンは無類のおだて上手で、近所の子供をおだててはこき使うために評判がよくなく、とくにこの信さんの件については、

「信さんが可哀そうじゃ。わずか天保銭一枚であれほど働かされては、骨も磨り減るじゃろ」

と、近所では罵ったり哀れんだりした。

秋山家の当主平五郎久敬ほど逸話のすくない人物もめずらしいであろう。

「あんなまじめな男もない」

というのが、若いころの評判であった。早くから徒士目付という職をつとめ、篤実に勤務し、そのうち維新の瓦解がきた。士族の家禄が召しあげられ、その奉還金というのが千円足らずさがった。その千円で他の士族は商売をしたりしたが、

「あしになにができるものか」

と、なにもしなかった。そのほうがよかったかもしれなかった。商売に手を出した者はほとんどが失敗し、元も子もなくなり、路頭に迷う者さえ出てきた。

平五郎久敬は、そういうなかで多少めぐまれていたのは、旧藩時代のまじめな勤務ぶりを買われ、県の学務課の小役人として採用されたことである。ただし薄給で、この子沢山の秋山家の家

計をその給料だけでまかなうということはできない。

「食うだけは、食わせる。それ以外のことは自分でなんとかおし」

というのが、平五郎久敬の子供たちへの口ぐせであった。

信さんが風呂焚きをして毎日天保銭一枚をもって帰るようになったのは、いわば平五郎久敬の教育方針であった。信さんはこの天保銭で書物を買ったが、しかし風呂焚きの賃銭ぐらいでは学校へはゆけなかった。

「学校へやっておくれ」

と、信さんは一度この父に頼んだことがある。平五郎久敬は、小声でいった。

「あしに、銭がないよ」

この父は、ちょっとした名言を吐いた。古今の英雄豪傑はみな貧窮のなかからうまれたが、あいに働きがないのはいわば子のためにやっているのだ、といった。

学資もないくせに、

「信や、貧乏がいやなら、勉強をおし」

という。これが、この時代の流行の精神であった。天下は薩長にとられたが、しかしその藩閥政府は満天下の青少年にむかって勉強をすすめ、学問さえできれば国家が雇傭するというのである。全国の武士という武士はいっせいに浪人になったが、あらたな仕官の道は学問であるという。

それが食えるための道であり、とくに戊辰で賊側にまわった藩の旧藩士にとって、それ以外に

自分を泥沼から救いだす方法がない。

(あしも、学問をしたい)

と、信さんはおもいつづけた。であればこそ風呂焚きをし、番台にすわって湯銭をとったり、入浴者の着物の番をしたりしている。

(日本に、ただの学校というものがないものだろうか)

と、あるはずもない夢のようなことを考えていた。番台にすわりながら考えたり書物を読んだりしていると、ときどき湯銭の釣りを出さずに客から注意された。とくに女客がうるさかった。

「秋山の坊ちゃんは可愛い顔をしているくせに、すこしあほうじゃなもし」

と、板場できこえよがしに言っているのが当然ながら耳に入った。

そのうち、信さんは耳よりなうわさをきいた。

——大阪で無料(ただ)の学校ができた。

というのである。

この日、信さんは城下の大街道(おおかいどう)という町を歩いていたところ、

——池内のオイサン。

という旧藩士によびとめられた。池内信夫と言い、父の平五郎とは同じ徒士目付をつとめていた老人で、むかしから親戚同然につきあっている。ちなみにこのひとの四男は清と言い、のち高浜家に養子にゆき、俳人高浜虚子(きよし)になる。

「めずらしかろう」

と、オイサンはいった。自分をもっとなつかしがれ、というのである。明治三年、県では旧藩士に対し、農業や商業に転職することをゆるし、さらに居住の自由もゆるし、むしろそれを奨励した。池内信夫はこれ以上城下にいても餓えるばかりと思い、いちはやく百姓になる手続きをし、県から屋敷料と引越料を下賜してもらい、一家をあげて県下風早郡西ノ下という農村に移った。きょうはひさしぶりで松山に出てきたから、「もっとめずらしがれ」というのである。

「立ちばなしはいかん」

と、オイサンはあたりを物色した。立ちばなしというのは町人百姓のするもので武士のすべきものではないという、そんな旧藩以来の習慣がぬけないのである。物色すると、小間物屋の店先に床几があった。ひとの店先ながら、オイサンは無断で腰をおろした。このあたりも、町人に対して威張っていた習慣がぬけきれぬらしい。

「もう、お知りかな」

と、オイサンはいった。信さんは立ったまま、「なんのことです」というと、

「ああ、まだお知りんか、大阪に師範学校というものが出来たぞ、なもし。これはあんた、無料の学校ぞな」

と、容易ならぬことをいった。信さんはおどろいて問いなおすと、

「詳しゅうは、あしも知らんがな。そじゃけどおかしいのう、あんたの父の平五郎殿は県の学務課に出とらすというのに、それをまだあんたに申されておられぬとは、どうされたかの。まあ、

いっぺん」

池内のオイサンは立ちあがった。

「聞いてお見」

といわれて信さんはものもいわずに駈けだした。屋敷に駈けもどると、父の平五郎は門のそばで、何やら薬草のようなものを植えていた。

「師範学校の件、ありゃ本当かやァ」

と言うと、「たれからきいたぞな」という。わけを話すと、平五郎久敬は、

「本当じゃ」

と、やっと言い、なおもへらで土を掘りつづけている。本当ならなぜ教えてくれなんだと恨みがましくいってみたが、平五郎はとりあわなかった。

平五郎のいうには、まだ一般に御達示もおこなわれぬのに、そういうことを家族にだけ明かすことはならんのじゃ、ということであった。

とにかく信さんの聞きたいのはそういう役人道徳でなく、入校についての規則だった。それを気ぜわしく質問すると、平五郎は、

「ここでは申されんけれ、あす役所へ来りゃええがな」

という。一般同様に役所へ来い、その上で規則をおしえてやる、という。このあたりはどうみても旧藩の習慣どおりの物がたいお城役人でしかないのである。

この国に師範学校というものがはじめてできたのは、明治五年五月である。一校だけ東京にできた。旧幕府の官立学校であった昌平黌のなかに設置された。

「募集スベキ生徒ハ二十四人」

ということがさだめられた。これを教える教師は、傭外国人が一人である。教科書も教授内容もすべて直訳式でおこなわれることになった。その規則によると、

「彼（外国）のレッテル（文章）は我（日本）のかないに直し、彼のオールド（言葉）は我の単語に直し」

ということになっている。その入学資格は、

「和漢通例の書を学びえたる者」

ということになっていて、後年のように学歴を指定することはない。学費はうわさのように官費であった。一カ月に十円ということになっているから、書生一人が暮らすにはまず事欠かぬであろう。

翌六年、七年のあいだに、大阪、仙台、名古屋、広島、長崎、新潟にも右と同様のものが設置された。

その規則書は、当然ながらこの県の学務課にきている。

信さんは、翌日、県庁に出頭した。県庁は旧藩の施設のままだから畳敷である。用のある民間の者は旧藩のしきたりどおりその畳の上にあがることはゆるされず、玄関の土間で待たねばならない。

る。

「学務課の秋山平五郎どのに」

と信さんが使丁に言うと、使丁が白洲にまわって座敷の上の平五郎にその旨をよばわるのであ

ちょんまげに紋服姿の平五郎が、玄関に出てきた。書類のたばをかかえている。

「用のむき、相わかった」

と、平五郎は言い、書類をひろげながらこまかく説明しはじめた。

最後に、

「そのほう、幾歳になる」

と、しらじらしくきいた。

「十六歳」

信さんは、小声で答えた。数え年である。それをきくなり、平五郎は急に顔をむずかしくし

て、

「いささかむりじゃな。年端が足りぬ」

規定は十九歳以上という。戸籍というものがまだいいかげんなものであったから、すこしの年齢ぐらいならごまかせるが、十六の少年が十九歳といつわるのは、顔つきからみてむりであった。

「三年ばかり待て」

(三年も風呂焚きができるか)

とおもった。とにかく大阪へゆきたい、と信さんが言うと、平五郎役人は、

「一つ方法がある」

と教えてくれた。検定試験による小学校教員の資格を大阪でとることであった。

「それに合格すると助教を拝命し、月給七円を賜わることになる。つづいて正教員の資格試験に合格すれば、九円を賜わる。しばらく教員をするうちに十九歳になろう。そのときに師範学校を受けよ」

「大阪ゆきの旅費は、どうなりましょう」

「それは信三郎、私弁じゃ」

平五郎は、にがい顔をした。父親としてのかれには、それを出す能力がない。

「旅費は、どうするか」

「帰宅して、父と相談仕ります。父が、なんとかしてくれましょう」

信さんは、平五郎に生き写しの貌でそういった。

大阪ゆきは、年があらたまった正月になった。明治八年である。

船でゆく。

このころ内海には日本人資本による蒸気船がさかんに活動していた。松山の港は、三津浜である。

桟橋もなかった。ただの海浜で、その波打ち際に小さな伝馬船が待っているだけである。

「お金をおとさんようにな」

と、見送りにきた母のお貞がいったが、信さんが両親からもらった金は運賃のほかはわずか三円しかない。三円では、大阪について宿をきめて食費をはらってということを勘定すると、十五日ほど食えるのがやっとであろう。

「あしは、三円でええ」

と、この若者はいったが、このあたりは悲壮をとおりこしてむしろ滑稽味（こっけいみ）を帯びていた。もし小学校教員の検定試験に合格できぬとなると、国に帰る運賃もなければ、食ってもゆけず、はじめての大阪で餓えて死ぬしかない。働くといっても維新後大阪は不況つづきで土工の口すらめったにないというのが風説であった。

それにしても秋山家にすれば三円の支出がやっとであったであろう。

「小学教員になったら、七円もらえる。やがて返すけんな」

と、信さんは父親に言い、伝馬船に乗った。沖で、親船に乗りかえた。

信さんは古着を仕立てなおしたカスリの着物に小倉（こくら）の袴（はかま）といういでたちだった。

同行者が、一人いる。

旧松山藩の儒者の子で、近藤元粋（げんすい）と言い、これは信さん——秋山好古——より九つ年上であり、すでに大人である。信さんとおなじ目的で大阪へゆく。

「近藤のニイサンはいくら持っとるがの」

と、信さんは船中できいた。

「三十円ほどか」

かぞえて二十六歳になる近藤元粋はいった。信さんは目をまるくして、

「ほな、あしの十倍じゃ」

といった。近藤は苦笑したが、

（いくら小僧でも三円ではむりではないか）

ともおもったりした。

近藤元粋の父は名洲と言い、詩文をもって有名であった。長兄は元修と言い、信さんがうまれた年の安政六年、幕府の最高学府である昌平黌に学び、業をおえたときに維新の瓦解がきた。版(はん)籍奉還(せきほうかん)までは藩の学問所の教諭(きょうゆ)をしていたが、藩が県になってからは私塾をひらいて城下の子弟を教えている。

その元修の三番目の弟である元粋も家中では知られた秀才だったが、藩がなくなってしまった以上、志をのばす場所がなく、道を小学校教員の世界にもとめようとしていた。近藤元粋はのち南州と号し、大阪で猶興(ゆうこう)書院という学塾をおこし、在野の漢学者として活躍した。

「すべて薩長の世じゃけん」

と、元粋は船中でしきりにそれをいった。

「伊予者などは学問のほかは頭をあげられぬ。学問のなかまで薩長は入ってくるまい」

この近藤のニイサンというのは、ちゃんと紋の入った羽織を着ていた。船に乗るまではまげを結(ゆ)っていたが、大阪で試験をうける都合(つごう)から流行のザンギリ頭にかわっている。

新政府がやった仕事のなかで、もっとも力を入れたのは教育であったであろう。

大阪府では、明治三年十二月、船場平野町に府立幼学校ができたのが最初である。

「士族は申すに及ばず、農工商の児童も入学せよ」

とし、書籍も紙も筆も墨も官給された。翌四年二月これを「小学校」とあらため、九月にはもう一校できた。御堂筋の東本願寺難波別院内に設けられた。あわせて二校である。

ところが市内で適齢の児童は二万人ほどおり、二校ではとても足りず、

「すでに両府——東京と京都——にはあわせて百ほどの小学校ができている。三府といわれながら大阪府がわずかに二校ではとても話にならない」

とし、府ではこれを大量につくる計画をすすめたが、この都会は元来が町人の町であったために、小学校教育についての理解が一般にうすく、

「道楽者をつくるのではないか」

と、むしろいやがるむきがあった。文字を習わせ書を読ませると「俳句を作ったり歌をよんだりして商売に身を入れなくなる」という不平が強かった。

「なるほどそのおそれもあろうけれど」

と、府ではわざわざ論達文を出している。

「なるほど学問をすれば花月を翫び詩歌に長ずるにとどまるという弊もあるにはあり、父母の心配もむりはないが、しかしこんにちの学問は昔の学問とはちがい、知識をひらき行いを正しく

し、長じて工人になれば良品を発明し、商人になれば商機をつかんで利益を他人にうばわれぬようになる。学問とはそういうものである」

と、功利面からこれを説いている。なぜこうまでして説諭せざるをえなかったかといえば、政府に学校を大量につくる金がなく、やむなく各区各町内にその建設費を肩がわりさせざるをえなかったためであった。

「土地の繁栄を致すや必せり」

とまで説いている。

府知事は、西四辻公業というお公卿さんであった。ともかくも百二十校をつくる計画をたて、右の二校を廃校にして明治五年には十七校をつくった。同六年には大いに飛躍して四十六校をつくった。同七年には九校誕生した。

ところが、教師が不足であった。

「大阪は教師不足である」

ということを、府では全国にひろめた。

ちなみに徳川時代の特殊さは、知識階級が都会におらず地方にいたことであった。各藩がこぞって藩士に学問を奨励したために、五、六万石以上の大名の城下といえば知識人の密集地というぐあいにまで幕末にはなった。幕末の政治と思想のエネルギーが三百諸侯の城下町から噴き出てきたという点で、欧米の他の国家といちじるしく事情が異なっている。

要するに、江戸、京都、大阪には知識人がすくなかった。この三府のなかでも大阪は武士が少

数しか居住していなかったために、いざ小学校をひらくとなれば、その教師をもとめることに不自由した。いわば、

――旧武士を求む。

ということであったであろう。信さんこと秋山好古が大阪にやってきたのも、そういう事情が背景になっている。

試験は、うまくいった。

最初は堺県で受験し、翌日出頭すると県の役人が、

「五等助教ヲ命ズ」

という大きな免状をくれた。この免状さえあればどこの小学校の代用教員にでもなれるのである。

かかりの役人が、

「まあ茶でも飲め」

と、縁側まで茶を運ばせ、あれこれと事情をきいてくれた。

「わしは御一新まで堺奉行所の与力をしていた」

と、おだやかな表情で自己紹介した。堺は旧幕時代は幕府の直轄領であった。隣接する河内国もほぼ全域ちかくが直轄領で、維新後はこの二つの旧幕領を合併して「堺県」とした。その県庁は最初は車之町の旧奉行所におかれていたが、明治五年神明町のこの本願寺別院に移されてい

る。

「おまえは伊予の者なら、俳句をしようが」

と、役人はいう。伊予にはむかしから俳人が多いことをこの役人は知っているらしい。

「あしは致しません」

好古——信さん——が答えると、役人はほっとして、

「それならよかった。俳句や歌は児童に教えてはならんことになっている。読み書きそろばん、それに人の道だけを教える」

「あしはそろばんができませんが」

「それは他の者が教える」

と、役人はいう。この近畿の土地はむかしから和算が盛んであったためその方面の教師なら県も不自由していなかった。

「剣術はできるか」

「すこしはできますら」

「ああ、それは結構」

役人は顔をあげ、「しかしそれは教えることは相ならぬ。お上のお達しのなかには入っておらぬ」といった。

役人は、厠へ立った。好古も用を足したくなってついてゆくと、

「おまえは、庭の厠へまわれ」

といわれた。好古がなぜですときくと、そういう規則だそうで、役人だけは上便所を使えるが、外来の庶民は裏門のそばにある下便所にゆかねばならない。

用を足して廊下にもどると、むこうから美髯をたくわえた紋服の男がやってくる。廊下にいた者はみな立ちどまり、息を詰め、平伏とまでゆかないにしてもそれに近いほどに腰を折って礼をしたが、好古にはなにごとかわからず、ぼんやり立っていた。美髯の男はちかづいて、

「おはんは、何者かな」

と気安く声をかけた。好古がこんど小学教員になった者です、と答えると、そりゃしっかりやってもらわにゃならんな、と大声でいって立ち去った。あとでひとにきくと、

「あれが県令（知事）さまやがな」

ということであった。旧薩摩藩士の税所篤で、旧幕時代は王事に奔走し、一時は西郷、大久保とならび称されたこともある。好古が、いまをときめく薩長人というものを見た最初の経験である。

秋山好古は、

「河内四十五番小学校」

というものに勤務を命ぜられた。ところがすぐ本教員の検定試験が大阪府庁でおこなわれるというので出かけてみると、これも簡単に合格してしまった。

月給が二円あがって、九円になった。

（こんな容易なものか）

と、そろそろ疑問をいだくようになった。わずか数えて十七歳の学力だから、自分の力がさほどのものでないことはよく知っている。それが簡単に本教員になれたのである。

（大阪とはまあ、なんと無学者の多いところじゃろ）

と、おもった。試験成績は好古が首席であった。

「おまえは、よくできるな」

と、府の学務課の役人がいった。この役人は市中の神社の神主(かんぬし)をしていたという大きな顔の男で、

「学力があるからといって慢心してはいかん」

と、必要もない訓戒(くんかい)を垂れて、威厳をみせた。好古にすればべつに慢心しているわけではなかったから、

「そりゃ、心外でござる」

と、旧藩の士族ことばで抗弁した。べつに慢心はしておらぬし、慢心しているどころか、自分のような学力で首席であるとはかえって心細い、「心もとなく思っておりますらい」というと、役人はむっとしたらしく、

「他の者の出来がわるすぎるというのか」

と、大声でいった。好古はそうじゃけんそうです、と言い、

「あしの国なら、あしのような者は、箕(み)ですくうほどおりますらい」

といった。正直な感想であった。松山のどじょうが大阪なら鯉で通用するというのではどうにも心が落ちつきませぬ、とまでいった。元来が口の重い男のくせにこんなことをいったのは、

(松山の士族がかわいそうだ)

とおもったからであった。徒士町一町内だけで考えても、資治通鑑という書物をことごとく諳じているオイサンもおれば、孟子の研究にかけては藩の儒者も頭をさげたというオイサンもいる。それらがことごとく没落してその日の暮らしにも窮しているというのに、自分程度の者がこんなうまい目をしていていいのかとこの少年はおもうのである。

本教員になったために、勤務学校をかえさせられることになった。こんどは市中の学校であった。

「野田小学校」

ということになった。役人はそれを申しわたしてから、

「月給が二円あがる。その二円でふるてを買え」

と、またおせっかいなことをいった。ふるてとは、この町では古着のことをそういう。役人は好古の服装の粗末さを見すごしかねたのだろうが、好古にはその二円の昇給についてはあてがあった。それに一円を足して三円にし、国もとの父から借りた旅費をかえさねばならない。家計をしている母はそれを待っているであろう。

好古は府庁を出ると、すぐ新任地の野田へゆこうとした。野田というのは、大阪の西郊にあ

り、厳密には市内ではない。川筋で船頭に道をきくと、

「野田というのは一里ほどもおますがな」

と、いった。「舟に乗りなはれ」とすすめられたが、銭の要ることはにが手だった。とにかく市中を横切って歩くことにした。

野田についたときには、すでに夕刻になっていた。寺があった。

「野田小学校」

という看板が出ていた。それへ入ると、寺男のような老人が出てきた。

「ああ、先生でごわりますか」

と、すでに新任の先生が来るということはわかっていたらしく、本堂に通してくれた。むろん児童はおらず、須弥壇一つがあって、あとは冷えきった畳が三十畳ほど敷かれているだけである。

「先生、お宿は」

「まだ決めとらんがの」

と言いながら本堂を出た。そこに太鼓楼があり、砦のやぐらのように高かったから、好古はのぼってみた。

窓からのぞくと、天保山の方角にかけて一望の田園である。東には大河が流れており、その河むこうが大阪の市街地であった。夕もやが立ち、炊煙がのぼり、腹がへりきっているせいもあって、

（えらいところへきたな）

という思いが、こみあげてきた。

降りると、寺男はまだいる。寺男が、

「どうしなはる」

と、もう言葉つきまで馴れなれしくなっていた。

「下宿のことや。よかったら、うちを下宿にしなはれ」

と、好古の荷物をとった。まるで旅籠の客引きのようであった。

寺男は、寺の門長屋に住んでいる。部屋は二間あって、「一間を先生に使わせる」という。下宿料は、

「賄いつきで五円にしときまっさ」

というのである。

好古は府の学務課で、

——下宿の件は、学校の世話人がきめる。

というはなしをきいていた。学校の世話人というのは町なら町年寄、村なら村役人といった土地の有力者がその役をしているから、先生の下宿となれば富家の屋敷の離れ座敷でも提供するということになるはずであり、寺男の長屋などを間借りせずともよかった。が、寺男はしつこかった。

「五円が高いなら、三円にしときます」

と、あっさり値下げをした。

「どうだす」

「あしは腹がへっている。めしを食わせてくれるか」

不覚にもそう言ったことが、この門長屋を下宿にせざるをえぬはめになった。

夕食の膳に、いわしがついている。

「大阪のいわしほど旨いいわしはない」

と寺男はいったが、伊予のいわしに馴れた好古の舌には、どうもあぶらが濃すぎるようにおもわれた。

「旨うおますやろ」

と、寺男はほめことばを強要した。

「まあな」

好古は、士族のどの家庭もそうであるように、食物の味をうんぬんしてはならないと教えられている。それに、味どころではないほどに腹がすききっていた。

給仕は、寺男の娘がやってくれた。目と目が飛びはなれたのんきそうな顔で、笑うと犬歯が二本、まがたまのような形でつき出ていてそれが変に愛嬌があった。

寺男は、なおもいわしにこだわっている。

「これはちぬの海（大阪湾）のいわしというてな、田舎のいわしとはくらべものになりません」

という。いわしに都会と田舎の区別はないだろうと思ったが、だまっていた。

「これはおさんと言いますねや」

「いわしかな？」

「いいや、娘だす。目ぇにかけてやっとくなはれ。ええ奴だっせ」

やがて部屋と寝具をあたえられたが、どうにも寒く、好古は袴もぬがずにその上に掛けぶとんをかけた。抹香のにおいがした。

「そんなかっこうで」

と、娘が寝巻をもって入ってきて、好古をおこそうとした。親爺もその女房も入ってきて、着物だけはぬげ、という。掛けぶとんをひきはがそうとするほどの勢いであった。

(欲深かとおもえば、存外、親切なところもあるのじゃな)

と観察したが、干渉好きにはこまった。干渉ずきというより人間というものについての関心がつよすぎるといったほうが的確らしく、寺男はわざわざ上からのぞきこんで、

「こうして上からながめてみると、ええお顔をしたはるなあ」

と、際限もなくしゃべりはじめた。耳も大きいさかい金は溜まるやろ、しかし見ればみるほど大きいのはその鼻や、左官にでもなればすぐ親方になれる鼻や、色はぞんがい白うおまんな、などという。

「それにしても、なんで着たままで寝やはるのだす。ぬぎなはれ」

と、もとにもどった。好古は物にかまわぬという点ではほとんど奇人に近く、着たきりで寝る

などはごく日常のことなのである。が、いまはこの親爺のうるささに堪えかね、

「わかった」

というなり跳ね起き、くるくると着物をぬぎ、襦袢もぬぎ、ついでに下帯もとってしまって素裸になった。

これには、親爺も息をのんだが、娘は声をあげて逃げてしまった。落ちついてその様子をながめていたのは、親爺の女房だけであった。女房は寝巻をとってゆるゆると立ちあがり、好古の前に進んだ。

前からうしろへまわった。そろりと着せかけた手つきはなんとも薄気味わるく、

（これは、逃げださにゃならんがの）

と、好古にひそかに決意させた。

秋山好古にとって、この時期の青春はかならずしもあかるくない。

むしろ陰鬱であった。

「おまえが新任の教師か」

と、翌朝、学校にやってきた校長が、本堂わきの小座敷で好古にいった。

「わしが、校長の平岩又五郎だ」

旧幕時代には船場のどこかで私塾をひらいていた浪人心学者だと好古はきいている。心学者というのは道徳を俗にかみくだき、町人の生活に即しつつ処世の道を教えてゆく道学の徒で、旧幕

時代の大阪にはこの学問の先生が多かった。御一新になって平岩は妻の父が長州下関の出身であったためにそれを縁につてをもとめ、長州人に接近し、やがて小学校制度が布かれるとこの野田小学校の校長になった。

「児童には勤王を教えにゃならん」

と、平岩はこの流行思想についてトウトウと述べはじめた。

「御一新になってもこのあたりの者は天子さまがいかに尊くおわすかを知らぬ。それを教えねばならぬ」

好古は、黙然ときいている。

「君ならどのようにして教える」

「まだ」

と、大きなまぶたをあげた。

「考えておりませぬ」

「それではこまる。君もショウイチイナリ大明神というのを、存じおろうが。秋祭などで太鼓をたたきながら囃す、そら、ショウイチイナリ大明神」

「正一位稲荷大明神でございますか」

「そうだ。稲荷というのは商売繁昌の神で、この土地は商賈の多い町ゆえ、大いに崇敬されている。その稲荷大明神の御位は正一位である。子供といえどもそれは知っておる」

(いったい、なにを言いだすのか)

と、好古はおもった。

「その神の御位を、どなたがお与えになる」

「天子さまです」

と、好古は答えた。古来、生きた人間や歴史上の人物、さらには神にいたるまでの位階を出すのは天子ときまっている。伊予松山の殿様は従四位であった。こういう位階は、旧幕時代は幕府の手を経て朝廷からくださることになっている。

「そうだろう。天子さまだ。稲荷大明神のようなえらい神さまでさえ天子さまから位をもらってようやく尊い。天子さまがどれほど尊いかは、そのようにして教えよ」

（なるほど、これが心学か）

と、好古は話にきいている大阪の町人学問というものがわかったような気がした。

「君は、賊軍の藩だ」

と、校長は、いきなりいった。好古はおどろき、賊軍ではない、降伏して土佐藩あずかりになった藩だから賊軍ではない、と抗弁すると、「似たようなものだ」と校長は言い、

「だからとくにこの天子さまについては留意してくれねばこまる」

と言い、訓示がおわった。この学校は校長のほかには好古だけが教師だから、すぐこの日から授業をやらされた。

「一種名状しがたい哀しみがあった」

と、秋山好古は、晩年、このころのことを想い、わずかに洩らしている。青春というものは通常陰鬱なものかもしれない。

話相手といえば、校長と寺男だけであった。好古は最初、校長を姓でよんでいたが、

「礼の無いのもはなはだしい。わしをなぜ校長先生とよばぬ」

と、かれは強要した。好古は内心そんなばかなことがあるかとおもった。べつに師でもないのに先生とよぶ必要があろうか。

「やはり、よぶべきでしょうかの」

と、なまぬるい松山弁でいった。校長は、不機嫌そうにうなずき、

「念を押すまでもない」

といった。そのあと、校長先生とよぶことにしたが、校長はある日、

「聞くが、君はなんのつもりでコウチョウ先生とよんでいる。どういう文字を書く」

というから「校長先生」と書くと、いいやと大きくかぶりを振り、こう書くのだ、といって石盤に、

「紅鳥先生」

と、四つの文字をかいた。どういうつもりでこんなことを言いだしたのか、好古には不可解だったが、とにかくそれがわしの雅号で、雅号でよぶのが礼儀だ、「左様心得てもらいたい」というのである。

（そんな礼儀があるものか）

とおもったが、しかし音はおなじだから、以後はコウチョウを紅鳥のつもりでよぶことにした。そういえば校長はどこやら鳥に似た顔をしていた。

紅鳥は妙なところがあった。ひとにも、

「あれは私の門人です」

と、好古のことをいう。

あるとき好古がたまりかねて抗議すると、

「君はそうだからいけない」

と、いった。

門人なのだ、という。小学校というのは日本風にいえば塾である。塾に師匠というのはただ一人だけであり、他の教師は師匠のかわりをつとめる師範代であり、門人にかわりはない。

(ばかな)

とおもい、「公立小学校というものはそういうものではありません。それとも長州がそのように決めたのですか」

と、思いきって言ってやった。好古は一種の徳人で、こういう皮肉たらしい言いかたをしない男だったが、このあたりが若かった。

さらにいった。

「長州が政府を私物視し、校長が公立学校を私物視することになれば、日本はどういうぐあいに相成りましょう」

「君は」

校長は、右手の扇子を大きくふりあげておのれの左掌をはげしく撃った。

「乱臣賊子だ」

好古は辞めてしまおうと思ったが、国を出るとき父からいわれたことを思いだした。

「世間にはいろんな人間がいる。笑って腹中に呑みくだすほかない」

飲みくだす気にはなれなかったが、珍物として敬遠しようとおもった。

好古は、結局は転針した。

——むりをしても、師範学校に入ろう。

と思い立った。無理というのは、年齢であった。数え年十九歳以上というのが国家が規定した師範学校の入学資格であったが、好古は二歳足りない。が、戸籍がまだ不確かなころであり、役所としては本人の申告を信用する態度をとっている。

(だいじょうぶだろう)

と思い、願書を書き、その生年の項は安政四年うまれとした。実際は安政六年のうまれであったが。

四月に受験をした。学力試験は漢文だけであった。口頭試問のとき、

「君は、エトは何年かね」

ときかれた。

「ひつじどしでござりまする」

と答えると、試験官は笑った。願書の安政四年とすれば巳年であるべきだった。試験官はこの受験生が年齢をごまかしていることに気づいたらしいが、黙認した。

及第し、五月に入校した。伊予松山から大阪に出てきたのは一月であったから、入校まで検定教師をつとめたのは、ほんの四カ月にすぎない。

この時期、師範学校そのものができてほどがなく、制度も内容もあやふやであった。最初にこういう学校が大阪に出来たのは二年前の明治六年で、場所は東区法円坂町であった。法円坂町というのは大坂城のそばにあって、旧幕時代の官庁街である。そういう屋敷のひとつを利用して発足した。ところが翌年いったん廃止され、官立から府立になった。場所も俗に、「御堂さん」といわれる船場南久太郎町五丁目、東本願寺別院の掛所に移った。

好古が入学したのはここである。風変りなのは（草創期で仕方のないことだが）、

「時ヲ定メズ生徒ヲ募集ス」

ということになっている。その門に志願者さえ入ってくれれば随時試験をしてくれるのである。さらに風変りであったことは、修業年限がきまっていないことであった。その生徒に学力が乏しければ年月をかけてゆっくり教え、逆に教師たるに必要な学力がそなわっておれば一年ぐらいで卒業させてくれるのである。好古も入学試験のとき試験官から、

「君はこの当校に何年いたいかね」

と問われた。好古は即座に、

「一年」

と答えた。好古にすれば早く学校を出て早く給料をとりたかった。給料をとってそれを貯め、さらに東京の大学予備門にでも入りたいというのが、おぼろげな気持であった。

「よかろう」

と、試験官はいった。「ただし、在学中勉強しなければ二年でも三年でも居らせる」とつけくわえた。

授業がはじまった。好古はいわれたとおり勉強したが、成績はさほどによくはなく、いつも中程度であった。

それでも一年で卒業できた。

「三等訓導」

という辞令をもらい、給料は一躍三十円にあがった。

この秋山好古という若者は、のち軍人になり、日本の騎兵を育成し、日露役のとき、世界でももっとも弱体とされていた日本の騎兵集団をひきい、史上最強の騎兵といわれるコサック師団をやぶるという奇蹟を遂げた。

この勝利は日露の一騎ごとの実力によるものではないであろう。要するに好古の用兵とかれの対コサック戦術の研究の勝利であったといえるが、そういうことなどをさまざま思いあわせると、この秋山好古以外の者が日本の騎兵をうけもっていたならばどういう結果になったかわから

ない。

「秋山好古の生涯の意味は満州の野で世界最強の騎兵集団をやぶるという一点に尽きている」

と、戦後、千葉の陸軍騎兵学校を参観にきたあるフランス軍人がいった。

が、この数えて十八歳の当時この若者には軍人になろうという意識はまったくなく、もしあったところで薩長藩閥以外の青年がそういう世界にゆけるなどは、世間の常識として一応も二応もむりであったであろう。

この当時の好古にすれば、

「あしは、食うことを考えている」

それだけであった。士族が没落したこんにち、伊予松山の旧藩士族の三男坊としては、どのようにして世を渡ればひとなみに食えるかということだけが関心であった。この点、好古はおなじ境遇の士族の子弟とかわらない。

ともかくも、官費で師範学校は出た。師範学校出といえば明治九年の当節、日本中でかぞえるほどしかおらず、ほとんどが、卒業後すぐ校長になってそれぞれの小学校に赴任した。

好古は、とりあえずかつて勤務した野田小学校の紅鳥先生を訪ね、礼をのべた。

「おまえがまさか」

この学校の校長になってくるのではあるまいな——と、この校長はまず声をあげて恐怖を示した。紅鳥などはいわば小学校草分けのころのどさくさでその職についたにすぎず、政府としては

この種の無資格者をおいおい平教師におとし、師範学校出の者に校長職をとらせる方針であった。

「いいえ、いい、あしは齢が足りません」

「十八だな」

紅鳥は、ほっとした顔をした。

「で、任地はどこになった」

「愛知県立名古屋師範学校に付属小学校ができましたので、そこに参ります」

「俸禄は」

月三十円である。

これには、紅鳥先生は仰天せざるをえなかった。紅鳥ですら、十七円である。

ちなみに――やがてこの物語に登場する正岡子規が、この時期よりはるかのちの明治二十五年、二十六歳で日本新聞社に入社したときの給料が十五円であった。

「お豆腐ほどお金をこしらえてあげるがな」

と、「信坊」といわれていた十歳のとき、父にいった言葉が、八年後に実現した。「信坊」は名古屋へ出発した。

名古屋には、和久正辰という同藩の先輩がいることを、好古は知っている。

（親切なおひとじゃ）

と、好古は素朴(そぼく)におもっていた。好古が大阪の師範学校にいたとき、なにかの名簿でしらべて好古が松山出身であることを知ったらしく、

「名古屋に来ないか」

と、手紙をくれたのである。和久正辰の手紙は壮士の演説のように激しく、薩長藩閥が天下をあたかも独占してしまっていることを憤慨し、それにひきかえ伊予松山藩が微々としてふるわぬことをなげき、

——今後は若い者にまつしかない。

と言い、「たまたま自分は愛知県の教育界にいる。仕事の余暇に全国七つの師範学校の在校生の出身県をしらべたところ、意外にも松山人が大阪の学校にいることを知り、旧藩のため心強くおもった。それによってこの手紙を出すのである」と書いてあった。

(えらいことだ)

と、好古はおもった。

おとなども藩意識の強さが、である。好古などは十歳の幼さで明治維新をむかえたから、あのとき藩が土佐藩に占領管理されたくやしさというものはあわい思い出でしかなくなっている。その後体が成長して世間に目をひらいたとき、もはやこのあたらしい時代になんの抵抗もなく全身で浸(ひた)りきっていた。

——勉強すればご飯がたべられるようになる。

ということの時代の特徴を疑いもなく受け入れ、そのことだけを希望に大阪に出てきた。いまそ

れが実証され、月給三十円という高給を保証されつつ名古屋に赴任するのである。

ところが、好古より一世代、二世代年上のひとびとになると、すべての意識が「藩」から出発しており、自藩の微弱さをおもうとき、薩長が呪わしく、反面、自藩の不振がなげかわしく、議論がそこにいたると身も世もなくなるほどに昂奮するものらしい。この熱気や競争意識が、いわばこの時代のエネルギーのひとつになってさまざまに形を変えつつ時勢を沸騰させているのであろう。

名古屋についた。

——県立師範学校はどこですら。

ときくと、医学校とならんで名古屋における最高学府であるだけにすぐわかった。その付属小学校が好古のあたらしい職場だった。

その付属の主事が、旧松山藩士和久正辰なのである。

主事室に入ると、

「ようきた」

と、立ちあがって冷酒をいっぱい、湯呑みに満たしてくれた。

「のどが、かわいたろう」

好古は一礼し、湯呑みを両手で捧げながらのんだ。途中でどうやら酒らしいと気づいたが、のどのほうが承知をせずにぐびぐび飲みくだした。このおだやかな青年はいまだかつて酒をのんだことがなく、これがはじめての経験だったが、酒というものがよほど体に適っているらしく、声

をあげたいほどうまかった。

正辰は、年はまだ三十前かと思える。ときどき東京のことばをつかう。このことは、明治二年、藩命によって東京にのぼり、慶応義塾に入って福沢諭吉にまなんだことと無縁ではない。

松山では秀才できこえたこの男が、たかが師範学校の付属小学校主事をしているというのは、戊辰のとき賊方にまわった松山藩の出身だからにちがいない。

「それでもおれはいいほうよ」

と、和久正辰はいった。「官途につけたのだから」という。

「他は、みじめなものさ」

だから後進を誘掖する義務がおれにはあるという。光った顔である。薄あばたがある。ひたいがいかにも精気ありげに黄色くぬけあがり、縮れ毛が後頭部でそよいでいる。

「きみはおとなしそうだな」

と、正辰はすこし酔ってきた。

「まあ、おとなしいほうですらい」

「いかんな」

正辰にいわせると、教育者はすこし乱暴なほうがいいという。「透きとおった乱暴さが必要だ」

という。

「こどもは精気のかたまりだからね」

その精気に負けない精気でぶつからないとこっちの魂がこどもに沁みとおらない、「教育というのは力ずもうのようなものだぜ」と、正辰はいった。

「力ならあります」

「腕力というものじゃない」

正辰は、だんだん酔ってきた。

「薩長の子弟はな」

という。薩長の子弟のうち秀才たちはみな官界に入ろうとする。もしくは陸海軍に入ろうとする。栄達が待っているだろう。

「ところが賊軍はそうはいかないよ」

正辰が、こんど全国に七つできた師範学校の在校書生の藩名をみると、ほとんどが旧幕時代に賊にまわった藩か、維新のときなんの働きもできなかった小藩の子弟ばかりだというのである。そういう天下の貧乏士族の子弟のあこがれのまとが師範学校の官費生になることであった。

「日本の政治と軍事は薩長がやる。教育はわれら非藩閥人がやる」

「町人百姓の子弟はいかがです」

「あれらはね」

江戸時代を通じてこれら庶民には原則として教育の場があたえられていなかったため無学者が

多く、社会意識がひくく、庶民であってもまだ国民としての自覚も意識もない。

「それらを教育するのが、われわれ非藩閥人の仕事だぜ」

和久は親切だった。下宿までととのえてくれており、そこまで連れて行ってくれた。

大きな士族屋敷だった。

「このあるじは、世が世なれば、御三家のひとつ尾張徳川家の御大身の身分だ」

と、門前で解説した。

好古は、そこから毎日学校にかようことになった。

年が明けて、明治十年になった。

——耳よりな話がある。

と、和久正辰がいいだしたのは、このころである。

「どうだ、今晩でもわしの家に来ぬか」

と、和久正辰は、授業がおわって休息室にひきあげてきた好古にいった。

「酒をのませる」

その言葉におもわずのどが動いたのを、好古は愧じた。幸い和久正辰は気づかず、待っているから早く来いよ、と大声で言いすてて出て行った。

——ばかぁ。

と、好古はわが頭をなぐった。人間、ひとの言葉が生理に反応するなど、恥ずべきことではな

いか。

（どうも、伊予者は人間が柔だ）

と、ひとからそういわれる。サッチョウのやつらに伍してゆくにはよほど人間をつくりかえぬといかぬと好古はちかごろおもっている。もっとも幸か不幸か好古はまだ薩長の人間と競争場裡に立ったことはなかったが。

夕刻、下宿を出た。

寒い。木綿の粗末な羽織を着ていた。羽織はおとなになったしるしのようなものだからとおもい、古着を一枚買ったのだが、裏がよほどいたんでいたらしく、三日着るとすだれのように破れはじめた。

好古には、金がない。

いや、あるにはある。なんといっても月給三十円で、それだけもあれば七、八円で玄関つきの屋敷を借りてたとえ家族持になってもゆっくり養えるのである。ところが、好古は下宿代と書籍代をさしひいて毎月松山にいくらか送り、残金は下宿の夫人にあずかってもらっている。積み立てて将来の学資にするつもりだった。

和久正辰の屋敷にゆくと、玄関まで夫人が出迎えてくれて、ぬいだ履物までそろえてくれた。

本来なら、好古はとびあがって恐縮せねばならぬところであろう。なぜならば夫人の実家は徒士組の組頭二百石という、秋山家にとって先祖以来代々の上司の家なのである。

「履物は、あしがそろえますけん」

と、好古がゆるゆる手をのばしたときにはもうそろえられてしまっている。

「好古さんは男ですからね」

男だから手をくだしてそろえなくてもいいのか、そこのところがあいまいだが、とにかく口よりも体が機敏に動いているという、小柄できびきびした婦人だった。

正辰の書斎で、ご馳走になった。

「耳よりな話、といっていたのは」

と、酒のなかばで、和久正辰がいった。

「官費(ただ)の学校があるのさ」

月謝も生活費もただであるだけでなく、師範学校と同様、小づかいまでくれるというのである。

「どこでございます」

「東京だよ」

一期生、二期生はすでに入校している。その募集要綱が全国に配布されるのが遅れ、この学校の一期、二期という開校早々の募集は東京の政府筋に近い者が耳ざとくききつたえて応募した。この名古屋あたりに書類がまわってきたのは、こんどの三期生からだという。

「いったいなんという学校でございます」

「軍人の学校だよ」

と、和久正辰はいった。

(なんのことじゃろ)

という顔つきで、好古はぼんやり正辰の口もとを見ていた。

「秋山」

正辰は、どなった。

「おまえは、若いのか年寄か」

「若うございますらい」

「若ければ、敏感に反応しろ。好きかきらいか、どっちだ」

「考えたこともないけん」

と、つぶやいた。できれば学者になりたいとおもって勉強してきた。それがいきなり鼻さきで兵隊になるかならぬかと問われたところで、即答できるわけがない。

第一、兵隊というのは薩長の独占だときいてきたが、割りこむすきがあるのか、と思い、そこから質問してみた。

「ある。こんど、学校ができた。日本人であればたれでも入れることになっている。士官学校というのだ」

「あしに？」

好古のこの時期はきわめて鈍い。和久正辰はいらだって、

「あしでもたれでも入れる」

「しかし和久先生は以前、非藩閥人は教育界にでも入るしか仕方がないとおっしゃったように憶えますが」

「言った。いまもその心は変わらないが、ここにも官費の道がある、とわざわざおしえてやっているわけだ。貧乏士族の子はただのみちでみずからを救ってゆくしかない。好ききらいは二のつぎだ」

(それもそうだ)

とおもった。

「ゆくとなれば、いますぐ願書を出すべく上京せねば間にあわぬ。どうする」

「しかし、こちらに義務年限がございましょうが。これはいかが仕ります」

「そこがむずかしい」

官費で師範学校を出た以上、国家に対して三年間だけは教育をせねばならぬ義務を負わされている。ただ、別な官立学校に再入学するばあいは義務年限は半減される。半減されてもなお一年半という期間である。好古はまだ教員を半年やったにすぎない。

「そこはわしが奔走して」

と、和久正辰がいった。

なんとかする、という。ここに抜け道がある。好古を「東京予備教員」というものにして東京へやる。給料はうんと減って八円になるが、現実にはどこにもつとめなくてよい。要するに名目だけである。

「とにかくあとはなんとかする。まず病気欠勤ねがいを出せ」

和久は、度外れの親切者だが、ひとつは自分の企画に熱中するたちの人物で、言いだしたら目の前の好古を八つ裂きにしてでも陸軍士官学校に押しこんでしまいたいというそれだけの欲望に駆られてしまう。正辰は息を弾ませている。こういう人物にかかると、一つまちがってかれの思う通りにならなければ、こんどは逆に憎さ百倍になってえらく怒りだすということになるであろう。

好古は、身をまかせるしか仕方がない。

結局、好古は名古屋をあとにした。汽船のなかで、和久正辰のことをあれこれと思った。

「これでええのでしょうかの」

と、好古は出発前、和久正辰になんども言い、その親切に甘えっぱなしでいいものかどうか、身のちぢむ思いでいた。しかし和久正辰は、

「いいのさ」

と、そのつどいった。

「おれにとっては事務にすぎぬが、おまえにとっては一生のことだ。あとさきの事務のうるささぐらい、なんでもない」

船は、横浜についた。ここが船会社のコースの終着点である。東京までは小蒸気船が旅客を運搬している。好古は品川に上陸した。

あとは、市中まで歩いた。

「東京についたら、日本橋浜町河岸のお屋敷へゆけ」

と教えられている。旧幕時代「浜町の御藩邸」といわれていた小さな別邸で、いまも旧藩主久松家の所有になっており、久松家ではそれを旧藩士が上京して学校に入るばあいの寮として使わせていた。

そこへたどりついたのは、夕方である。すでに和久正辰からの手紙で連絡ずみであったから、

「入れ。――」

と、世話役のひげ面にいわれた。旧幕時代、江戸詰めの剣術指南であったという。すぐ部屋に案内された。寮というのはもとのお長屋で、一室に書生が二、三人住みついている。

「ここで起居せよ。寮規はまもらねばならぬ。一に清潔にすべきこと」

と、ひげ面は言いわたしたが、実際にはたれも掃除などはしないらしく、部屋は雑然としており、畳はおもてがふやけ、湿ったほこりが足のうらについた。

夕食には煮ざかなが付いた。

「士官学校を受けるんじゃと?」

と、法律を勉強しているという書生が、鼻で薄く笑いながらいった。

「よせ、筋の通った人間のゆくところじゃない」

「はあ」

好古は、わざとにぶい顔をし、とりあえずはめしを食うことに専念した。腹がへっていた。煮ざかなは、伊予の魚にくらべるとひどくまずかった。どうせそのあたりの河岸から古い屑ざかな

を買ってくるのだろう。

「土百姓や物売りの子が兵隊になる世の中じゃ。そいつらの尻ふき仕事じゃぞ」

「しかし、官費ですけん」

「ただなら、馬の糞でも食うというのか」

好古はだまった。

めしを食いおわり、箸を置くと、

「貴方さんは、お覚悟があって右のごときご暴言を吐かれたのかな」

と、しずかにいった。

「ひとを故なく罵りなさる以上、命をお賭けになっておるのじゃろと思いますがな。私もここで命をすてる覚悟がでけ申したけん、チクと表にお出でませ」

相手は、真っ蒼になった。


この話には、あとがある。

書生は加藤某といったが、根は臆病な男らしい。やにわに右肩をあげた。

「それが、先輩にいうことばか」

と凄んでみせたが、病犬のように激しく息をしている。好古はうつむいたまま黙殺した。相手が飛びかかってくれれば、死んだ気になってたたかってやるつもりだった。

が、加藤はいなくなった。

好古は手持無沙汰になった。やがて部屋が、暗くなった。部屋のすみへ行って行燈に火を入れていると、表で、

——出てこい。

という声がした。

「はい」

と返事をして好古が外へ出てみると、闇にそびえるような大きさで人影が立っている。「ついて来い」と影がいった。

この旧藩邸には、旧藩時代の道場がまだ残っており、物置になっていた。

そこへ入らされた。大きな影にみえたのはこの書生寮の世話人の某だった。

「おまえ、さっき加藤にさからったそうじゃの。わがとわが身を偉いものとおもうとるらしい」

「いや、ナンチャ思うとりしませんがの」

「いやさ、思うとる」

それほどえらい者なら、どれほど偉いか、ためしてやる、と世話人はいって竹刀を一本好古にわたした。

「撃ってこい」

世話人は素手で立ちあがった。好古はなすすべもない。

侍の子でありながら剣術はにが手だった。撃剣をならう年齢がちょうど維新の瓦解期にあたっていた関係上、撃剣どころか家事の手伝いや他家の風呂たきでいそがしかった。

行った。ふりかぶって、撃った。むこうは、わずかにかわした。さらに撃ちかかって行ったが、むこうはすばやく位置をかえてしまう。

いつのまにか、加藤某も入ってきて、薄わらいをうかべ、

「その程度の腕でわしに刃むかおうとしたのか」

と、戸口からいった。好古はつい逆上し、声をあげて世話人に撃ちかかって行ったときその手もとに飛びこまれてしまい、利き腕をねじあげられ、竹刀を奪われた上、足をはらわれて大きく転倒した。そのはずみに陶製の大火鉢で頭を撃ち、気をうしなった。

朝、この物置で目がさめた。血がひたいまで流れてこびりついており、右肩、左腕、くびすじを撃たれたらしく、動かそうとすると激しく痛んだ。

（なるほど世間は）

とおもった。えらいところじゃ、と思い、そう思いつつ起きあがり、やっと脚をまげてあぐらをかいた。恨んでやろうかと思ったが、性分なのか、ふしぎにそういう感情がおこらない。とにかくこの体で、いまから学校に出頭し、願書を出さなければならなかった。しかし歩けるだろうか。

明治の日本は、戊辰国内戦争の砲声のなかから誕生している。

それら戊辰から明治初年にかけて活躍する軍隊は、諸藩のいわば私軍であり、京都から東京に

移った新政権は直属軍をもたなかった。軍隊をもたぬ革命政権というのは、それ以前もその後もないといっていいであろう。

その後、薩長土の三藩が藩兵を献上し、それを中核にしてすこしずつ「中央軍」が出来つつあったが、士官養成の制度はながく不備であった。陸軍士官学校というものが出来たのは、明治七年も十一月になってからである。同八年に第一期生を募集した。

好古がもしこの学校に合格するとなれば第三期生ということになる。

「場所は市ケ谷の尾州(びしゅう)さまのお屋敷だよ」

と教えられてきた。

みちみち、

――士官学校はどこです。

ときいても、たいていはさあね、と首をふるばかりで知らなかったが、市ケ谷の尾州さまはどこです、といえばすぐ答えてくれた。東京といっても現実の地理はまだ江戸であった。市ケ谷に入っても旧大名屋敷や旗本屋敷はそのままで残り、一望六割ほどが田園であった。左(さ)内坂(ないざか)をのぼってゆくと、にわかに西洋風の門がある。

衛門があり、そこで来訪の意を告げると、兵隊が案内してくれた。校庭はひろく、あちこちに日本瓦をふいた木造二階だての、まるで異人館のような校舎が建っている。

事務室に入らされた。

軍曹(ぐんそう)が出てきて、

「矢立(やたて)はあるか」

と、好古の腰をみた。好古は、曾祖父が愛用していたという唐獅子(からじし)を彫った赤銅(あかがね)の矢立を腰からぬいて示した。

軍曹は、願書の書式を教えた。

部屋の奥のほうに士官がいた。色白で目がほそくあごの張った男で、近づいてきて、

「おまえはどこの藩かな」

といった。大尉である。校庭で見たフランス士官とそっくりの軍服をきていたが、顔はあきらかに日本人で、なまりは長州であった。

(これが、日本の士官服か)

と、好古はうまれてはじめて士官というものの実物を見た。あとで知ったことだが、寺内正毅(てらうちまさたけ)と言い、長州藩の諸隊あがりの士官で、生徒司令副官という役目をつとめていた。

「試験は、漢文と英語と数学じゃ」

と、大尉はいった。

好古はおどろいた。英語というのは師範学校のころに一年ほど習ったが、数学はほとんど知らない。漢文だけは幼少のころからやってきたから多少の自信があった。それを話すと、

「では漢文だけで受けい」

と、この大尉はひどく大ざっぱなことをいった。要するにどの学課であれ、試験官が答案から頭の内容を察し、よければ合格させようというものであるらしい。

試験の当日は風のつよい日だった。

好古は定刻の八時前に尾州藩邸あとの士官学校校庭にゆくと、すでに応募者二百人ほどがあつまっていた。どの顔をみても好古同様田舎くさく、服装なども垢ぬけず、一見して田舎者ぞろいであった。

こういうなかでも、薩摩と長州がめだった。

かれらは一群をなして屯ろしており、大声で地ことばを使っているために、どれが長州か薩州かよくわかった。

「採るのは五十人ぐらいじゃろ。従兄がそう申しちょった」

と、仲間同士で話している。

(五十人しか採らんと言うなら、あしはいけんじゃろな)

好古は失望した。どっちでもいいと思い、煎餅をかじっていた。朝が早かったため寮では朝飯の支度ができておらず、やむなく途中で煎餅を買ってきたのである。

好古の横に顔の大きな、しかし色白で五月人形の桃太郎のような顔の男がいて、

「厠はどこじゃろか」

と、心もとなげに好古にきいた。好古が知るはずがなかった。

「あんた、小さいほうかね」

好古は煎餅を歯のあいだから抜いて、きいた。ああ小さいほうだ、というから、

「どこか、そのへんの松の木にでもしておけ」

といってやった。松山では士族でもそうであった。ところが青年は行儀のいい藩育ちらしく憤然として、

「そうはいかん」

と半ば叫び、どこかへ走って行ってしまった。やがてもどってきた。律義で小心な感じの男であった。

「あんたは長州ではあるまいな」

「丹波篠山だ」

桃太郎は、いった。ひどい山国からきたものだと好古はおもった。

「あしは伊予松山の者で秋山好古というのじゃが、あんたは」

「本郷房太郎」

「年は」

と好古が問いかさねたとき、

「あんた、ここの教官かね」

と、背のひくい本郷は好古を見あげながら、憤った顔でいった。しかしすぐ「十八」と小さな声で答えた。どこか、可愛げのある男だった。

（こいつは出世するなあ）

と好古がおもったのは、父の久敬が藩から県にかけての小役人生活で得た智恵のようなものを

よく語っていたことを思いだしたからだった。可愛げのある男は出世するというのである。

本郷は、一種の福相をしている。軍人などになるより、越後屋あたりの番頭をでも志したほうがよさそうに思われた。

しかもこの本郷は案外機敏で、薩州や長州のグループのもとに行ってはその話を立ちぎきしてきて、好古に教えてくれた。

薩長の青年たちは、親類か先輩に陸軍幹部が多いせいか、学校や入学試験についてのことをよく知っていた。

「英語をやらん者は落すそうじゃ」

と、本郷は聞きこんできてそう言ったが、好古は平気だった。落すなら落せとおもった。

試験がはじまった。

作文の考査である。好古は、さきに願書を出したとき作文があるということは寺内正毅大尉からきかされなかった。

ところが早耳のあの丹波人本郷房太郎が薩摩の受験生からきいてきて、

——作文もあるそうじゃ。

と、耳うちしてくれたのである。

「漢文か」

と好古はきいたが、本郷はそこまで知らない。とにかく好古は、

（ヤッカイじゃな）

とおもった。御一新のごたごたで正規の藩校教育もうけていない好古は、作文など書いたこともない。

「作文というのは、どういうものじゃ」

と本郷にきくと、このいかにも秀才らしい若者ですら言うことがとりとめなかった。

「わしも書いたことがないが、もし和文ならば、漢文の訓みくだし文のようなものを書いておけばええじゃろ」

そんなことで、試験を受けた。

正面に、題が貼りだされている。

「飛鳥山ニ遊ブ」

というのが題であった。

好古は、なんのことかわからない。アスカヤマという山がこの世にあろうとは夢にも知らないのである。

飛鳥山とは、上野、隅田川堤とならんで東京における桜の三大名所なのである。山といっても丘のようなもので、ふもとを音無川がめぐり、頂きを歩けば荒川の流れをのぞみ、国府台や筑波山を見ることができる。東京の者なら子供でもその地名は知っているであろう。

が、好古が知るわけがない。

（こりゃ、山の名ではあるまい。飛鳥、山ニ遊ブ、とよむべきではないか）

そうだと思い、そう思うと急に勢いが出てきて書きはじめた。

「余ガ故国伊予ニハ名湯アリ、道後ノ湯ト名ク。湯ノ里ニハ山アリ、山容ナダラカニシテ神韻ヲ帯ブ。古ノ河野氏ノ城趾ナリ」

というところから書きはじめ、その山に鳥が大よろこびで遊んでいるという描写をした。

とにかく時間いっぱいで書きあげて校庭に出てみると、桃太郎のような顔の本郷がぼんやり立っている。どうした、ときくと、「えらいことをした」と本郷はいう。本郷も飛鳥のほうであった。

「ところが出てきて、長州の連中が話しているのをきくと、あれは東京の地名じゃそうじゃな。アスカヤマと読み、鳥で無うて人間が花見であそぶという題であるそうな」

「なぜ長州の田舎者がそれを知っている」

「それはおまえ」

長州の連中は早くから先輩を頼って東京に出てきているから市中の様子を知っている、だから得をした、と本郷はいった。

(田舎者は来るなということか)

この出題から考えればそうであろう。出題者はひょっとすると旧幕府の儒者で、田舎者をばかにしているのかもしれなかった。

十日ほど、何の通知もなかった。毎日、寮で待った。

——こりゃ、落ちたな。

と、秋山好古はおもった。旧藩にもし有力者がおれば陸軍に問いあわせてもらえるのだが、伊予松山藩の場合はそういう便宜もなかった。

——本郷に様子をきこう。

とおもった。あの本郷房太郎の藩は丹波篠山でわずか六万石の青山右京大夫（うきょうだゆう）家だが、この藩は維新で乗りおくれたあと、にわかに奮起した。明治三年、大阪から関世美という学者をよんで振徳堂という藩校をたて、藩士が七歳になると入学せしめ、十五歳で卒業させた。本郷房太郎もここに入っている。

好古はあの士官学校の試験のあと、本郷からこの話をきいて、

——篠山はばかにならぬ。

とおもった。伊予松山は十五万石とはいえ維新で官軍に占領されたときの衝撃が大きく教育制度を篠山ほどはやくととのえることができなかった。篠山では、明治六年、城下の民家を借りて小学校が開設され、士族以外の者も入学させた。本郷も振徳堂からこの小学校に移ったという。しかも、山国のわりに、松山よりも便利なことは、明治八年、丹波に隣接する但馬（たじま）の豊岡に「豊岡県教員伝習所」——神戸・御影（みかげ）師範の前身——という高等教育機関ができたことであった。本郷はここに入った。この点、好古と似ている。

本郷はこの養成所にいたが、かれにとって運がよかったことは、まだ年若い旧藩主青山忠誠（ただしげ）が大名にしては跳ねっかえりとさえいえるほどの時勢感覚の持ち主であることであった。この旧藩

主は、篠山では、

「従五位さま」

とよばれている。若い従五位さまは、

「自分の藩は、時勢におくれた。今後、思いきったことをすべきである」

と言い、みずからが兵隊になろうとした。

この時代にすれば、異常なことであった。戊辰戦争で官軍に参加した藩は多いが、藩主みずからが兵をひきいて行った例は一件もない。ところが篠山の旧藩主が自分が兵隊になるという。当時、東京ではすでに兵学寮幼年舎（幼年学校）というものができていた。旧藩主青山忠誠はここへ入校した。

やがて士官学校に進むことになった。この入校についてはこの従五位さまの学友として旧藩士のなかから同年の秀才三人を選び、養育生として東京につれてゆくことになった。これに本郷はえらばれた。

本郷は青山家の費用をもって前年の明治九年三月に東京へ出てきて赤坂新町五丁目の青山家に入り、受験勉強のために儒者芳野金陵の塾に入った。

――篠山はいわば、旧藩が総がかりで受験のための勉強をしている。

と好古はおもった。それならば及落のことも本郷を通じて旧篠山藩邸できいてもらえばわかるだろうとおもったのである。

赤坂新町五丁目の青山家の屋敷にゆき、門番に来訪の旨を告げると、三十分ばかり路上で待たされ、やがて本郷房太郎が門前まで出てきた。

「御用はなにかな」

本郷はいった。相変らず桃太郎のような顔をしていたが、士官学校の校庭で話をしていたときとはちがい、殿様の御屋敷に遠慮があるのか、ひどく小心な、他人行儀な、というよりも胡乱臭(うろんくさ)げな顔つきで好古をながめていた。

(来なければよかったな)

と、好古は自分のかるはずみを恥じた。考えてみれば士官学校の受験場で出会っただけの仲であるのに、このように本郷の主家までやってきてしまっている自分が、われながら胡乱臭げにおもわれるのである。

「いや、そこまできたついでじゃ」

と、好古は歩きだした。本郷は、屋敷に入れなどといえる立場でないのか、一緒に歩きだした。檜坂(ひのきざか)の方角に歩いてゆく。道はのぼりになり、やがて東京鎮台歩兵営の前に出た。所属不明の土塀がくずれている。そこに入ると、もと小大名の屋敷でもあったのか、荒れはてた庭園がひろがっていた。

「しかし、あれじゃな」

本郷は庭石のひとつに腰をおろし、

「お互いに、めでたかったな」

といった。好古は、なんのことじゃ、というと、本郷は不審な顔をした。

「知らなかったのか」

本郷房太郎も秋山好古も合格しているのである。好古はちょっと微笑して、

「そうけえ」

といった。本郷はいきさつを話した。昨日、陸軍省のほうから青山家に使いがきて合格者名簿をもってきたという。ぜんぶで三十七名であるという。ちなみに、この士官学校第三期生は結局は百名入学することになったが、かれらのあとも数度試験をしたからであろう。

(これで、救われた)

とおもった。江戸時代でいえば浪人が仕官の途を得たようなものであった。国もとにも名古屋の和久正辰にも報らさなければならない。それよりもまず、本郷のいうことが正確かどうか、士官学校へ行ってたしかめなければならない。

「おい、どこへゆく」

と、本郷はあとを追わなければならなかった。好古は、士官学校へゆく、といった。

「すると、わしへの用はなんだ」

と、本郷は背後からきいた。いや、それだけじゃ、おかげで果たした、といった。

士官学校では、寺内正毅大尉に面会し、自分の合否をたしかめた。

「伊予松山の秋山好古じゃな」

寺内はよく覚えていて、合格している、といってくれた。

「兵科は、なにを選ぶかね」

「なにとなにがございます」

と、好古はきいた。なにも知らなかった。

「歩兵、砲兵、騎兵、工兵じゃ」

「あしは騎兵にしますらい」

と好古がいったことが、日本の運命のある部分を決定づけたことになるであろう。

寺内はそういう好古の体格を、ちょうど道具屋の手代のような目でながめていたが、やがて、

「騎兵にうってつけかもしれん」

といった。

合格はしたが、いつまで待っても入校せよという通知が来ない。

試験は一月にすんでいる。一月もなにごともなく、二月も音沙汰なしにすぎた。そのうち世間が騒然としてきた。

「政府は、士官学校どころではないらしい」

と、丹波篠山の本郷房太郎が、訪ねてきた好古にいった。

「薩摩が、反乱をおこすそうだよ」

薩摩には、維新の功臣西郷隆盛が帰省している。東京の政府では再三出府をすすめたが西郷はうごかない。西郷はすでに数年前、日本でただ一人の陸軍大将の現職のままで東京を離れて鹿児

島に帰っているのである。しかも薩摩系の近衛士官も、少将篠原国幹、同桐野利秋らを筆頭に大半が職を辞し、同地に帰り、私学校をおこし、士族の子弟に対し兵学教育をほどこしていた。

——薩摩が反乱をおこすのではないか。

という風評は、好古が大阪の師範学校にいたころからすでに耳にしていた。

維新後、薩摩藩はきわめて複雑な性格をもって新政府に対し、一種の独立国として対立していた。

幕末、この藩の藩主的な位置にあった島津久光は極端に保守的な性格をもちながら幕政改革の烽火をあげ、その後、側近の大久保利通ら革命派にいわばだまされて倒幕の主動勢力になったが、大久保らが新政府の顕職につき、「攘夷」が倒幕の口実であったのに欧化政策をとった。固陋な古典的教養人であった久光にすれば、

——家来どもにだまされた。

という思いがつよかったであろう。このため維新後は鬱々として楽しまず、とくに版籍奉還から廃藩置県にかけての新政府の処置に対しては久光は「まるで藩をつぶすために大汗かいて幕府を倒したことになる。なんたることか」と大いに怒り、怒りのあまり、一夜、鹿児島城外磯の別邸の前の海に石炭船をうかべ、終夜狂ったように花火を揚げさせたという。

しかも時の鹿児島県令である大山綱良は久光の腹心であった。このため東京で決定する新政府の政策は鹿児島県まできたときはことごとくといっていいほど握りつぶされた。

「薩摩のみがやった維新ではない。何たることか」

と、長州派の代表である木戸孝允は、この時期、このために健康を害したといわれるほどに怒りつづけた。

この保守派の久光党とは別個に、維新最大の功臣である西郷は、維新政府の現実があまりにもかれの理想とちがいすぎることを不満として参議の職をなげうって帰郷し、薩摩のみは独自に「士族」を温存しついわば政府に対し、武力による沈黙の威圧を加えつづけてきたのである。

この二月、鹿児島にあっては私学校生徒が、城外の磯にある政府海軍の銃砲製作所を襲い、兵器弾薬をうばった。さらに、県の政情偵察のために帰郷を装って鹿児島に入った東京警視庁の警官およびその党類とみなされた者が私学校生徒に捕縛された。

好古らは、待った。

が、本郷のいうとおり、

——政府は士官学校の世話をしているようなゆとりはないらしい。

というのが実情であった。

この当時の陸軍卿山県有朋が西下し、尾道から東京に電報を打ったのは二月十二日である。

「鹿児島のこと、もはや救いがたい」

というものであった。陸軍省はこれによって東京鎮台と大阪鎮台に対し、出動の準備をととのえさせた。

同二十二日、薩軍は熊本城を包囲した。

好古らが東京で入校を待つうち、熊本では三月、四月と激戦がつづいている。士官学校の世話をすべき最高の陸軍行政官である陸軍卿山県有朋はみずから「参軍」になって九州にくだり、戦線を指揮していた。

明治十年当時、日本政府といったところで、この程度のいわば小店(こみせ)であった。

「第三期生の入校どころか、前線の士官の戦死が相ついでいるために在校生を戦場に送ろうとしているらしい」

と、情報通の本郷房太郎が好古に教えてくれたのは、三月のはじめである。

事実であった。

すでに三月二日には、第一期の歩兵科生徒九十六人が、入校して一年そこそこというのに士官見習を命ぜられ、東京、名古屋、大阪の三鎮台に配属された。さらには砲兵科生徒、騎兵科生徒も動員された。

ついには教育未熟の第二期生徒全員百四十人が動員され、神戸で待機するということになった。その上、校長の少将曾我祐準(そがすけのり)までが動員されてしまい、学校は空家同然になった。これでは好古らを入校させることができないであろう。

(わずか、地方の反乱で、国の機能が停止するほどの騒ぎになるのか)

と、好古は、わが身に関係のあるこの事態について考え、あらためてこの政府の基礎のもろさにおどろかされた。

五月になった。

戦いはなおつづいていたが、政府でもおそらく峠を越えたとおもったのであろう。にわかに士官学校の機能を回復させ、四日から入校を命ずる、という通知が、合格者百名に対し達せられた。

好古は、入校した。入校の日、下士官の軍服に似た肋骨服（ろっこつふく）と軍帽を支給された。靴ももらった。服や靴を身につけるのははじめてで、

「靴ちゅうのはむずかゆいのう」

と、あちこちで悲鳴に似た声があがった。しかし靴は貴重品であるため一般の演習のときはわらじをはかせるという話であった。

修業年限も、公示された。

第一学年で基礎学課を学ぶ。代数、幾何（きか）、三角、重学（じゅうがく）（力学のこと）、理学、化学、地学、それに歩兵、騎兵の教練がこれに加わる。

第二、第三学年で専門課程を学ぶ。兵学、軍政学、築城学、兵器学、地理図学、交通通信学（鉄道通信のこと）などであった。

入校生は、ごく単純で質朴（しつぼく）なものであったらしい。

真之

余談ながら、私は日露戦争というものをこの物語のある時期から書こうとしている。

小さな。

といえば、明治初年の日本ほど小さな国はなかったであろう。産業といえば農業しかなく、人材といえば三百年の読書階級であった旧士族しかなかった。この小さな、世界の片田舎のような国が、はじめてヨーロッパ文明と血みどろの対決をしたのが、日露戦争である。

その対決に、辛うじて勝った。その勝った収穫を後世の日本人は食いちらしたことになるが、とにかくこの当時の日本人たちは精一杯の智恵と勇気と、そして幸運をすかさずつかんで操作する外交能力のかぎりをつくしてそこまで漕ぎつけた。いまからおもえば、ひやりとするほどの奇蹟といっていい。

その奇蹟の演出者たちは、数え方によっては数百万もおり、しぼれば数万人もいるであろう。しかし小説である以上、その代表者をえらばねばならない。

その代表者を、顕官のなかからはえらばなかった。

一組の兄弟にえらんだ。

すでに登場しつつあるように、伊予松山のひと、秋山好古と秋山真之である。この兄弟は、奇蹟を演じたひとびとのなかではもっとも演者たるにふさわしい。

たとえば、こうである。ロシアと戦うにあたって、どうにも日本が敵しがたいものがロシア側に二つあった。一つはロシア陸軍において世界最強の騎兵といわれるコサック騎兵集団である。いまひとつはロシア海軍における主力艦隊であった。

運命が、この兄弟にその責任を負わせた。兄の好古は、世界一脾弱な日本騎兵を率いざるをえなかった。騎兵はかれによって養成された。かれは心魂をかたむけてコサックの研究をし、ついにそれを破る工夫を完成し、少将として出征し、満州の野において凄惨きわまりない騎兵戦を連闘しつつかろうじて敵をやぶった。

弟の真之は海軍に入った。

「智謀湧くがごとし」といわれたこの人物は、少佐で日露戦争をむかえた。

それ以前からかれはロシアの主力艦隊をやぶる工夫をかさね、その成案を得たとき、日本海軍はかれの能力を信頼し、東郷平八郎がひきいる連合艦隊の参謀にし、三笠に乗り組ませた。東郷の作戦はことごとくかれが樹てた。作戦だけでなく日本海海戦の序幕の名口上ともいうべき、

「敵艦見ユトノ警報ニ接シ、聯合艦隊ハ直ニ出動、之ヲ撃滅セントス。本日天気晴朗ナレドモ浪高シ」

という電文の起草者でもあった。

この兄弟がいなければ日本はどうなっていたかわからないが、そのくせこの兄弟が、どちらも本来が軍人志願でなく、いかにも明治初年の日本的諸事情から世に出てゆくあたりに、いまのところ筆者はかぎりない関心をもっている。

伊予松山の町では、九つ下の弟真之が成人している。幼名を淳五郎（じゅんごろう）といった。

——秋山の淳ほどわるいやつはない。

というのが、近所の評判であった。他のこどもよりずっと小柄で、色が黒く、目が小気味いいほどに光っている。走るときは弾丸のように早く、犬も及ばなかった。このため近所の大人は真之のいたずらをこらしめようとしても、たれもうまくつかまえた者はいない。

——淳は歌よみか俳諧（はいかい）づくりになるのではないか。

と、父親の久敬はそうみている。言葉を記憶する能力や鋭さが、七、八歳のころから他のこどもよりもすぐれていたし、それが才分といえるのかどうか、当意即妙にとびだすようであった。

七、八歳のころ、雪の朝、真之は厠（かわや）にゆくのが面倒なあまり北窓をあけてそこから放尿した。歌をつくった。

雪の日に北の窓あけシシすれば
あまりの寒さにちんこちぢまる

というものであった。この歌をあとで父の久敬翁がみて、

——わしも立ち小便はするが、こういう歌は作れぬ。

と、ひそかに感心した。

久敬翁は中年をすぎてから頭髪が薄くなり、冬など頭が格別に冷えるので大黒さまのような頭巾をかぶり、いつもこたつにあたってなにもせずににこにこしていた。ひとには、

「おれがこのように怠けているのも、みな子供のためだ」

と言っていた。親がえらくなってしまうと子供が奮起せぬというのである。

「うちの淳は歌よみじゃ」

と言って友人の間を触れまわっていると、風呂屋をやっている旧士族の戒田のオイサンが、

「淳坊にたのんでくれ」

と、妙な注文をもってきた。

オイサンのいうところでは、東京の町民は江戸のむかしから銭湯に馴れていて公衆道徳をよくまもる。ところが松山の連中ときたらかかり湯もしない、だからそれをせよという歌を淳坊に作ってもらってくれ、という。

真之は、さっそく戒田湯へゆき、湯殿のハメ板に墨くろぐろと裸婦のうしろ姿を描き、それへ、

湯に入るに前やうしろをよく洗い
　どんぶり入るは大のおきらい

と賛を入れた。

十歳ごろになると、絵もうまくなった。松山の徒士町のあたりの子は、旧士族で絵のうまかった伊奈のオイサンというひとに凧絵を描いてもらうのだが、真之がその絵をこっそり真似て伊奈のオイサンよりもうまくなり、仲間の子供たちに描いては呉れてやった。このため、

「秋山の凧」

といえば、町中の子供の評判になった。町のひとはみな久敬翁が描いていると思ったらしく、真之よりすこし年下の俳人河東碧梧桐などもまだ幼童のころ、母親に「秋山の凧を買ってくれ」とせがんだことを記憶しているという。

明治四年から六年にかけて、伊予松山に六つの小学校ができた。

としは秋山真之よりひとつ上で、中学から大学予備門までずっと同学だった正岡子規のばあいは、最初末広学校というものに入った。末広町の法竜寺という寺の本堂が校舎で、寺子屋とかわらなかった。

「子規は、この小学校に入ったとき、まだまげを結っていた」

と、柳原極堂（正之）という子規の同郷の友人が書きのこしている。子規の母方の祖父は大原

観山という旧松山藩随一の学者でながく藩儒をつとめていたが、このひとが大の西洋ぎらいで、自分もちょんまげのまま生涯を通し、初孫の子規にもまげを切らさず、外出には脇差一本を帯びさせた。断髪令はすでに明治四年に出ており、町の子はことごとく丸坊主になっていたが、子規だけがそんな頭でいた。末広学校に入ると、

「まげ升さん（子規の幼名）」

といわれた。子規は従順な子だったが、このことを子供心に苦にしていた。

学校といっても寺の本堂だから、机もなかった。みな、昔の塾のように文庫というものをかついでゆく。箱膳のような仕組のもので、そのなかにスズリや筆墨、書物いっさいが入っており、しかも机がわりになる。ただ七、八歳の子にはそれをかつぐのが大変だった。

末広学校は子規が入学して一年たらずで智環学校という呼称にかわった。学科というのは習字専門であった。

「習字ばかり教えていても仕方がない。数学も読み方も教える正式の小学校が松山でも必要である」

ということが県でもやかましくなったが、正式の小学校というものがどういうものであるのか、役人でも見当がつかなかった。

これよりすこし前、松山に、

「教員伝習所」

というものができた。師範学校の前身である。この教員伝習所で先生の卵たちを教える先生が

いなかった。すでにのべたようにこのころ全国に師範学校というものが七つしかなく愛媛県ではその卒業生を一人、県にもまわしてくれるよう、まるで宝石でも借りにゆくようにして大阪師範学校にたのんだ。

やっと卒業生が一人、まわってきた。高知県士族安岡珍麿という青年である。大阪師範では、真之の兄好古よりも一級上であった。

この安岡という青年が、松山の教員伝習所で教員の卵たちを教えた。安岡は大阪師範でアメリカ人に学んだとおりのことを口移しに教えた。

同時に、この伝習所に付属小学校として勝山小学校というのができた。安岡青年は、そこでも教鞭をとった。

「勝山ではあたらしい教育をする」

というのが評判になり、子規は入学一年足らずで勝山小学校に移った。

これとおなじ時期、秋山真之も勝山に移ってきた。真之はそれまでのあいだ、近藤元修の塾で学んでいたが、近藤先生から推薦されて勝山に入った。子規もそうであったが真之も小学校に入ってからも漢学塾はやめず、二通りの教育をうけていた。塾では素読をならい、すこしそれをやると漢詩のつくり方を教えられた。

塾は、大街道にある。

この明治初年でも、塾にかよう子は一種のカバンのようなものを肩からつけていた。手製のも

ので、板二枚をあわせ、板の上と下に穴があいている。それに真田ひもを通しその板のあいだに書物をはさみ、ひもを肩からかけて出かけてゆく。

塾の開講は、夕方ではない。

早朝であった。小学校の始業前に塾へかようのである。そのために暗がりから家を出て塾へゆかねばならない。

塾につくと、たいてい門が閉まっている。しかし子供たちは先着順に門の前にならんでいる。門がひらかれると、その順で入り、その順にすわる。

机は、経机であった。

やがて先生があらわれるが、先生といっても近藤先生じきじきの教授ではなくお弟子さんが代講する。

先生は、できるだけこわい顔をして正面にすわっている。馬術で用いる竹の鞭をもち　膝の上に立てている。

素読の教材は、論語か孟子であった。一日半頁ほどを読む。

解釈はない。まず先生が朗読される。すこし節のついた素読特有のよみ方で、先生によっては上体をゆすって拍子をとりながら読んでゆく。それがおわると、子供たちがそのふしのままに唱和する。さらに一人ずつ読みあげる。すこしでも読みまちがえると、先生が立てている鞭が飛び、びしっと机をたたく。このおそろしさはそのつど息がとまるほどであった。

解釈はいっさいなかったが、毎日このようにして朗読していると、漢字の音の響きが子供心に

も美しいものとしてわかってくる。意味もおぼろげながらわかるようになるものらしい。

これが、

「淳さん」

といわれた秋山真之の少年期の塾であった。

「升さん」

といわれた正岡子規がかよっていた塾は、土屋久明の塾である。

もっとも子規は外祖父が松山第一の学者である大原観山であるため、小学校にあがるまでは観山翁みずからの手で素読を教わるという幸運を享けた。観山翁の教授は朝五時から六時までであった。この老人は子規を愛し、

「升はなんぼ沢山教えても覚えるけれ、教えるのが楽しみじゃ」

といっていたという。子規が小学校へあがると、観山翁は、後輩の儒者である土屋久明に子規の漢学教育を依頼した。土屋久明はかつて藩の藩儒だったひとだが、観山翁からその愛孫をたのまれたことを名誉とし、ひとにも自慢し、このためじきじきに教授した。この点も子規は幸運であったであろう。

ちなみにこの土屋久明という儒者は、御一新のときにもらった家禄奉還金を利殖にまわしたりそれで商いをしたりせず、その金をことごとく使いきると、「殿様から頂いた御金がこれでなくなったからもうよいじゃろ」といって食を断ち、餓死してしまった。

少年のころの性行は、かならずしもその少年の将来を占わない。が、将来への芽生えを示す場合も、ときにはある。真之は、手のつけられぬ餓鬼大将であった。

十二、三のころ、いつも桜井真清という八つのこどもを秘書のようにしてつれて歩いた。真清の家は、近所であった。ちなみにこの幼童はのち餓鬼大将の真之にまねて海軍に入り、少将まで進んだ。真之はある日この幼童の家であそんでいたとき、花火の火薬調合書をみつけ出した。桜井家は旧藩のころ火術方をつとめていた関係で、その家には岩戸流と宇佐美流の伝書が秘蔵されていたのである。

「これで花火をつくろう」

と真之が言いだし、付近の子供をあつめてきて製造にとりかかった。真之は、子供たちにそれぞれ係をつくり、硝石をあつめる役、木炭や硫黄を薬研で磨る仕事、紙を切る役、貼る役などをきめ、何日もかかって何発かの打ちあげ花火玉をつくった。さらに花火筒も作った。

ところが、これは法度になっている。花火業者が打ちあげるにしても警察にとどけ出ねばならず、届け出れば警察は場所を指定し、警官立ちあいのもとで打ちあげられる。

「見つかれば死刑ぞな」

と、子供たちのなかで渋る者があったが、

「かまうものか。おまわりを相手に勇気をきたえるのだ」

と、真之は、子供たちを元気づけた。ある日、真之は日が暮れるのを待ち、十三、四人の子供

を町はずれの野にあつめた。真之にとっては花火づくりよりも警官を相手にいたちごっこをするほうがおもしろかった。

「もしおまわりがくれば」

と、かれは子供たち一人々々に逃げるための別々の方角を指示し、持ってにげる道具も役割をきめた。八つの桜井真清は、火薬箱をもって逃げる係であった。

「真清、もし追わえられたら、かまわんけれその火薬箱をむこうのごぼう畑にほうりこんでお逃げ」

ごぼう畑は葉が大きい。そこへ物をほうりこんでも葉がそれをかくしてしまうだろう。いわば、戦術であった。

どかぁーん

と「流星」という花火があがり、町のひとびとをおどろかせた。何発もあがった。そのうちにはおまわりが駈けこんできたが、真之らは闇にまぎれて逃げ散ってしまった。

ある日、警察では多人数の警官をそろえ、子供たちの挙動を昼から偵知し、かれらが野外にあつまったとき、それをこっそり包囲していっせいに突進した。このため子供の半分はつかまってしまった。

真之は逃げた。

が、元兇（げんきょう）であることは子供たちの自供で知られてしまったから、警官が秋山家を訪ね、厳重に説諭（せつゆ）するよう申し入れた。

「私も死にます。おまえもこれで胸を突いてお死に」

と、平素おとなしい母親が短刀をつきつけて真之を叱ったのは、このときである。

子規は、そうではないらしい。

文芸史上、あれほど剛胆な革新活動をした正岡子規も、幼少のころは「升さんほど臆病な児もない」といわれた。

六つか七つのころ、松山ではじめて能狂言の興行が一般に公開され、町じゅうの評判になり、子規も祖父の大原観山につれられて見物に行ったところ、

「こわいこわい」

と最初から両耳をふさぎ、顔を伏せ、ついに泣きだしたため仕方なく乳母をよんで家へつれて帰らせた。どこがこわいのかと母親があとできくと、「お能のつづみや大鼓の音がこわい」といった。

子規を可愛がっている外祖父の観山もこれには大いになげき、

「武士の家に生まれて能の拍子をおじる（こわがる）ようではゆくすえが案じられる」

といって子規を叱ったが、子規にとってさいわいなことにすでに武士の世ではなくなっていた。

そのころ、士族の子供は町家の子供とあそばず、以前からの藩士組織である「組」の子供が組ごとに群がってあそぶのだが、時に町方の子と集団でけんかをするときがある。そういうときは

子規だけは大いそぎで帰ってきて家の中で息をひそめていた。

「のぼはなんとしたことじゃろ」

と、母親がぼう然としたことがある。ついでながら子規の母のお八重は、ひとり息子の子規が死ぬまで升といわずのぼとよんでいた。

ある日、子規が小学校の帰り、真っ蒼になって逃げ帰ってきたことがある。わるい子にいじめられたのかときくと、うんにゃという。犬が追うてきたのかときくと、そうでもないと答えた。

「では、何ぞな?」

「母さま、米藤の塀があろうがの」

米藤とは、城下きっての呉服屋である。その家にはながい塀がつづいている。

「塀が、どうしたぞ」

「塀の上から、下女が顔を出していた」

真っ昼間、下女が顔をのぞかせているだけでおじたというのはすこし異常であろう。しかしこれは臆病というよりも、病的なほどに豊富な想像力が、下女の顔ひとつ見てもとほうもない想像を脳裏にえがかせてそのためにこわくなるのかもしれなかった。

後年、子規は竹馬の友の秋山真之とともに生涯文学をやろうと誓いあうのだが、しかし幼少のころは真之のほうがはるかにその才能の萌芽がありげであり、子規にはそういう気配もなかった。

それどころか、言葉のおぼえが他の子供よりもとくべつ遅かったらしく、三つになってもろく

に言葉がしゃべれず、ハルという名の下女に対しても、

「アブ、アブ」

と、そんな片ことでしかその名をよべなかった。

子規は真之とはちがい、六つのときに父の隼太をなくし、母親の手で育てられたが、真之よりもめぐまれていたのは外祖父の大原観山の手塩にかかったという点で、教育環境がいわばよかったということであろう。

真之の少年時代のなかで、最大の事件といえば、兄好古の帰省であった。

真之が十歳のとき、明治十年の夏、暑中休暇で好古は帰ってきたが前ぶれはしていない。

好古は三津浜で船からおり、下士官服に似た士官学校の制服をきて町へ入ってきた。そういう好古を最初に町角で見かけたのは、幼友達の鴨川正幸であった。

「そこへ行くは秋山の信さんじゃあるまいか」

鴨川は、松山弁でなまぬるくいったが、気持はひどくせきこんでいる。この鴨川正幸は好古と大阪の師範学校で一緒だったし、その後鴨川は松山に帰って教員伝習所で教べんをとっている。好古が士官学校に入ったことはきいていたから、

(この兵隊姿が、きっとそうじゃろ)

とおもいながら、声をかけたのである。好古はふりむいた。

やあ、鴨川か、と立ちどまった。鴨川はなつかしいよりもなによりも、好古が士官学校に入っ

たことがうらやましくてならず、

「士官学校ちゅうのは、やはり官費かな？」

とたしかめてから、

「あしも田舎で薄ぼんやりすごしていてもつまらんけん、士官学校ィでも入ろうと思うんじゃが、どんなもんじゃな」

鴨川にすれば、本気であった。士官学校に入ればフランス語が学べるという。かれの当時の語学というのは宝石のように稀少価値があり、語学が学べる場所など日本でもいくつもなかった。

ところが好古は、

「やめえ、やめえ」

と、帽子の下から汗をながしながら手をふった。鴨川はおどろき、何してや、ときくと、

「何してて、あげなところ、なんぼか辛うてたまらん」

と、好古は頭をふった。

まったくその言葉どおり、この好古の入った期の士官学校というのは辛い課業を生徒に課した。まだ西南戦争はおわっておらず、陸軍当局としては生徒を在学中に戦地へやるもくろみでいたから、速成の士官教育を計画し、一年でやる学課や実技を半年で詰めこもうとするやりかたであり、この暑中休暇も規定でいえば夏に五週間ということであるのに、ことしは十日だけしかなかった。

「信さんでも、つらいかねや」

これには、鴨川もおどろいた。銭湯にやとわれて水汲み風呂たきをした好古の姿を鴨川は幼友達だっただけによく知っており、その好古がつらがるようでは、

(あしはどうにもならんな)

とおもった。鴨川は師範学校の成績は好古よりよかったが、体には自信がない。それに好古の話をきくといまは戦時下でフランス語の勉強よりも実技ばかりをやらせるから鴨川が思っているような学校ではなさそうであった。

「ほなら、やめた」

鴨川は言い、好古とわかれた。好古は、こんな地獄のような学校は人にはすすめられんと本気でおもっていたし、「田舎で薄ぼんやりしていてもつまらんから士官学校へでも」というような鴨川にはとくにむりだとおもった。

兄が見ちがえるほどの大人になって帰省したことが、十歳の真之にはちょっとはずかしくもあり、好古の顔をみたとたん、家を裏口からとびだして溝川へ川えびを獲りに行ってしまった。

母親が、それを追った。

「淳、どこィ行くン」

「えび」

と一声叫んで再び駈けだそうとするそのえりがみを母親がつかんだ。

「逃がさんぞな。兄さんにあいさつお申し。あの兄さんは兄さんであるだけでなしにお前にとっ

ちゃ命の恩人ぞな」

（それがいやなんじゃ）

と、真之はおもった。真之がうまれたとき家計が貧窮をきわめ（いまもそうだが）、父の久敬が、このあかん坊は寺ィでもやらにゃ育てられん、といったのを、十歳になった好古が「寺ィやっちゃいやぞな、おっつけうちが勉強してお豆腐ほどお金をこしらえてあげるけん」といったということを真之は両親からさんざんきかされてきた。むろんそれについては真之も、

（信兄さんのためなら命もいらん）

と子供心におもってきたが、そういう自分にとって重すぎる関係の兄だけに顔を見合わせることがむしょうにはずかしいのである。

とうとう母親にしょっぴかれるようにして好古の前に出され、あいさつをさせられた。

「いつ、少尉になるんじゃ」

と、父の久敬がきいていた。

好古は「ことしは明治十年じゃけん」とつぶやきながら指を折り、

「明治十二年十二月です」

といった。

「士官学校というのは三年間な？」

「歩兵科と騎兵科は三年で、砲兵科と工兵科は学ぶことが多いけれ、四年じゃが」

「お前は騎兵な」

「左様」

好古の右腕に蚊がとまっている。血ぶくれていたが、好古は平気な顔で、追いたたきもしない。この男は死ぬまでそういう男だった。

「なぜ、騎兵を選んだぞな」

と、父はたずねた。

好古の理由のひとつは、年限が三年で早く少尉になれて給料を早くとれるということだった。「人は生計の道を講ずることにまず思案すべきである。一家を養い得てはじめて一郷と国家のためにつくす」という思想は終生かわらなかった。

いまひとつの事情は、腕と脚の長大な者が士官学校入学者のなかにわずかしかおらず、生徒司令副官の寺内大尉が好古のそういう体格を見込んでこの兵科へ編入させたらしい。脚が長くなければ馬の胴を締めることができず、腕が長くなければその足らぬ寸法だけ敵の剣が早くのびてくる。

「二年経ってあしが少尉になると、淳は小学校を出る。金を送るけん、淳を中学に入れてやってくだされ」

好古は、「父さんこれは約束ぞな」と真顔でいった。真之を助けてやってくれといった十歳のときの言葉を、好古は大まじめでまもろうとしていた。

明治十二年、真之も子規も、勝山小学校を卒業して松山中学校に入った。

中学校の校舎は、勝山小学校と同様、以前の藩校明教館の敷地のなかにある。

中学ができたとき、

「これで松山もたいしたもんじゃ」

と、旧藩の連中はよろこんだ。明治五年ごろから全国の大小の藩の旧城下にぞくぞくと中学がつくられつつあり、愛媛県ではそういううわさをきいてあせっていた。愛媛県もつくりたかったが、洋式の学問をした人材がすくなく、校長の適任者がなかった。

明治七年、土佐出身の岩村高俊が権令でやってきてからこの方面に力をそそぎ、同八年、東京から草間時福という慶応義塾出身の青年をよんできて英学所をたて、草間を校長にした。ついで翌九年にこれを昇格し、

「愛媛県変則中学校」

と名づけた。変則というのは「教授内容がそろわないため政府の中学校規定からはずれている中学校」という意味である。

真之や子規が入学する前年、この「変則」の文字がとれ、

——愛媛県立松山中学校

となった。いまの愛媛県立松山東高校の前身で、真之や子規らは正則になってからの第二期生になる。名校長といわれた草間時福はすでに松山を去っているから、かれらはその教えには接しなかった。

この当時、中学校がどの県においても最高学府であったが、教授内容というのはきわめて簡素

であった。

科目は、

漢文、英語、数学、理科（物理、化学、博物）、図画、体操

という六科目であった。

「どうもいまどきの中学校は」

と、真之の父の秋山久敬は、「人間の道を教えんけれ、いけんの」とこぼしていたが、そのことばどおり修身などは旧弊であるとしてどの中学校でも設けられなかった。全国を風靡している思潮は「旧弊打破」であり、この旧弊のなかに国語もふくめられ、その種の科目はいっさい組み入れられていない。

その後、文部省にたれがそう献言したのか、

「外国では自国のことばについてさかんに教授している。中学に国語科を設けねばならない」

ということで、真之らが入学して二、三年経った明治十四、五年ごろ、はじめて国語科が松山中学にも設けられた。ところが、英語のばあいよりも教師をみつけるのに難渋し、結局、

——神主でもやとうか。

とまでなったが、そうもいかず、とにかく旧藩時代に多少国学をやった者をつれてきて教壇に立たせた。しかし漢文のように教授法に伝統のある学科でないため、教師自身、古文のなにをどう教えるべきかがわからず、自然授業は無味乾燥で生徒たちがこれほどいやがった教科もなかった。

とにかく、

英語、数学、漢文

という三つの学科が、明治初年の教養の三本柱になっているらしい。

真之の当時の松山中学校の校長は、儒者近藤元弘である。ちなみに藩の儒者近藤名洲の長男が元修、次男が元弘、三男が元粋という順になっている。

英語教育については、

「じつにふしぎな英語だった」

と、この当時の卒業生たちはいう。発音は先生の我流で、年中酔っぱらっている三輪淑載先生などは、松山弁の発音をした。シー、ジー、ムーン、月を見よ、といったたぐいであった。発音より、意味に重点がおかれた。

むろん、学習専門の英語教科書などはなく、いきなり原書が用いられた。二年生ぐらいですでにパーレーの「万国史」を読まされ、高学年になると、ミルの「自由之理」が用いられた。先生もさほどの学識がなく、そのつど、

「このところ、不可解なり」

と、飛ばしてしまう。生徒たちもそれを当然なことにおもった。維新後十年そこそこというのに、松山の田舎でミルの「自由之理」の英文が完全にわかるような教師がいるはずがなかった。

しかし英語教師は啓蒙思想家をも兼ね、

——自由とはいかに大切か。

ということを教壇上から教えた。この点、原書を教材にすることは一種の便利さがあり、パーレーの「万国史」にしても、この当時の中学には歴史という科目がなかったから、それを英語学習としておそわることによって生徒たちはおぼろげながら世界史のあらましを知った。

物理は、幕末・維新のころからすでに翻訳されているガノー「窮理書」というものをつかったが、実験などはなかった。図画というものも水彩の絵具など、東京や大阪でも入手しにくいものであったから、すべてエンピツ画であった。

数学は、

「うめぼし」

というあだなの吉枝尚徳という先生がおしえた。先生にあだなをつけることがさかんなのは、後年、子規の友人でこの中学の英語教師になってやってきた夏目漱石が小説「坊つちゃん」でそのことを書いているが、すでに開校当時からその風があったらしい。

漢文の永野豊氏という先生は、

「アンコロ」

というあだなであった。アンコロは作文を専門におしえた。漢文の主任の先生は村井俊明である。

このひとは江戸詰めの藩士の子で、きれいな東京弁をつかった。大正十二年六十七歳で死ぬまで教育界にあり、その教え子は五千人を越えるといわれた。教材は、「十八史略」、「靖献遺言」、

「皇朝史略」、「日本政記」などだが、おそらく漢文科先生の学問水準がもっとも高かったであろう。

柔術、剣術はない。そのかわり洋式体操科がある。東京からやってきた「若縫姫」というあだなの若い教師で、着任早々、英語で号令をかけて生徒の度ぎもをぬいた。

中学初年級のころの秋山真之には、さほど風変りなところはない。

小柄ながら体操が一番だったというくらいであろう。ただ文学趣味が濃厚に出てきた。

「母さん、あし歌を習いたいが」

と、母親にせがんだのは、中学の一年のおわりごろであった。母親はこの真之に特別にあまく（晩年までそうだったが）、苦しい家計ながらそれをゆるした。

「歌なら、井手先生にお習い」

と、母親がすすめた。

井手先生とは井手真棹（正雄）のことで、旧藩時代は藩の利け者として知られ、幕府の第二次長州征伐のとき松山藩も幕軍の一手として出陣したが、そのとき井手は長州藩の海港三田尻で長州の代表木戸孝允と談判したことがある。

幕府が瓦解してから、

――あの木戸らが出る世になったか。

とひとことだけ言って時勢に対する批評をいっさい断ち、短歌結社をおこしてその主宰者にな

った。歌集には「与茂芸園」などがあるが、ともかくも松山の歌人のほとんどがこの結社蓬園吟社に属するほどにその門はにぎわっている。後年、子規もこのひとに歌を見てもらった。

真之は少年の身ながら井手門下のひとりになり、中学の二年生のころ、古今調のふるめかしい歌を詠めるまでになっている。

春の野に若菜を摘める乙女子は
　なべて霞の衣きるなり

世を捨てて深山の庵の寝ざめにも
　友はありけり小牡鹿の声

中学二年生の腕白小僧が、世を捨てて庵をむすぶなどとは奇妙だが、この当時の短歌修業は、いわばえそらごとの空想をして古今、新古今の気分に近づきそのまねをするというようなものであった。この形式の短歌に対し、後年、子規が革命をおこして現代短歌の基礎をつくるのだが、この当時、真之も子規もむろんそういう意識はなかった。

一方、子規は漢詩に夢中だった。そういう子規に対し、真之らの腕白仲間は、

「青びょうたん」

というあだなをつけて近よらなかった。少年のころの子規の顔は、青ぶくれしていた。

二年生の秋の大試験で子規は学業優等になり、そのほうびとして学校から数人の者が頼山陽の「謝選拾遺」という書物をもらった。ところが少年の学力ではそれがむずかしく読めなかったため、

「河東静渓先生の弟子になろう」

と申しあわせて入門した。静渓先生は旧藩時代の儒者で、いまは旧藩主久松家の家扶をしている。ちなみにその子がのち子規の薫陶をうけて俳人になった碧梧桐である。

静渓先生は詩の弟子などをとったことがないが、この連中をおもしろがり、詩文のつくり方を教授した。子規の仲間は五人であった。この仲間で漢詩の結社「同親結社」をつくり、筆写の回覧雑誌を発行した。子規は「青びょうたん」ながらなにごとにも提案がすきで、大将になることがすきであった。

「秋山、あしの家にあそびに来んかな」

と、学校の帰り、子規が真之をさそったのは、中学三年の夏休みまえである。

「なんぞ、目のむくようなことがあるか」

と真之がいうと、

「お前はそれじゃからいけん」

子規の批評癖は、このころからすでにめばえている。真之が相変らず小学生のような腕白ぶりを発揮しているのが、子規にはうらやましくもあり、小面憎くもあった。

結局、同行した。

子規の家は、子規がうまれた年に湊町四丁目一番地にかわっている。

市内ながら灌漑用の小川が流れている。川幅二メートルほどで、中ノ川といい、石手川のえだ川であり、水が飲めるほどにうつくしい。

子規の正岡屋敷は南側の生垣をこの流れに映し、東側に土塀がつづき、表門がある。屋敷地のひろさは百八十坪ほどであった。

（正岡の家は御馬廻役じゃからな）

御馬廻役は戦場にあっては殿様の親衛隊隊士であり、身分は低くない。だから屋敷もひろい、と真之は門を入りながらわが家とくらべてそうおもった。門を入って十数歩ゆくと、正面に玄関がある。

玄関が四畳、すぐ奥が八畳の客間、その北六畳が居間、居間の東側に板敷四畳半ほどの台所兼食事場、その東が土間になっていて炊事場になっている。

若い娘たちの声がきこえた。

（あら、なんじゃ）

とおもったが、すぐお針だということをおもいだした。子規の母のお八重は未亡人になってから近所の娘たちにお針を教えている。もっとも正岡家の暮らしは士族の家禄奉還金があった上にお八重の実家の大原家が多少のめんどうをみていたから、裁縫教授で家計がささえられているのではなく、いわばお八重の趣味のようなものであった。

「こっちィお出で」

と、子規は玄関から左むきにふすまをあけ真之を招じ入れた。

「これがあしの書斎じゃ」

と子規がいったから、真之はおどろいた。中学三年の少年が書斎をもっているとは、真之のような子沢山のお徒士の家にそだった者にはちょっと解しがたい。

この書斎三畳は、母親のお八重が建て増したものである。本屋の屋根からそのまま葺きおろした軒のひくい建物で、壁なども一度ぬりの赤土色であり、いかにも粗末なものであったが、真之には御殿のようにみえた。この書斎はのちに子規堂として保存された。

壁の上には、

「香雲」

という字額がかかっている。子規の外祖父の友人である武智五友の筆である。

机が一つ。

それに本箱が二つ。

やがてお八重が菓子盆と茶をもって入ってきて、

「のぼがいつもお世話になります。ようおいでなさったなもし」

と、声をかけてくれた。菓子はいりまめであった。

「これはなんじゃ」

と、真之は、ハガキほどの大きさの冊子をとりあげてきいた。

「新聞じゃが」

子規は答えた。美濃半紙を四ツ切りにして毛筆でこまかく書いてある。どうも印刷でないところがふしぎだとおもい、かさねて問いただすと、「あしが作った新聞じゃが」と、子規はさすがにはずかしそうな顔をしていった。

中学二年のころ、子規は近所から中学へかよっている連中をよびあつめてきて、

「きょうからあしが新聞を作るけれ」

といって、みなにニュースをとって来させ原稿を書かせ、子規はそれを編集長気どりで文章をなおしたりしてこういう体裁の紙面に筆写した。

「大街道の船田さんの馬があばれたのかな」

と、真之は読みながらいった。大街道という寄席などもある繁華街に、船田という医師がすんでいる。馬にのって往診することで有名だったが、その馬がある日船田家の門前につないであったところ、なにが気に入らなかったか通行人を蹴ってけがをさせた。それだけのことをおもしろく書いてある。

新聞は、二、三号でつぶれた。あと、子規は筆写雑誌をやったりした。この子規の三畳の書斎の前に大きな桜がある。それにちなんで雑誌の名は「桜亭雑誌」と名づけていた。

「お前も入らんかの」

というのが、きょうの子規の真之に対する目的であったらしい。

「あしはやめじゃ」

真之は言下にことわった。内心おもしろそうだとはおもったが、真之にすればかれも一方の腕白大将であるのに、子規の雑誌に入れば子規にあごで使われねばならない。

「ホウかな」

と、子規はそれ以上勧誘しなかった。後年子規は真之のことを、

「わが剛友秋山真之」

などということばをつかったが、真之が如才のない伊予人にはめずらしくいやなことはいやと明確に、時にはにべもなくいうところをどうやら畏れていたらしい。

「お前は、筆まめじゃな」

真之は、いり豆を嚙みながら、子規をほめた。この部屋には机一つと本箱二つしかなかったが、その本箱に入れてある書物は教科書のほかはすべて子規が筆写して子規が製本したものであった。

馬琴の小説本もあれば「一休禅師諸国物語」という本もある。「造化機論」という生理学の書物もあった。生理学は中学ではならわなかった。写本のもとは他家から借りてきたり、貸本屋から借りてきたりする。貸本屋はこの近所の湊町三丁目に大和屋という本屋があり、そこから借りてくる。借り賃は一日五冊五厘であった。

ついでながら、子規の筆写癖は終生のもので、後年、革命的な俳諧論を展開するにいたったのも、かれが克明に江戸時代の俳人の作品を写しとっていたそういう手の作業のなかから思考がう

まれてきたらしい。

そういうことから、真之と子規はにわかに親しくなったが、しかしあそび仲間としてはべつべつのグループに属していた。

真之は夏いっぱいは水泳にあけくれていたが、子規はそういうものにはまるで興味がないらしく、近づかなかった。

中学四年生のころは子規は当時はやりの自由民権運動の演説に熱中していた。

「おもしろいか」

と真之がきくと、

「こっちがききたいことじゃ」

と、子規は妙なことをいった。要するにおもしろいからやっているのではなく、おもしろいかどうかを考えもとめているのだ、と子規はいう。

(りくつの多いやつだ)

と真之はおもったが、当時、この種の民間政論は全国でも愛媛がさかんなほうであったろう。なにぶん、自由民権運動の本場のような土佐にちかく、そのうえ明治七年にこの県の権令になった岩村高俊はさきにのべたように土佐人であり、権令が先頭に立ってこの運動を県下にまきおこし、明治十年には岩村の独断をもって特設愛媛県会ができあがった。全国最初の県会である。

これが、県下に演説流行をまきおこした。ついでながら県会議事堂というのを、

「県会座」

という。この県会座は松山中学のそばにあったため、子規らは休み時間にはこっそり出かけて行って演説の傍聴をした。

明治十四、五年ごろになると松山市内に青年演説グループがいくつもできたが、子規は一人でその三グループの会員になるというほどに熱心だった。

「自由とは何ぞや」

といった演題で、子規は市内の会場をぶってまわったりした。

「志士きたる」

などというはり紙が、大街道の人目につくところに貼り出されていた。自由民権運動家のことを、松山では「志士」といっていた。

高名な植木枝盛が松山にきて鮒屋旅館にとまったときも、中学四年生の子規はなかまと一緒に旅館へおしかけ、意見をきいたこともある。

かといってそれがおもしろいということでもなく、

「なにかあしにとっておもしろいことはないか」

ということを懸命にさがしている様子であった。真之はそういう子規からみれば、はるかになまな少年であった。

四年生の正月、真之が子規の書斎にあそびにゆくと、

「淳さん、あしは中学校を中退しようとおもうのじゃが、どうじゃろか」

ときいた。なぜそんな心境におなりぞな、ときくと、

「おもしろくないけれ」

と、子規はいった。文学運動のまねもし、演説のまねもしてみたが、どうもこれはというものを感じない。「そのうえ、勉強もあまり好かんけれ」と、子規はいう。

中学四年の子規は、

「あしの心境はこれじゃ」

と、稚拙な漢詩を真之に示した。

「松山中学只虚名」

というところからはじまる。「地ニ良師スクナク孰ニ従ッテカ聴カン」とつづく。

「そんなにすくないか」

真之は、まだこどもであった。どの教師もりっぱじゃがなあとおもうばかりだったが、子規の目からみればそうではないらしい。

「それでも漢学の先生だけはりっぱなものじゃろが」

と真之がいうと、子規は急に深刻な顔になって、「先生はりっぱでも、ちかごろあしのほうが漢学をうけつけんようになった」という。

「漢学はあたまが固陋になる」

と、子規は、中学初学年のころあれだけ漢文漢詩に熱中していたことからみると、別人のよう

なことをいった。

「考えてもお見ィ」

子規がいうのには、松山の漢学の先生はいくら学問がおありでもみな腐儒じゃ。日本に国会開設を要求してのさわぎあり、ロシアが清国をおかして世界の論議がわき、さらにイギリスがどう、フランスがどうというこの地球上が湧きたっちょるのに、松山の漢学の諸先生の目には見えざるごとく耳には聞かざるごとく、田園に悠々閑居して虫食い本をめくっておられる。

「やっぱり、英語じゃ。英語をしっかり学ばんけりゃならん」

と子規が机をたたいたとき、真之はあやうくふきだすところであった。松山中学では英語がよくできるのは真之で、子規は他学科にくらべれば格段におちた。

「なるほど、あしは」

と、子規はいった。

「英語がでけん。でけんのは、松山中学の英語があしに受けつけけんのじゃ」

(ずいぶん勝手なことをいうやつだ)

と真之はおもったが、子規は要するに東京へ出たい、というのが本音であった。

「出たい、出たい。どうにもならんほどあしは東京へ出たい」

と子規は言い、かたわらの紙をひきよせ、筆をとって、

「河流は鯨鯢（おすめすのくじら）の泳ぐところにあらず、枳棘（からたちやいばらなどの悪木）は鸞鳳の棲むところにあらず、海南（四国のこと）は英雄のとどまるところにあらず」

と大書した。

この時期の子規はむろん自分を英雄のたまごだとおもっており、大まじめであった。

「そこで、加藤の叔父に手紙を出した」

と、子規はいった。

加藤恒忠のことである。子規の母の弟で、松山では秀才の名がたかく、すでに大学を卒業して外務省に入っていた。真之の兄好古とは少年のころから無二の親友であった。

「ところが、反対してきた」

だからお前の兄さんにお前から手紙をだし加藤のおじを説得するようすすめてくれ、と子規はいったが、真之はことわった。真之はこの地上で兄だけがこわかった。

余談ながら、徳川三百年は江戸に将軍がいるとはいえ、三百諸侯が地方々々にそれぞれの小政権をもち、城下町を充実し、そこを政治、経済、文化の中心たらしめていた。が、それが、明治四年の廃藩置県でにわかにくずれ、日本は東京政府を中心とする中央集権制になった。

「たいへんな変改だ」

と、これには、幕末から明治初年にかけて駐在した英国公使パークスをおどろかしめている。パークスがおどろいたのはこの改革じたいが革命そのものであるのに、一発の砲弾をもちいずして完了したことであった。パークスはこれを奇蹟とした。

その廃藩置県から、子規や真之の中学上級生のころまでに十年そこそこの歳月が経っている。わずかその程度の歳月であるのに、

「なにをするにも東京だ」

という気分が、日本列島の津々浦々の若い者の胸をあわだたせていた。日本人の意識転換の能力のたくましさ、それにあわせて明治の新政権というものの信用（とくに西南戦争で薩摩の土着勢力をつぶしてからの）の高さというものが、これひとつでも思いやることができるであろう。

子規の東京へのあこがれも、こういう時勢の気分のなかに息づいている。

「東京の大学予備門にゆきたいんじゃ」

と、子規は真之にいった。

真之は家にかえってから、かれには特別あまい母親のお貞に子規のことを言い、

「あしも中学を中退して大学予備門にゆきたいものじゃ」

とねだってみた。

母親は針をつかいながら、返事をしなかった。真之が中学へかようことすら、兄の好古の送金によってまかなっている。それが、勝手に中退して東京へ出るなど、好古がゆるすはずがない。ちなみに好古はこのころ陸軍士官学校を卒業して少尉に任官し、東京鎮台騎兵第一大隊の小隊長をつとめていた。

「信兄さんはおこるじゃろか」

「中退してはな」

とお貞はいった。

「ホいでも母さん、中退しても学力さえあれば東京大学予備門には受かるんぞな」

「中退は、ならんぞな」

お貞は、針をうごかしつづけている。

「ホいでも母さん、正岡の升さんは中退してゆくぞなもし」

と、お貞はいった。

「正岡の升さんはな」

「気のうつりやすいお子じゃから」

お貞は、子規の気象をそうみていた。

「それに正岡さんにはお金がある」

秋山家は武士でなくなったいわば退職金――家禄奉還金――というものを、お徒士だから六百円しかもらわず、それに子だくさんだから家計は大変だったが、正岡家は上士であり千二百円の家禄奉還金をもらっているうえに家族は未亡人と子規とその妹しかいない。子規が東京へゆく経費ぐらい、なんとか出るのである。

明治十六年六月、正岡子規は中学を五年生で中退して東京へゆくことになった。

「升はおもいたつと、待てしばしがない子じゃけん」

と、子規の母親もこれにはこぼした。子規は後年、「半生の喜悲」というみじかい文章をかい

たが、このなかに、

「余は生れてよりうれしきことに遭い思わずにこにことえ（笑）みて平気でいられざりしこと三度あり。第一は東京の叔父（加藤恒忠）のもとより余に東京へ来れという手紙来りし時」

と、書いている。中学を中退して東京へ出るということが、松山じゅうを駈けまわりたいほどにうれしかったのであろう。

子規は、しつこかった。

——東京へ出たい。

という手紙を、半年間、叔父の加藤恒忠に送りつづけた。加藤はそのつど、

——国もとで勉強せよ。

とか、

——せめて中学だけでも出よ。

とかいって反対しつづけてきたが、この五月になってにわかに、

「出てこい」

という意見にかわったのである。このおいのしつこさに根くたびれしたのであろう。ひとつには加藤自身の身辺で、旧主家久松家の援助によってフランスに留学するというはなしがにわかにもちあがったためでもあった。フランスにゆくとなれば、子規が中学を卒業して出るころにはもう日本にいない。世話してやることができないから、「早々に出てこい」ということになったにちがいなかった。

「升さんは、六月十日船出するぞな」

と、真之は母親に話した。うらやましくもあり、さびしくもあった。さびしさは子規を身辺からうしなうさびしさではなく、自分がとりのこされて、この松山のなまぬるい日常のなかですごしてゆかねばならぬというあせりに通じている。

「松山中学只虚名」

と、真之は、子規のつくった漢詩を、父の久敬翁にもみせた。久敬はこのころ「学区取締」という名称の県吏をつとめていた。愛媛県はこの当時六つの学区にわけられ、久敬はその六学区を同役の内藤鳴雪(素行)、由利清とともに三人で管理していたから、いわば県の教育官吏であった。だから、

「おまえ、あしにあてつけをいうか」

と、温厚な久敬は色をなした。

「あてつけとりゃしませんがな。父さんは中学は職掌外でおありるがの」

と、真之はいった。そのとおり、久敬は中学を監督するほどのえらい官吏ではない。

六月十日、子規は家族や親類、友人たちにおくられて三津浜から出帆した。船は豊中丸であった。前記「半生の喜悲」に、

「もっともいやだったのは、はじめての出京で三津浜から出帆したとき」

と、正直に書いている。少年の身でひとり故郷の山河とわかれることは、あれほど上京をあこがれたくせに、さすがに悲しかったらしい。

子規は、松山を出た。

——万里の波濤をこえ、東都へゆく。

と、子規は船中で述懐している。後年、ひとびとが日本からアメリカへゆくよりも距離感は大きかったであろう。

このころの船は、神戸までである。上陸して一泊し、神戸・横浜航路にのりかえる。あわせて四、五日はかかった。

このころ、子規はかぞえて十七歳である。その上京の志は、のちの文学者子規からは逆算できない。どうやら文学青年の上京といったものではなく、この少年は天下でもとりにゆくようなきもちでいた。明治初年の気風であろう。

当時の子規の書簡を意訳すると、

「功名は天下衆人があらそうて得ようとするところのものである。しかしながら功名は金持や貴族の専有物ではない。学べばわれわれ庶人の子も公卿になることができる」

公卿ということばをつかっている。公卿とは、天子の直臣である。さらに、

「私どもは公卿になることのみを欲しないが、しかし社会の上流に立とうとおもっている。それには学問を勉強する以外にない」

と書き、一転して、

「こんにちの天下は如何」

という。この少年が、日本国家を背負う気概を示し、「こんにちの天下は漸進(ぜんしん)主義ではいけない。速成であるべきである。人間もまた速成でなければならない。田舎の中学で学問をしていてもなるほど学問は成るが、それでは時間がかかりすぎる。速成は都府の学校にあり」

鉄道は横浜から東京までしかない。子規はそれを利用し、六月十四日新橋停車場についた。

「着けばすぐ旧藩主邸にあいさつにあがるように」

と、叔父の加藤恒忠から注意されていたから、停車場から人力車に乗り、日本橋区浜町の久松邸にむかった。途中銀座裏を通過したのは朝の八時ごろだったが、そのきたなさにあきれ、

「東京はこんなにきたなき所かと思えり」

と、国もとの友人に書き送っている。明治十六年の銀座裏は、東京のなかでももっともきたない場所のひとつだった。

子規は浜町の久松家のお長屋に起居することになった。

着いた翌日、叔父の加藤恒忠を向島(むこうじま)にたずねた。

この日が十五日、加藤にとっては十日ほどすればフランスゆきのために東京を離れねばならなかったので、気ぜわしい時期であった。

「大学予備門はむずかしいぞな」

と、まずこのおいをおどした。そのための準備に予備校へゆかねばならない。

「赤坂の須田学舎がよかろう」

と、加藤恒忠はいった。その入学手続きも、すべて加藤がやってくれていた。

「あとのことはあしの友人の陸羯南にたのんでおいたけれ、あすにでもあいさつにゆけ」
といった。陸羯南はのち子規にとって生涯のよき理解者になった。

子規が東京でひとりうごきできるようになったのは、叔父の加藤恒忠の尽力によるが、加藤よりもさらにかれのために力になったのは加藤の友人の陸羯南である。羯南は子規にとって生涯の恩人だった。

羯南

本名は、実。

旧津軽藩士の次男である。

明治九年に上京して、当時司法省が秀才養成のためにつくっていた司法省法学校（東京大学法学部の前身）に入った。そのとき加藤恒忠もこの学校に入った。

ほかに、原敬がいる。

国分青厓、福本日南もいる。

この当時、この学校は校長以下薩摩閥で運営されており、その運営態度が羯南にとって気にくわず、ついに校長と衝突して放校になってしまった。

その後北海道にわたったが、ほどなく東京に帰り、太政官（政府）文書局の翻訳官になり、フランスの法律関係のものなどを訳していた。ほどなくやめ、新聞「東京電報」の社長になり、やがて新聞「日本」をおこし、明治四十年病没するまで明治の言論界の巨峰をなした。

子規がたずねていったときは羯南はまだわかく、翻訳官のころだった。

羯南は後年、当時を追想して、

「ある日、加藤がやってきておいのやつが田舎からやってくる、わしはその面倒をみねばならんのだが、すでにフランスゆきがきまっているから、君にそれをたのみたい、といった。やがてその少年がやってきた」

と、いっている。

初対面のときの子規の印象は、

「十五、六のまだほんの小僧で、浴衣一枚に兵児帯といった、いかにも田舎から出てきたばかりという書生ッコだった。そのくせどこかむとんじゃくなところがあって」

と羯南はいう。

「加藤の叔父がゆけというからきました」

というほか、子規はなにもいわなかったらしい。羯南はその素朴さが気に入った。羯南はことばの鄭重なひとで、

「いかにも加藤君から話はきいております。ときどきあそびにお越しください」

と、羯南のいう小僧にいった。しかしそれ以上は双方に話題がなく、羯南はしかたなく、

「私のほうにもおなじおとしごろの者が書生をしております。ひきあわせましょう」

といった。羯南のおいであった。小僧には小僧を配するがいいとおもったのだろう。

ところがその羯南のおいと話しはじめた子規の様子は、初印象の小僧ではなかった。

「ことばのはしばしによほど大人びたところがある。相手の者はおなじくらいの年齢でもまるで比較にならぬ」

「叔父の加藤という男も」

と、羯南はつづける。

「私よりは二つもわかい男だが、学校のころから才学ともにすぐれて私よりは大人であった。さすが加藤のおいだとおもった」

子規はのち、羯南の世話になり、そのことを思いだすといつも涙が出る、と言い、その友人夏目漱石にも「あの人ほど徳のあったひとはない」と語っている。

子規は、東京へ去った。

この前後、子規の友人の四、五人も中学を中退して上京した。流行のようであった。東京でのめあては、東京大学予備門に入ることであった。

真之（さねゆき）は松山にのこされたが、しかしこの若者（少年というべきか）にも子規とおなじ幸運がおとずれた。

「淳」

と、父の久敬が真之をよんだのは、子規が東京へ去ってからほどなくのことである。

「淳、東京へゆきたくないか」

（なにをお言いじゃ）

と、真之は父親の言いぐさが気に入らなかった。自分を東京へやってくれる意思もないくせに、話題だけで若い者のきもちをなぶるのはとしよりのわるいくせである。

「ゆきたいが、うちにはお金がありませんじゃろが」

「いや、学資の問題は解決している」

「常盤会(ときわ)?」

と、真之は身をのりだした。

「常盤会にあしを入れてくださるのじゃろか」

常盤会というのは、旧松山藩主久松家がつくった育英団体である。

松山藩というのは、維新では「賊軍」に準ずべき立場におかれ、このままでは薩長が牛耳(ぎゅうじ)っている政権のもとで虫のように生きてゆかねばならない。この窮状から脱出するには、中央に郷党の秀才をおくりだし、政府がたてている最高の学府にまなばせて明治政権に登用してもらい、個々の実力をもって松山の名をあげしめるほかない。そのための学資給与団体が、この常盤会であった。

ちなみに、維新に乗りおくれた中以上の藩のほとんどがこの目的による育英団体をもっていたという点からみれば、日露戦争までの日本というのは諸藩の秀才競争社会であったともいえるであろう。

その常盤会の恩典には、よほどの秀才でなければ浴することができないとされていたが、しかし子規程度の者でも翌年、この会の給費生になりえているところをみると、やはり多少は情実も

ともなっていたのかもしれない。子規の年若い叔父の加藤恒忠が外遊にさきだって運動しておいたのである。

ところで。

真之たちの父の久敬は、県の教育官吏であり、国もとにおける常盤会の事務をもとっている。情実をきかせるとすればこれほど有利な立場はない。

が、久敬はおこりだした。

「ばかな」

といった。おれの立場としてそういうことができるか、というのである。

「あしが常盤会のことをしている以上、お前は入るわけにいかぬ。常盤会でのうて、兄の信から手紙がきたんじゃ。すぐ上京せい、と」

「あしが」

真之は、畳の上から両ひざごと飛びあがらせた。真之はそんな器用なことができた。

秋山真之が中学を中退して上京したのは、このとしの秋である。

三津浜から出航するとき、桟橋まで見送りにきてくれたひとたちのなかで、旧藩時代、秋山家の上司だった徒士組の組頭がすすみ出て、

「伊予松山藩の名をたかからしめよ」

と、この少年をはげました。見送るひとびとが大まじめでみなうなずいたところをみると、そ

ういう時代であった。

しかし、真之にはよくわからない。なぜならばかれがうまれたときは明治元年であり、すでに幕府はなくなっていた。

船に乗った。

甲板(かんぱん)の手すりにもたれて桟橋のひとびとを見つめていると、この腕白小僧が不覚にも泣きだしてしまった。

真之と同行者に、内山直枝という三つほど年上の従兄がいる。それが、

「淳さん、泣くのはおやめ」

と、肩に手をおいた。これが真之のかんにさわった。

「泣いちゃ、おらんぞな」

と、するどくふりかえったが、目が真っ赤になっていた。

船は、新八幡丸という。神戸までの船賃は一円二十銭であった。神戸から横浜までの船賃は四円である。「下等」とよばれる一般船室はぶた小屋のようで、船旅はくるしく、三日もするとかならず船室から病人が出た。

東京についてもっともめずらしかったのは鉄道馬車であった。

レールの上を馬車が走るのである。レールは新橋から日本橋まで敷かれており、ただの路上とはちがい、馬車は「天馬空(くう)をゆくごとく」かるがると走ってゆく。

この文明開化のシンボルのような交通機関が開設されたのは明治十五年六月だから、真之らは

その評判のまっさい中にそれをみたわけであった。

「淳さんや」

と、そのレールのそばに立った内山直枝は兄貴株らしくもなく、青くなってしまった。かれらにすればこのレール敷の道路をこえてむこう側へゆきたいのだが、踏みまたいで横切っていいものかどうか判断にまよってしまったのである。

「淳さんや、こりゃ、どうしたもんぞな」

と、内山は泣きだしそうな顔でいった。またいでは叱られるのか、それとも田舎者じゃといわれて軽蔑されるのか、そこのところを内山はおそれたのである。

「そりゃ、内山の兄さんがわからんことが、あしになにわかるぞな」

と、真之は不愉快そうにいった。

「淳さん、お前、さきにまたげ」

と、内山は兄貴株としてそう命じた。

真之はレールをまたぎ、そのまますらすらとむこう側に横切ったが、

「田舎者とは、それほど東京をおそれたものだ」

と、真之は晩年になってもこのはなしを一ッ話のようにして話した。

いわゆる、

「番町」

という一角。その麹町三番町に佐久間正節という旧旗本が、先祖いらいの屋敷にすんでいる。兄の好古はそこに下宿しているということを、真之はきいていた。

「ここはどこぞなもし」

と、真之は兄の手紙の住所をひとにみせながらやっと市ケ谷御門までたどりついた。御門を北へ行って坂をのぼると、その台上に陸軍士官学校がある。好古の下宿は御門から南へゆく。そのあたりはいわゆる番町の旗本屋敷街で、千石以下の旧旗本の屋敷がびっしり建てつまっている。なかでもめだつほどの大きな屋敷が、佐久間家であった。

門のクグリから入って、

「ごめんなさいまし」

と玄関にむかって声をかけたが、とりつぎも出てこない。三十分ほど待った。

やっとこの屋敷の使用人らしい老女がこの少年を発見してくれて、

「ああ、秋山さんの弟さん」

と、東京者らしくすぐのみこんで裏の離れへつれて行ってくれた。

真之は、縁側にあがった。老女はあがらず、

「あたくしはね、よしというんでございますよ」

と、かるがると自己紹介した。真之は不器用にあたまをさげたが、ものがいえない。いえば田舎言葉がとびだしそうで、決死の勢いでそれをこらえていた。

「お兄さまはね、まだお帰りじゃないんでございますよ」

兄の好古は、この屋敷のこの離れ座敷をかりて自炊生活をしている。自炊といっても、この佐久間家の老女中が多少は手伝っているらしい。

「ではごゆっくり」

といって、老女中は行ってしまった。真之は、部屋に入った。

(ざぶとんもないのか)

と、まわりを見まわした。ざぶとんどころか、調度とか道具とかいったものはいっさいなく、部屋のすみに鍋が一つ、釜が一つ、それに茶わんが一つ置いてあり、それだけが兄の好古の家財らしかった。

日がかたむきはじめた。

(もう帰るだろう)

とおもい、真之は佐久間家の中庭を通って門から路上に出てみた。

市ケ谷御門のほうから、騎馬の将校が一騎やってくる。従卒があとを追っていた。

「淳か」

好古は、馬上でうなずいた。真之はその服装のはなやかさにおどろいた。

騎兵将校というのは各国とも他の兵科の将校と服装がちがっている。好古のばあい、肋骨三重の上衣というのは他の兵科とおなじであったが、金条の入った真赤なズボンをはき、サーベルを吊る刀帯も革ではなく、グルメットという銀のくさりであった。

好古は馬からおり、たづなを従卒にわたした。馬を兵営へつれてかえるのが従卒のしごとであ

った。

ちなみにこの時期、秋山好古は隊付勤務から転じて士官学校づきになっている。いわばえらばれたコースといっていいであろう。

もっとも好古は故郷の父に対しては、

「あしがえらいからではない」

という旨のことを書きおくっていた。というのは好古と同期に騎兵科を卒業した者はわずか三人しかいなかった。あと二人は、橋本鎌二、東常久である。

その程度しか新任士官を必要としなかったのが、日本の騎兵の現状であった。馬も、日本馬をつかっていた。西洋馬からみれば仔馬のようであり、歩き方まで犬に似ていてコトコトと歩く。要するに騎兵そのものが微弱きわまるものであり、正規教育をうけた将校もすくない。好古は

「だから士官学校の教官になった」という。

「はいれ」

と、好古は門のクグリからまず自分が入り背後の弟にいった。

佐久間屋敷には、邸内に茶畑がある。そこを通って離れにゆき、好古は長靴をぬいだ。

すでに、めしはできあがっている。佐久間家の老女中との約束で、めしだけはたいてくれることになっているのである。

兄弟で、夕食がはじまった。

――兄さん、これだけですか。

と真之が言いたかったほど、この日の夕食はまずしかった。

そこに置かれている副食物といえば、たくあんだけである。もっとも「この日」だけではなく、好古はいつもこの程度の食事ですませていた。好古のこの極端な粗食については、すでに有名であった。好古は他の士官や、郷党の後輩などに、

「よかったら、おれんとこに下宿せい」

と、よくすすめた。すすめられた者は十日はそのとおりにするが、みなこの粗食に閉口して逃げだした。

好古の粗食には、べつに主義があったわけではなく、

――腹がふくれればええじゃろ。

というだけの、単純な目的主義（これが生活のすべてにわたっての好古の生き方だが）によるものであり、それ以外に粗食哲学などはない。「人間は滋養をとることが大事である」という西洋の医学思想はすでに入っており、他のひともよく好古にその思想をすすめたが、

「べつだんこれで痛痒を感じていない」

と好古は答えるばかりであった。事実、この粗食で十分隊務に服しえたし、のち人間ばなれのしたエネルギーを発揮したコサック騎兵との戦いにも十分堪えたし、七十二歳で病没するまでつねに血色はあかあかとしていた。

もっとも、好古は酒を好んだ。この兄弟対面の夕も弟にはめしを食わせ、自分は酒をのんだ。

奇妙なことに、好古は茶碗を一つしかもっていなかった。一つの茶碗に酒をつぎ、ぐっと飲むとその空茶碗を弟にわたす。弟はそれでめしを食う。そのあいだ、好古は待っている。ときどき、

「早く食え」

と、せきたてた。

真之は松山じゅうの腕白小僧が束になってやってきても平気なほど向っ気のつよい男だったが、この好古兄貴だけがどうにもならぬほどこわかった。こわいくせに、この世のいかなる人間よりもこの兄という人間に興味と関心がつよかった。

「兄さん、なんで茶碗が一つじゃ」

と、おそるおそるきいてみた。

「一つでよかろう」

好古は、親指を茶碗のはしにひっかけて酒をあおっている。山賊の若大将といったふうであった。鼻が日本人ばなれしたほどに高かったために、松山でもこの信三郎好古のことを、

「鼻信」

と、ひとはかげ口をいった。両眼の眼裂が異様にながく、色白でくちびるが赤い。めずらしいほどの美男であったが、好古はなにがきらいといっても自分が美男であるということをひとにいわれるほどきらいなことはなかった。この点でもこの人物は目的主義であり、美醜は男にとって

なんの意味もなさずと平素からいっており、男にとって必要なのは、「若いころにはなにをしようかということであり、老いては何をしたかということである」ということのたったひとことだけを人生の目的としていた。

好古はそう弁じ、

「だから茶碗は一つでええ」

という。

「しかし兄さん、櫛はおもちじゃろうが」

と、真之は兄に肉薄した。兄はぶしょう者のくせに髪をきれいに分けている。

「持たんな」

「しかし兄さん、お髪がきれいじゃが」

と、真之は好古の頭を指さした。そういわれて好古は右ひじをあげ、指をもって頭髪をかいた。が、鳥のにこげのようにやわらかそうなその髪はべつにみだれることなくきれいにしずまっている。寸法のながいその髪は自然の曲線がついているために指で掻きあげるだけでちゃんとしずまるらしい。

この点でも、この人物は日本人ばなれした骨相だったといえるであろう。余談だが、かれが日露戦争後、ロシアのコサック騎兵の大集団をやぶったことで世界の兵学界の研究対象になり、多くの外国武官が日本に見学にやってきた。その武官のなかには、

「日本の騎兵がコサックをやぶれるはずがない。おそらく西洋人の顧問がいるのだろう」

とうたがう者があり、かれらが千葉の陸軍騎兵学校にゆくと、はたしてそれを見た。そこにいた秋山好古である。好古の顔をみて、

「やはり、西洋人がいた」

と、かれらはしきりにうなずきあい、好古が日本人であることを容易に信じなかったという。

真之のめしがおわった。

好古は、なおも飲んでいる。

騎　兵

騎兵というのは、どういうものか。

「それでこまっている」

と、好古は酒のせいか、それとも弟とひさしぶりで対面したためか、いつになく多弁になっていた。騎兵がどういうものであるかを、陸軍首脳のなかで理解している者は皆無（かいむ）といっていい、と好古はいった。

「これほど、日本人にわかりにくいものはない」

とも、好古はいう。

幕末、幕府はフランスを模範とした洋式陸軍をつくったが、騎兵科は設置しなかった。ひとつには騎兵が理解できなかかった。

「歩兵は、わかりやすい」

と、好古はいった。歩兵は徒歩兵で小銃を持ち、集団で進退し、敵に対して小銃弾をあびせ、

躍進して肉薄し、あとは銃槍や白刃をもって斬りこむ。

砲兵もわかる。大砲をうつ兵種である。

「騎兵とは、騎乗士のことか」

と、幕府の軍事官がフランス人にそう質問したという。騎乗の士といえば、日本の武士組織では士分（上士）のことである。戦場に騎馬をもってのぞむ。それ以下の身分の者は徒歩兵であり、日本では徒士（秋山家の身分だが）と言い、足軽もそれにふくめてきた。要するに騎乗の侍は身分が高い。

「騎兵とは上士の集団のことか」

と、日本では最初そう理解していた。よくわからぬまま幕府も大名も騎兵をもたぬまま維新をむかえた。

維新後、版籍奉還までのあいだ諸藩は以前どおり藩単位で軍備をもっていたが、そのとき土佐藩だけが日本中にさきがけて騎兵をもった。わずか二個小隊であった。

ところで明治四年、それまで直属軍隊をもたなかった新政府に対し、薩長土三藩が軍隊を献上した。これによって歩兵九個大隊、砲兵一隊（砲六門）、それに土佐藩から献上した右の騎兵二個小隊が日本陸軍の陣容になったが、馬の数でいえば二十頭であった。

「二十頭」

真之は、つぶやいた。日本騎兵は馬二十頭からはじまったのである。

「いまは何頭じゃろ」

「千四、五百頭はいるが、それに乗る人間はその三分の一もいない」

しかもその千四、五百頭というのも、すべて日本馬であった。馬格のとびきり小さなこの日本馬というものは近代戦における騎兵の乗馬たりえないから厳密には一頭もいないというにひとしかった。

それでこの前年、オーストリアからメスの馬を六頭だけ輸入した。好古のはなしではこのメス馬六頭をいま青森県、岩手県、宮城県の牧場に放ち、日本馬と交配させることによって雑種ながらも多少馬格の大きい馬をそだてようとしている段階であった。

(兄さんは心ぼそい軍隊にいる)

と、真之はおもった。六頭の西洋馬が雑種の仔をうんでそれがおとなの馬になるまで日本騎兵はいわば足ぶみをせねばならぬというそういう状態であった。

真之は、まだよくのみこめない。

兄の商売である騎兵というものが、であった。

「すると、源平合戦や戦国の合戦に出てくる騎馬武者というのは騎兵ではありゃせんのかな」

「ちがうな」

好古はいった。

「あれは歩兵の将校が馬に乗っているというだけのことだ。騎兵ではない。本当の騎兵を日本史にもとめるとすれば」

と、好古はいった。

「源義経とその軍隊だな」

好古にいわせれば、源平のころから戦国にかけて日本の武士の精神と技術が大いに昂揚発達し、世界戦史の水準を抜くほどの合戦もいくつかみられるが、しかし乗馬部隊を集団としてもちいた武将は義経だけであった。

日本の旧武士のありかたは、乗馬の武士がいくにんかの歩卒をしたがえて戦場に出る。そういう小単位のあつまりをもって一軍をなし、それだけでいくさをする。

それだけのことである。

——乗馬兵だけで一部隊を編成すればどうか。

ということは、日本人は考えなかった。

乗馬部隊の特質というのは、まずその機動性にあるであろう。本軍から離れて千里の遠きへゆくことができる。さらに密集して敵のおもわぬ時期に戦場に出現すれば敵を一挙に潰乱させることができる。

ところがその欠点もある。脆さである。奇襲にしても事前に敵に発見されれば敵のもつあらゆる重軽火器がこの騎兵集団にむけられ、目標が大きいだけにばたばたとたおされてしまう。その長所と欠点をよくのみこんだ天才的な武将がこの騎兵を運用すれば大きな効果をあげることができるが、凡庸な大将ではそういう放れわざはとうていできない。

「騎兵の襲撃が成功した例は、西洋でもまれといっていい」

と、好古はいった。

義経が一ノ谷を小部隊の騎兵で襲撃して成功した。平家がまもる一ノ谷城（いまの神戸市）については、源範頼の源氏本軍が平面から攻めていたが、義経は京都で騎兵団を編成し、ひそかに丹波篠山へ迂回し、山路をとおって三草高原を越え、やがて鵯越へ出て一ノ谷にむかって逆落しの奇襲をかけた。また屋島襲撃も小部隊の騎兵をもってした。

その後、この戦術はほろんだ。戦国のころ織田信長が桶狭間合戦においてこれをもちいたのが唯一の例であり、以後、豊臣、徳川時代を通じてこの戦法はわすれられた。

「天才のみがやれる戦法だ」

と、好古はいった。

真之は、素直に感心した。

（この兄は天才かもしれない）

と、ひそかにおもった。

騎兵は、偵察にも任ずる。しかし戦場におけるその本務は、集団をもって敵を乗馬襲撃するにあり、西洋ではこれをもっともはなやかな兵科としていた。

が、このいかにも西洋くさい兵科のおこりは、西洋ではなく、モンゴルのジンギス汗であった。モンゴル人たちはヨーロッパを侵略したとき、騎兵集団の白刃突撃の戦法をくりかえしおこない、つねに成功した。

近世においてこの古法を採用し近代化したのがプロシャのフレデリック大王であろう。

フレデリック大王はつねに騎兵を決戦兵種としてもちい、百戦百勝した。かれは騎兵の特徴である速力を最大限に評価し、もっとも短時間に敵に肉薄襲撃をさせるために馬上の射撃をすら禁じた。馬上射撃をする者は死刑に処するという軍法をすら出した。

ついで、この用法の天才はナポレオンであった。かれも白刃をふるっての襲撃を騎兵の本則とさせた。このほかナポレオンが創始した騎兵のあたらしい役割は、捜索であった。その軽快な行動力を利用して敵陣ふかくこれを放ち、敵情を偵察させた。このため、ナポレオンは重騎兵と軽騎兵の二種類をつくった。重騎兵には胸甲を着せ、槍をふるって敵中に突入せしめる。軽騎兵は装備をかるくし、捜索のみに任じさせた。ほかに重と軽の中間の騎兵として「竜騎兵」というものもつくった。竜騎兵は銃を背にかついでときに徒歩戦にも任じた。

明治初年の日本陸軍はすべてフランス式をまねたが、騎兵だけはまねることが困難であった。

まず、馬がない。

鞍その他の装備にも金がかかりすぎる。

などがその理由であったが、なによりも騎兵など必要度がうすい、という観念がこの兵種の拡充を怠慢にしたといえるであろう。

「この日本に、騎兵をつかうような戦場があるか」

と、陸軍の首脳たちはいった。日本は地形が複雑で、平地も水田が多く、騎馬隊の急速な移動が困難であった。

「敵が攻めてきても、歩兵と砲兵で足りる」

というのである。

明治維新政府というのは幕末の尊王攘夷運動から成立したものであり、外国の侵略をふせぐということに主眼を置き、他国に戦場をもとめるというような思想はなかった。むろん、維新成立の三十余年後に、満州の曠野で世界最大の陸軍国と決戦するというような予想をもった者はたれひとりなく、

「騎兵は無用の長物だ」

ということが、その発足早々からつねにささやかれつづけてきた。

好古は後年、

――騎兵の父

といわれたが、この人物は二十四、五の下級尉官のころから日本騎兵の育成と成長についてほとんどひとりで苦慮し、その方策を練りつづけてきた。

子規の東京での保護者は、前記のように陸羯南になった。

「あれはおれのあずかりものだ」

と、羯南はよくいった。友人の加藤恒忠からあずかっている、という意味だが、あずかりもの、という羯南のことばによほどふかい心がこもっているらしい。

羯南はこの若者との接触がふかくなるにつれて、そのなかにねむっている才能を見出した。

「ひょっとしたら、天からのあずかりものかもしれない」

という予感をもちはじめた。羯南は子規という一個の才能のために自分が砥石になってやろうとおもい、書籍を貸したり、議論をしたり、体をいたわらせたりした。

羯南の言論はのちに政府をふるえあがらせるほどにするどかったが、しかし、子規に対してはあくまでやさしく、高いところからものをいう態度はいっさいみせず、むろん叱るようなこともなかった。

後年のことになるが子規は結核になった。のち、その悪化とともに当時の医者の診断でいう「ルチュー毒類似」というリューマチに似た症状を併発し、それに床ずれと悪性腫物がくわわり、言葉に絶する激痛がおそった。

「うめくか、叫ぶか、泣くか、またはだまってこらえているかする。そのなかでもだまってこらえているのが一番苦しい。盛んにうめき、盛んに叫び、盛んに泣くと、少しく痛みが減ずる」

と、子規は「墨汁一滴」に書いている。そういうとき、羯南がしばしば病床を見舞った。子規が痛みのために叫ぶと、羯南は子規の手をしっかりつかんで、

「ああよしよし、僕がいる僕がいる」

といってくれたという。

子規は友人の夏目漱石にも「羯南のように徳のあるひとは類がすくない」と書きおくっているが、そういう感情的な（感情のゆたかな、という意味であろう）ひとに手をにぎってもらったりひたいをなでてもらったりすると、もうそれだけで神経がやすまり苦痛がやわらぐように思える、と

も子規はまわりのひとに語っていたという。

陸羯南は、子規にあってはそういうひとであった。

いわば、子規の個人教師であった。

「あずかりものである」

という羯南のことばには、そういうきもちがこもっていた。

ひとつには、この時代の一種の気風かもしれなかった。先輩であるということは、後輩に対して一個の教育者であるというきもちが自然ともたれていたのであろう。

秋山好古が、その弟真之に対する態度も、兄というよりはあたまから教育者であった。

ゆきかたは、羯南とちがっている。

一種の野蛮主義（バーバリズム）である。ある日、真之が新聞をよんでいると、

「そんなものは長（ちょう）じて読め」

と、ひったくってしまった。当時の新聞は論説専門のもので、政府にかみついたり、自由民権を鼓吹（こすい）したりするものが多く、好古にいわせれば「おのれの意見もない者が、他人の意見を読むと害になるばかりだ」ということであったのであろう。

好古は、

「男子は生涯一事をなせば足る」

と、平素自分にいいきかせていた。好古の立場でいえば、自分自身を世界一の騎兵将校に仕立

てあげることと、日本の騎兵の水準を、生涯かかってせめて世界の第三位ぐらいにこぎつけさせることであった。

この目標のためにかれの生活があるといってよく、自然、その生活は単純明快であった。弟の真之に対しても、

「身辺は単純明快でいい」

とおしえた。おしえかたは、子規における陸羯南とちがい、猛烈であった。

雨の日、真之が英語塾にかようために縁をおりると、あいにく下駄のはなおがきれていた。手拭を裂き、それをなおそうとしていると、好古が背後から、

「なにをぐずぐずしとる」

と、どなった。真之はふくれた。

「下駄をなおしとるんです」

「はだしでゆけ」

雷のような声であった。真之は下駄をほうりだして駈けださねばならなかった。

横浜に、兄がいる。

真之のすぐ上で、真之と七つちがいであり、幼少のころ西原家に養子にゆき、西原道一と名乗っていた。実業を志し、早くから横浜に出て貿易商をいとなんでいたが、日露戦争の前年、事業が日の目をみぬまま没した。

真之は着京後ほどなく、この、

「横浜の兄さん」

とよんでいる西原道一宅に二度ばかりあそびに行ったが、この横浜の兄さんは真之の風体のきたなさに閉口し、

「お前、そのすがたはなんとかならんか」

といった。よれよれの着物に、ひものような帯をむすんでいる。道一はせめて帯でもましなら多少見映えがするかとおもい、

「帯を買うてやる」

と真之を家で待たせておき、とびきり上等の兵児帯を買ってきてくれた。いまはやりのちりめん帯であった。

「これでも締めぇ」

そういわれたから真之はよろこんでそれを締めた。東京へもどって家の中でもその姿でいると、好古が見とがめ、

「淳、その腰の妙なものはどうしたぞ」

ときいた。真之は、

「横浜の兄さんから貰うたんです」

というと、好古は大声で、

「歴とした男子は華美を排するのだ。縄でも巻いておけ」

といった。縄はひどすぎると真之はおもい、結局はもとのひも帯姿にもどった。このちりめん

の兵児帯は行李にしまってついに用いる機会がなかった。

「淳さんは、ひどいなりで歩いているなあ」

と、子規は一度だけ真之にいった。子規は東京ではやりの麦わら帽子をかぶっていた。

正岡子規は、赤坂丹後町の須田学舎に入って漢文をならった。そのあと、神田の共立学校に入り、英語をまなんだ。

「共立で勉強すると、大学予備門に入りやすい」

というのが、この当時の定評であった。いわば予備校のようなものであり、このコースは陸羯南がおしえてくれた。

秋山真之も、子規と前後して共立学校に入った。授業料は、好古の給料袋から支払われた。

「なんというても、花の都じゃなあ」

と、入学早々子規が真之にささやいたのは、この学校の英語教師の発音が、まるで松山中学のそれとはちがっていることであった。

英語の時間には、子規は音楽をきく者のような態度で聞き惚れた。

「淳さん、あれがほんとうの英語ぞな」

と、横の真之にささやいた。

そのくせ子規は発音が不器用で、読むことを命ぜられて立ちあがってもなかなか読めず四苦八苦して出る発音は、依然として松山中学の発音だった。

真之はこの点、とびぬけて器用だった。みごとに舌をまるめて米国式のRの発音をし、教師から感心された。

「語学なんざ、ばかでもできるのだ」

と、壇上の教師はいった。

「にわとりがときをつくる。そっくりまねてみろ。馬鹿ほどうまいはずだ」

といった。真之は苦笑して「ノボルさんよりもあしのほうがばかか」とささやいた。

教師は、おもしろい男だった。この当時の日本人は英語という学科を畏敬し、ひどく高度なものにおもいがちであったのを、そのようなかたちで水をかけ、生徒に語学をなめさせることによって語学への恐怖感をとりのぞこうとした。

教材は、パーレーの「万国史」だった。この教師は、一ページをつづけさまに読み、しかるのちに訳し、そのあとそのページを生徒に読ませ、もう一度生徒に訳させる。後年の語学教授法からみれば単純すぎるほどの教えかたであった。

教師は、まるい顔をしていた。

「まるでだるまさんじゃな」

と子規がいったことが、たまたまこの教師の生涯のあだ名になった。教師は、高橋是清といった。

高橋是清は明治、大正、昭和の三代を通じての財政家であり、大正十年には総理大臣に親任されたことがあるが、その生涯の特徴は大蔵大臣としての業績であり、とくに危機財政のきりぬけ

に腕をふるい、昭和九年八十一歳で何度目かの大蔵大臣になり、同十一年八十三歳でいわゆる二・二六事件の兇弾にたおれた。

かれは日露戦争前後のころは日銀副総裁であったが、英国に駐在して戦費調達に奔走し、苦心のすえ八億二千万円の外債募集に成功したことがその生涯を通じての功績になった。

それが、このころは共立学校の教師として真之らに英語をおしえていた。

好古が離れをかりている旧旗本の佐久間家には、

「お姫さま」

とよばれている十四歳の小むすめがいる。名を、多美といった。狆のように可愛い目をしていたので、好古は、ある日、つい、

「狆」

とよんだ。多美は女児ながらよほど腹にすえかねたのか、それきり好古と顔をあわせても口をきかなかった。

「あのお方は、陪臣でございますからね」

と、多美の乳母がそうおしえた。

すでに明治も十五、六年たったというのに、東京の山ノ手ではまだそういう身分意識がおとろえずに生きていた。おなじ士族でも旧旗本は大名と同様、もともとは将軍家の直臣だったから、好古の秋山氏のような大名の家来ぶんをマタモノ、陪臣とよび、そのぶんだけさげすむのであ

る。乳母にすれば陪臣だからはしたないのだ、ということで多美をなぐさめたのであろう。もっとも好古はべつにはしたなくはなかった。かれは陸軍の下級尉官ながら文官でいえば高等官であり、位階をもっている。位階をもつというのは明治初年の意識では「天皇の旗本」ということであり、前時代のつまり「徳川王朝」の旗本に対してはいまとなれば身分が上であるというりくつが成り立つが、しかし佐久間家のひとびとに対しては、「御直参」としての礼をつくしていた。兵営から帰ってきて門内で多美と顔をあわせることがあっても、好古のほうから頭をさげ、

「ご機嫌よろしゅう」

という。多美はちょっと会釈をかえし、やがてばたばたと駈けこんでしまう。多美ははるか後年（好古は晩婚だった）になってまさかこの明治政府の軍人の妻に自分がなろうとは、このころ夢にもおもっていない。

多美における「離れの秋山さん」というのは、佐久間の家来のようなものだろうという印象であった。

維新で没落した佐久間家は、家来や中間などを整理せざるをえなかったが、それでも何人かはまだ屋敷のお長屋にのこっている。整理された家来たちも、ときどきやってきては機嫌を奉伺していた。乳母のいう「陪臣」とはそういうものだろうとおもっていた。後年好古が求婚したとき、

——陪臣のところに。

と多美は大まじめにおどろき、「清水(きよみず)の舞台からとびおりるような気持で決心した」と晩年になるまでそのときの動揺をこどもたちに語った。

多美には、両親がすでに亡(な)くなっており、祖父が親がわりになって彼女をかわいがっていた。祖父は屋敷の者や出入りの者から、

「大殿様(おおとのさま)」

と敬称されていた。こういう点でも、江戸時代とすこしもかわっていない。

「秋山さんの弟さんのきたないこと」

と、乳母がときどき顔をしかめているのを多美はきいていた。

多美はそれでも関心はあった。

「秋山さんのご兄弟をみていますと、へたな落語(はなし)よりおかしゅうございますよ」

と、乳母が離れの様子をおしえてくれた。兄弟で、一つ茶碗でめしを食っているというのである。

「そういうお道具もないの」

多美は、おどろいた。

「貧乏なのかしら」

「そりゃもう、貧乏にきまっております」

軍人の給料のひくさというのはこの当時世間の評判であった。しかしそれにしても茶碗のひと

つぐらい買えないはずはなかった。

「お酒でございますよ」

と、乳母はいった。好古は、毎日五合は酒をのむ。夏は焼酎（しょうちゅう）をのんだ。どうにも酒が必要な体質らしい。後年のはなしになるが、多美と結婚したあとは好古はすでに高級士官であったが、もって帰ってくる給料袋がほとんどからの月もあった。

この下級尉官のころ、料理屋などにゆける身分ではなかったから、友人を下宿によんだり、自分がたずねたりして飲んだ。

砲兵に徳久という少佐がいた。

兵科もちがうし上官でもあったが、徳久は好古の酒ののみかたがおもしろいというのでよく自宅にまねいた。

ある日、徳久家で痛飲し、帰路、さすがに酔った。足がもつれた。

たまたまそのあたりにスリが会合していて、

「あの士官の長靴（ちょうか）をすれるか」

ということで、銀平というスリがあとをつけ、好古に接近した。やがて好古は路傍に尻もちをつき、しばらく息を入れていると、

「旦那」

と、銀平は身をよせた。

が、好古の両眼が異様に大きいため銀平はひるんでしまい、

(舐めるとやられる)

とおもい、計画をかえた。

「あっしはスリなんです」

と、正直にうちあけた。さらに自分が旦那の長靴をするということをなかまと約束してしまったことをうちあけ、

——このとおりでやす。

と、おがんだ。

好古は、息を吐いた。

無言である。やがて、

「たばこは、持たんか」

といった。スリは横浜あたりで買ったらしい上等の両切りをふところからとりだし、好古にさし出した。

好古は一本を抜き、口にくわえた。くわえたままである。ついでながら好古は非常な喫煙家でありながら、不精のせいか、生涯マッチというものをもったことがなかった。

やむなくスリが、火をつけてやった。

好古はおそらくこの煙草一本と交換というつもりだったのか、だまって片足を出した。スリはぺこぺこ頭をさげて長靴をぬがした。

好古はこの夜は片っぽうの靴だけで帰っている。そういうはなしも、乳母の口から多美の耳に

入っていた。

この時期、多美が乳母からきいていたことは、

「秋山さんは、陸軍の大学にお入りになるんですって」

ということであった。

このころ、創設ほどもない日本陸軍もようやく陸軍大学校というものを設置しようとしていた。

列強は、そういう制度をとっている。正規将校の養成は士官学校でおこない、かれらが尉官になってからとくに優秀な者をえらび、参謀と将官を養成するための大学校に入れ、戦術、戦略をはじめあらゆる高等軍事学をおしえる。

日本陸軍はとにかくその設置だけはきめたが、しかしその高等軍事学を教えるべきかんじんの教官がいなかった。

――外国からつれてこい。

ということになった。

最初、フランス陸軍からよぼうということになった。当然であった。日本陸軍は旧幕府のころからフランス式であり、秋山好古なども士官学校ではその式を学び、かれの知っている外国語といえばフランス語であった。

が、当時日本では、

——フランス陸軍にはもはやナポレオンの栄光は生きていない。むしろこれからはドイツ（プロシャ）陸軍の戦術、編制こそ、世界の軍事界の先端をゆくことになるだろう。

という意見がつよくなりはじめており、むしろドイツ陸軍の参謀本部からよぶべきである、ということになった。

このため大山巖と桂太郎がドイツに人さがしにゆくことになり、ベルリンに入り、時の陸軍大臣フォン・ゼレンドルフに依頼した。

ゼレンドルフは、それを参謀総長モルトケに相談した。

モルトケは近代陸軍の戦術思想を一変させた天才であり、このころすでに八十五歳であったが、ドイツ陸軍はかれを退職せしめず、なお参謀総長の現職につかせていた。

モルトケは一諾し、

「メッケル参謀少佐がよかろう」

といった。

メッケルというのは、クレメンス・ウィルヘルム・ヤコブ・メッケルと言い、このとし四十三歳でまだ独身であった。モルトケの愛弟子であり、参謀大尉フォン・デル・ゴルツとともにこの時期のドイツ陸軍の至宝とされていた。

それを東洋の、その国名すらヨーロッパ人にとってなじみのうすい日本にやろうというのである。契約は一年であった。

これをモルトケからきいたメッケルは即答せず、あすまで考えさせてくれ、といった。その

問、メッケルは日本人に会い、

「日本でモーゼル・ワインが手に入るか」

という一事だけをきいた。無類の酒ずきで、もしモーゼル・ワインが日本で手に入らなければこの日本ゆきをことわろうとおもっていた。日本人は、「横浜でなら手に入る」といった。この返事でメッケルは日本ゆきを決意した。メッケルの日本陸軍における功績はのちの日露戦争の勝利までつながってゆくことをおもえば、運命のモーゼル・ワインであったといっていい。


明治十六年二月、好古はかぞえて二十五歳で陸軍騎兵中尉に任官している。

このとしの四月七日、陸軍大学校に入校を命ぜられた。

「兄さん、陸軍にも大学ができたか」

と真之がいったが、無口な好古はだまっていた。

「なにをする大学ぞな」

と真之がきいたが、好古は無言でいた。なにをする学校か、好古にもよくわからないがとにかく戦略、戦術の最高のものをそこでおしえ、その卒業生を将来の参謀や将官にするということだけはわかっている。

「学生は何人じゃな」

「十人だ」

と、好古はいった。日本陸軍のすべての青年士官のなかから、わずか十人がえらばれただけだ

という。

「兄さんは、よほどえらいのじゃな」

真之はいった。真之にすれば素朴にたたえただけであったが、好古の好みでは、言ってもいわなくてもいいような無駄口はきらいであった。

「お前は、くちかずが多すぎる」

と、どなった。真之はふくれた。

「しかしえらいものをえらいというのは、かまやせんじゃろが」

「騎兵だからだ。えらくはない」

好古は、自分でもそうおもっていた。この年の日本陸軍の騎兵科というのは下士官と兵をあわせてその人数はわずか五百五十一人で、将校はたった三十五人しかいない。そのなかからえらばれたのだからたいしたことはない、と好古はいうのである。

「しかし陸軍大学校に入る以上は、将来の日本騎兵はわしがひきいねばならぬだろう」

と、好古はいった。ほらでも大言壮語でもなく、自然にそうならざるをえず、好古の能力次第で騎兵の能力がきまってゆくといっていい。

新設された陸軍大学校は和田倉門付近の旧大名屋敷を改造して、当分そこにおかれることになった。

好古は四月九日付で入校したが、入校してから意外におもったのは、戦略や戦術がおしえられるわけではなかった。

「それは、外国人傭教師がきてからだ」

ということであった。

陸軍大学校幹事は岡本兵四郎という歩兵大佐で、入校学生に対し、

「きみたちは、数学ができない。それをざっと十カ月でおしえる」

というのである。

数学とは、代数のことであった。好古らの士官学校教育は速成だったために、歩兵科と騎兵科は数学教育が省略されていた。ただ砲兵科と工兵科だけは兵科の性質上、数学は十分に教えられていた。

結局、外国人がくるまでということで、この明治十六年いっぱいは、代数と地質学といった中学生がならうような普通学科であけくれした。

上京後、一年経った。

——どうじゃろう。

と、なにごとにも口火を切る子規は、共立学校のなかまたちにいった。

「大学予備門を受けてみるか」

「むりじゃないか」

と、みな相手にしなかった。せめてもう一年勉強せねばとうてい受からないことはたれにでもわかっている。第一、子規がもっともあぶなかった。子規の英語の力は、なかまのたれよりも劣

っている。

「どうせ場馴れのためじゃ。落ちてももともとじゃ」

と、子規はすすめてまわった。真之にもいった。

「淳さんは、いけんかな。淳さんは兄さんがこわいけん」

「こわくはない」

と、真之はいった。好古という兄は、かれがもっている二つ三つの信条にさえさからわねば、あとはあっけないほど寛容であった。

大学予備門というのは、一ツ橋にある。入学試験は九月であった。

真之は、兄に相談した。

「合格する自信があるのか」

と、好古がきいた。好古の信条は、勝てる喧嘩をしろ、ということであった。とうてい勝ち目のない相手と喧嘩をするときもせめて五分のひきわけにもってゆく工夫をかさねてからはじめろというもので、

「のっけから運をたのむというのは馬鹿のすることだぞ」

ということであった。

(そんなことは、いわれなくてもわかっている)

と、真之はおもった。

ただかれの頭痛のたねは、学資であった。大学予備門から大学へすすんで学士になるには相当

な学資が必要であり、それを兄の安い給料にたよってゆくのは苦痛であったし、第一兄はそれに堪えるだけの給料をもらっていなかった。

「常盤（ときわ）会の給費生になりたいとおもいます」

それをかねて考えていた。旧藩主の給費生になるわけである。

「淳、まちごうとる」

と、好古は大声を出した。真之はびくっとした。兄の信条の二つ三つは心得ていたが、もう一つあるとは知らなかった。

「お前はまちごうとるぞ。一個の丈夫が金というものでひとの厄介になれば、そのぶんだけ気が縮んで生涯しわができる」

「しかし殿様のご厄介になるのですから」

「殿様でもなんでもおなじじゃ」

と、好古はいった。

結局、学費のことは未解決のまま試験の日がちかづいた。真之は、なやんだ。

（しかたがない。兄にもたれよう）

とひらきなおった。

とにかく入学試験に合格することが先決であり、勉強に没頭した。

この間（かん）も子規はのんき者で、べつに猛勉強をする様子もなくときどきあそびにきては太平楽（たいへいらく）なことをしゃべって帰った。

子規は、よほど運がいいらしい。ためしにといって受験した大学予備門が、難なくうかってしまったのである。

「あしは英語がでけんけれ、いけんと思うたのじゃが、よかった」

と、真之のもとに駈けこんできていった。真之も、合格していた。

夕刻、門前から拍車の鳴る音が近づいてきた。好古が帰ったのである。

真之はあわてて縁側へ出、正坐してていねいにあたまをさげ、いつものようにお帰りなさい、といった。

「どうじゃった」

好古は、やはり心配だったらしい。

「升さん、うかりました」

と真之はまず子規のことを言い、ついで自分も合格した旨を報告した。

「酒をのもう」

好古は、長靴をぬぎすてるなりいった。祝杯だ、というのだが、真之も子規も飲まないから、結局は好古だけがのむ。

——酒はおれの病気だ。

という好古は、他の豪酒家のように他人に酒を強いるということはなかった。徳利をひきつけて、冷のまま飲みはじめた。山賊のようであった。

酔えば、多少言葉かずが多くなった。

「秋山の兄さん、この世の中で」

と、子規はきいた。

「たれがいちばんえらいとお思いぞな」

「なんのためにきくのだ」

好古は、質問の本意をきいた。質問の本意もきかずに弁じたてるというのは「政治家か学者のくせだ」と好古はつねに言う。軍人はちがう、と好古はいう。軍人は敵を相手の仕事だから、敵についてその本心、気持、こちらに求めようとしていること、などをあきらかにしてから答えるべきことを答える。そういう癖を平素身につけておかねば、いざ戦場にのぞんだときには一般論のとりこになったり、独善におち入ったりして負けてしまう、と好古はいうのである。

「なんのためというて」

子規は、とまどった。ほんの酒の座の座談のつぎほのつもりできいたのである。

「ああ、なにげなしのものか」

と、好古はいった。

「生きているひとか」

「そのほうが、ためになります。生きているひとなら、訪ねて会ってもらえるということもありますから」

「あしは会うたことがないが、いまの世間では福沢諭吉というひとがいちばんえらい」

と、好古は著書をいくつかあげていったがこの返事は真之にも子規にも意外であった。好古は軍人だから軍人の名をあげるかとおもったのである。

好古の福沢ずきは、かれが齢をとるにつれていよいよつよくなり、その晩年、自分の子は慶応に入れたし、親類の子もできるだけ慶応に入れようとした。そのくせ生涯福沢に会ったことがなかった。好古はおそらく、富裕な家にうまれていれば自分自身も福沢の塾に入りたかったのであろう。

大学の制度は、しばしばかわった。

明治二年、旧幕府における最高の学校であった昌平坂学問所をあらためて、

「大学校」

と称した。その機能を二つに区分し、大学南校と大学東校と言い、南校では人文科学、東校では医学をおしえた。

これが明治四年、同十二年の学制改革でおいおい充実し、明治十九年の帝国大学令ではじめて帝国大学の設置が規定された。

子規や真之らは、帝国大学以前の制度のときに入学している。かれらが入学した大学予備門というのは大学に付属した機関で、のちの旧制高校もしくは大学予科に相当する。

「あしゃ、どうも英語がでけぬ」

と、子規は入学早々、音をあげはじめた。

子規は、入学試験の英語考査のとき、共立学校のころの友人からこっそり教えてもらった。

「Judicature」

という単語が出た。Judge から出たことばで司法権とか司法官という意味があるが、子規にはわからず、となりの席のその友人に小声で救援を乞うと、

「ホーカン」

と、その男はささやいた。法官である。が、子規は、なるほど幇間（ほうかん）か、とおもい、そのように書いた。司法官とたいこもち、ずいぶん意味がちがうであろう。

その程度の実力で入学してしまったために子規は当惑した。

当然であった。この当時の予備門の教科書は外国直輸入のもので、たとえば幾何の教科書もすべて英語で書かれており、試験の問題も英語で出た。

子規はやがて幾何で落第するのだが、幾何そのものがわからないというより前に、幾何の教科書の英語からしてわからなかった。

「あしのような者は予備門で一人じゃ」

と、子規は毎度くびをふってなげいた。

他の学生は、たいていが英語ができた。子規がもっともおどろいたのは学期末の試験のときにとなりの美青年が英語で答案を書いていることであった。

（こんな男がいてはかなわない）

と、子規はおもった。その学科は地理かなにかで、べつに英語で書く必要のないものであった

が、その男のスピードは子規が書く日本語よりも早かった。

やがてそれが、東京府立一中からきた山田武太郎という男であることがわかった。のちの山田美妙（斎）である。

山田美妙はこのあと創作に専念するために中途退学し、この翌年尾崎紅葉とともに硯友社をおこし、いかにも早熟の才子らしい小説をつぎつぎに発表し、やがて言文一致運動をおこし、世間の注目をあびた。

このような才子からみれば、この当時の子規はいかにも田舎の青年で、諸事鈍重であった。

七　変人

在学中、子規は下宿をよく変えた。真之は子規の学生生活の自由さをうらやましくおもい、

（あしも升さんみたような下宿生活をしてみたい）

と、おもったが、兄の好古がゆるしてくれるかどうかわからず、言いだしかねていた。

ある日、おもいきって言うと、意外にも、

「よかろう」

と、好古はいってくれた。好古もこの時期陸軍大学に在籍中で、帰宅すると夜ふけまで書物を読んだり、数学を解いたり、戦術の宿題を書いたりして多忙だったので、一室で兄弟が同居しているのはたがいに邪魔であった。

「それなら兄さん、升さんと同宿する」

と、真之はいった。

升さん——子規——がはらっている下宿代は当時の東京での相場どおり月四円であった。部屋

代が一円、食費が三円で、この部屋代の一円を二人で分担すれば一人三円五十銭になる。五十銭が、浮く。

提案家の子規は、かねてより真之にこれをすすめていた。

結局、同宿することになった。

神田の猿楽町に、板垣善五郎という表札のかかった二階だての玄人下宿がある。子規はそこに住んでいた。

「予備門の書生さん」

といえば下宿の主人夫妻も女中たちも、他の書生とはべつあつかいであった。日本一の秀才だとおもわれていたし、末は博士になるか大臣参議になるか、要するに尋常の若い者ではない。

「迷信だな」

と、やってきた真之に、子規はいった。そんなものは庶民の迷信にすぎないと子規はいう。

「人間というのは人間を信仰したがるのだ」

「へっ」

と、真之はあざわらった。

「凝ったな」

と、真之はいった。哲学に、である。子規はこのところ哲学というものに、まるではじめて恋をした青年のようなのぼせかたで熱中していた。

「ほんとうだよ、予備門の書生がなぜえらいか、あしにはわからん。学校で見まわしてもそれほ

どのやつはおりゃせんがな」

「だから、予備門の書生はえらいというのは世間の迷信というわけか」

「わけさ」

「そのあたりのイナリの赤鳥居とおなじか」

「おなじだ」

と、子規は気負ってうなずいた。

「世間というのは迷信の着物をきてやっと寒気をしのいでいるのだ。真理とか本当のことというのは寒いものなのだ」

「凝ったなあ」

「だって、そうじゃないか。人間もいきものなら、いきもののことを考えるのは、人間より下等な動物の例をあげるとよくわかる。犬は同類の犬を信仰するか」

(むずかしいことを言やがる)

真之は、子規の顔をみつめた。

もともと子規というこの少年には哲学趣味がなかった。伊予松山から上京してきたころには、大政治家になろうとおもっていた。

上京早々のころ、叔父の加藤恒忠が、

「すると升の志望は、えらくなることか」

とたずねた。立身出世をするということがなににもましてよいことだとされていた時代である。恒忠は、

「少年の客気、愛すべし」

といった。さらにかさねて、

「朝ニアッテハ太政大臣、野ニアッテハ国会議長、というのが升の志望だな」

といった。子規はちょっと気恥ずかしかったがなかばまじめにうなずいた。そういう志望がなければわざわざ松山の田舎からのぼってきはしない、とおもった。

「だから大学では法律をやる」

と、子規は真之にもいった。真之は子規にくらべるとまだ少年期のなかにいたから、べつに志望まできめていない。

「秋山はどうする」

と、子規は真之にたずねたことがある。真之は、両眼をむいていった。

「あしも、朝ニアッテハ……のほうだ」

ところが。

子規は、どんどん成長している。まだ共立学校で英語と数学をまなんでいたころ、この学校には漢文の授業もあり、「荘子」をおしえていた。

これが、子規の哲学への開眼になった。

「あしは、あの荘子の講義にはびっくりしたぞな」

と、子規は、予備門に入ってからも、真之に何度もいった。漢文といえば孔子孟子といった儒学の世界のもので、老子荘子というような異端の学問は田舎の漢学者はめったにやらない。

「さすがは花の都じゃとおもうた。予備門の予備学校で荘子をおしえられるとは、きもをつぶした。荘子は、人間とはなにか、世の中とはなにか、生命とはなにか、を考えさせる」

このため、大学では法律をやらずに哲学をやろうとおもった。大政治家の夢は、かんたんにやぶれた。

「ところが、秋山よ」

と、猿楽町の下宿で子規はいうのである。子規は、大ためいきをつきながら、

「哲学も、あしにはややこしいなあ」

といった。理由は、語学であった。予備門の講義にも哲学概論があったが、この教科書が英語であるうえに、なんとも砂を噛むようにおもしろくない。

「あしには、物事をつきつめてゆくあたまがあるようにおもわれるが、ただしそれは多分に直感的で、その直感を道理として組織化してゆくことにはどうやら欠けているらしい。将来の大哲学者になるのは、むりじゃな」

「べつに、そう、せっかちに自分をきめつけィでもよかろうがな」

「少年老イヤスク学成リガタシ、せっかちにゆかねば男子はどうなるものぞ」

子規が哲学への志望をあきらめたについては、おもしろいはなしがある。

——天然居士

という人物がいる。子規と同級の夏目漱石が後年「吾輩は猫である」を書いたとき、作中でそういうあだなで登場する。本名は米山保三郎で、子規と予備門の同級だった。

ある日、子規は友人のあいだをかけまわって言ったことは、

「われわれの同級にすごい男がいる」

ということであった。

米山保三郎のことである。米山は天性、哲学者になるためにうまれてきたような男で、

——あの男のは、頭で考えているだけじゃない。

という評判があった。脇腹でも爪のさきでも、それどころか毛ずねの毛のさきまでがつねに戦慄しつつ物事を考えているといったふうなところがあった。

奇人でもあった。

ある日、前ぶれもなく子規の下宿をたずね、声もかけずにその部屋に入り、子規の前にすわった。

「君は、哲学がすきだそうだな」

まるで、他流試合にきた浪人剣客といったふうがあり、子規はもうそれだけで閉口してしまった。

米山には、北陸なまりがある。

元来、文学的素質（このころの子規自身は自分のその才能を買っていなかったが）のある子規は、相

手からむだぐちをひきだすことによって相手の気をいなそうとした。

「君は、くにはどこかね」

といったが、しかし米山は答えず、顔をちかづけて（近眼のせいか）きて、

「それを知ることは、君にとってどういう意味があるんだ」

といった。

ついでながら、米山保三郎は金沢の人である。のち文科大学（文学部）で哲学をおさめ、さらに大学院で空間論を研究したが、二十九歳で没した。文科大学のころは漱石と親交があり、漱石のことを、「無口な男だが、かんじんなことを相談すればかならず事を処理してくれる。そういう処理能力をもっている」と評し、漱石のなかにある文学的才能についてはついに触れることがなかった。

とにかく、子規はもてあました。

米山は、子規が書名もきいたことのないような哲学書の書名や著者名をふんだんにあげ、さかんに論じたてた。途中、子規がぼうぜんとしていると、

「君は俳句に興味をもっているそうだな」

と、米山は方角をかえた。

「審美学（のちの美学）という哲学の一分野があるのを知っているか」

子規は知らなかった。米山にいわせると、審美学というのは絵画や詩歌というような芸術を哲学的に究明してゆく学問だという。

「俳句をやるなら、ハルトマンの審美学をよみたまえ」

と、米山はいった。ドイツ語だという。子規はもう、顔が青くなっていた。

「げんこがこう……」

と、子規はあとで真之らにいった。

「雨あられとふってくるのを、あしは抗（あらが）いもせず、両手であたまをかかえて息をつめてこらえていたようなものじゃな」

米山保三郎との対面の印象である。

最後に子規が、

——君は年はいくつだ。

ときくと、子規よりも二つ下であった。これには子規もうちのめされてしまい、

「あしは、あきらめたな、哲学者になることは」

と、友人たちに報告した。負けずぎらいの子規は、哲学をやるからには日本最大の哲学者になる意気ごみでいたのだが、同級生に米山保三郎のようなのがいるとわかった以上、すっかりその気をなくしてしまった。

「あいつはおれの物識（ものし）らずを軽蔑したろう」

と、子規は、そのことをくやしがった。せめて米山がいった書物の一冊でもよんでやれとおもい、パリにいる叔父の加藤恒忠に手紙をかいた。

このおいを見こんでいる加藤恒忠はのち、ハルトマンの審美学の書物を子規のために買い、帰国する友人に托した。子規はそれをひらくと、あいにくドイツ語であり、やむなくドイツ語のできる友人にたのみ、一語々々訳してもらっては理解につとめた。が、根(こん)くたびれしてやめてしまった。

同時に、哲学志望もそれでやめた。在学中、逆に哲学は子規をくるしめた。哲学総論の先生は、ブッセというひとであったが、子規はこれにはあたまを痛めた。教科書につかっている書物に、

――サブスタンスのレアリティはあるかないか。

などと書いてある。子規はばかばかしくなり、「レアリティとはなんのことかわからないおれにどって、あるかないかどころのさわぎじゃない」

といったりした。

「升さんはずいぶん妙な本を読むなあ」

と、真之がはじめて子規と猿楽町の下宿で共同生活をしたとき、そういった。

「あれのことかな」

と、子規はふりかえった。机の上に和とじの書物が五、六冊積まれていた。人情本である。「梅暦(うめごよみ)」などといったたぐいのもので、これを子規に賃貸するために貸本屋が三日にあげず下宿にやってきていた。貸本屋は三十すぎの男で、いつも貸本の高荷を頭の上まで背負いこんでいた。

和本だけでなく、当世でいう小説本のたぐいも子規は賃借りしていた。

「あれに、一カ月一円は要る」

と、子規はいった。真之はおどろき、

「一円もつかっているのか」

と、不機嫌な顔になった。学費を旧藩の恩恵にたよりながら、人情本や小説本に一円もつかうとはどういうことであろう。

「世態人情を知るためだ」

と子規はいったが、すぐ白状して、「酒徒が酒を愛するがごとくあしはどうあってもこれを愛する。目的などはなく、あしの精神に必要なのだ」といった。

子規の青春は多忙であった。

哲学にこっているかとおもうと、演説にもこっていた。

「あす、常盤会の会があるんだ」

と、子規は真之にいった。その会で演説をするんだ、という。

「あしもやりたいな」

と、真之はいった。政談演説が流行していて、町でも村でも青年たちはそれに熱中していた。子規や真之が松山中学にいたころ、かれらはさかんに演説をぶってまわった。主題は、たいていの壮士の演説がそうであるように、自由民権に関するものであった。

——藩閥は排撃せねばならぬ。
——官憲の横暴と戦わねばならぬ。
——自由は民衆の固有の権利であり、なにものにもさまたげられてはならぬ。

すでに子規も真之も、松山中学のころにルソーの「民約論」を服部徳の翻訳でよんでいたし、東京に出てきてからは、モンテスキューの「万法精理」もよんだ。

ただし、国会はまだひらかれていない。しかし「明治二十三年を期して国会をひらく」という詔勅（しょうちょく）はすでに同十四年に出ており、このため天下の青年の志は政治にむかっていた。

その気分はむろん、子規にも真之にもあった。

しかし子規が、

「常盤会でやる演説をきいてくれるか」

といって下宿の畳を踏んでたちあがり、咳（せき）ばらいを一つしてしゃべりはじめた演説の内容は、意外にも政談ではなかった。

哲学めいた主題であった。

(升さんはめまぐるしくかわってゆく)

と、真之はおもった。子規は、ひとよりも倍の速度で成長していたし、それだけに変りかたもはげしかった。そこへゆくとあまりかわりばえのせぬ真之からみれば、どうも軽率なような感じもしたし、同時に一個の多彩な光体（こうたい）をながめているようなまばゆさも感じた。

その子規が、いまは人情本や小説本に熱中しているのである。

「そげなもの、読んでもええのかなあ」

と、真之はいった。

真之には、まだ前時代からひきついでいる偏見がある。士大夫たる道を志す者はそういう戯作者の戯れ本をよんではならぬということであった。

江戸時代の漢学者でも、公然とは滝沢馬琴を読まなかった。まして井原西鶴などの名前を知っている者もまれであったであろう。それらの戯作は、市井の婦女子がよむものとされていた。

（大学予備門にまで入って、そういうものを読むのか）

と、真之は内心、子規の放埒さにおどろいた。

「淳さんも、読め」

と子規は言い、とりあえずそのうちの一冊を真之に貸しあたえた。子規は、自分が興味をもったことや自分が悟った真実を友人たちに及ぼさねば気のすまない性質だった。真之も読むことにした。

大学予備門の生活は、子規にとって快適であった。

「この世に語学というものさえなければ、天下におそるべきものはない」

と、子規は毎日、あたるべからざる活気でくらしている。才を恃んで多少ひとを小馬鹿にしているようなところもあったが、同級の連中もそういう子規をゆるし、一段高い場所に置いているふうがあった。

そういうなかで、子規の親友が六人あり、子規はこのなかまを、

「七変人」

と称して得意になっていた。その名は、子規の手記を写すと、つぎのようである。

関甲七郎　陸奥人
菊池謙二郎　常陸人
井林広政　伊予人
正岡常規(子規)　伊予人
秋山真之　伊予人
神谷豊太郎　紀伊人
清水則遠　伊予人

子規はこの連中と娘義太夫にかよったり、下宿で牛鍋を食ったり、議論したり、なにもすることがなくなると腕ずもうをしたりした。

小まめな子規は、

「七変人腕押し番付」

というようなものをつくった。秋山真之は腕ずもうでは最劣等で番付では「行司」という欄に入っており、子規は小結であった。子規はまた、

「坐相撲(すわりずもう)番付」

というものをつくった。最高の大関は子規で、真之は関脇であった。

「骨牌(かるた)番付」

というものがある。真之は後年までばくち上手であったが、この七変人のなかでも最高の大関であった。

「人物採点表」

というものも、子規はつくった。子規がひとりでつくりあげたものらしく、このころの子規らしい文章のくせが出ている。秋山真之の項は、

「人ヲ評スルニ能(よ)ク驚キ能ク賤(いや)シム」

とある。他人の批評をするに可もなく不可もなくといった態度をとらず、学才のある者にはひどくおどろき、たいしたことのない人物についてはひどくいやしめる。

「勇気」

という項がある。井林広政の九〇点をのぞいてはみな七〇点である。

「才力」

は、子規は自分と井林だけを九〇点とし、関、菊池、秋山に八五点をあたえ、他は七〇点にしている。

「色欲」

の項では関が九五点の最高で、菊池の九〇点がこれにつぎ、神谷が八五点、清水が五〇点でも

っとも低く、秋山、井林は八〇点で、子規は七五点。

「勉強」

は、要するに学力と努力の総合点らしいが七変人とも点がひくく、かろうじて菊池が七〇点であり、関が六五点、これに秋山真之の六〇点が次ぎ、子規が五〇点、才力九〇点の井林は二〇点でしかない。

子規は後年、「筆まかせ」のなかでこの当時の十九人の友人について触れ、夏目漱石のことを「畏友(いゆう)」と書き、真之のことを「剛友」と書いている。

が、平素は、

「秋山は自信過剰でこまる」

とこぼしていた。

真之は七変人のあつまりのときなど、みなが哲学論や文学論に熱中していても、ひとり寝そべって議論のなかまに入らなかった。

「秋山はどうおもう」

とたれかが水をむけても、ふんと鼻を鳴らして菓子かなにかをたべている。

真之は、哲学論がにが手だった。にが手な話題にまじって恥をかくよりも、だまって菓子を食っていたほうがとくだということを知っている。

「つまり、うぬぼれの裏返しだ」

と、子規は、真之のそういうポーズの裏をそう見ぬいてよくからかった。真之はそのつど、

「あしは子供のなかまには入らん」

といった。

子規は、この予備門時代、原稿用紙三枚ほどから成る「秋山真之論」を書いて真之に示した。

「アルヒト曰く、伊予松山ニ人アリヤト問ハバ、君ハ自ラ我ナリト答ヘン」

というところからはじまる文章で、それを意訳すると、

「さらにまた大学予備門に人物はいるかとたずねられれば、君はそれはおれだと答えるだろう。その気魄は大いによろしい。しかしその根性はゆるせぬ。古語にいう少年才子は大人の愚人におよばずと。うぬぼれは他人からみればみにくいだけだ」

と書き、

見るほどに見てくれもせぬ踊りかな

と、俳句をはさみ、

「しかし長所もある。君は学問こそ大したことはないが、しかし事務をやらせればみごとにこれを処理し、あやまつことがない。そういう種類の能力というのは同友のなかでひとり君だけがもっている」

しかし、と子規は手きびしい。

「しかしそういうこともひるがえっていえば俗才だけのことである。もっともわれわれは君の俗才に大いに頼ってはいる」

　要するに俗才が長所だという。

「その気象は、真に人に信愛されるところがある。しかしややもすれば人と争論をひらきこれがために友誼をやぶるおそれがある」

　これは、性格論。

「君は活溌な男だが、本当は活溌というよりも軽々しく躁しい。軽躁である。分析すれば六割の軽躁と四割の活溌をもつ」

　さらに俗才に触れ、

「しかし君ほどに普通の才（俗才か）をもつ者は予はいまだかつてこれを見ぬ。もっともよろこんではいかぬ。その才たるや、決して大才ではない。俗にいう器用ということにすぎぬもので、たとえていえば、浄瑠璃のまねをしたり都々逸の真似をこなす程度のものだ。だから君は決して生涯大事をなす男ではなく、結局は技手程度におわるだろう」

　真之はこれを読んだが、べつになにもいわず、片目だけで笑ってみせた。

　なるほど、真之は兄の前でこそかしこまっているが、仲間と一座を組んでいるときは、凄味のある悪たれであった。

たとえば、一同つらなって寄席へゆく。真之は先頭に立ち、肩をそびやかして風を切るように

して歩く。

その風体は異様で、ボタンのついた制服の上衣のうえに日本のはかまをはき、朴歯のげたを鳴らしてあるいた。

「秋山、そりゃひどいぞな」

と子規がいうと、真之はむしろ得意で、

「升さんのような俗物にわかるか。これはおれの自慢のすがただ」

と、昂然としていた。日本一の書生をもって任じていたから、ひととは変わった風体をしたかったらしい。

寄席へ行っても、騒々しかった。すこしでもへたな前座が出ると、

「だめだめ、だめだめ」

と叫び、さけぶだけでは物足りないのか、仲間の下足札をあつめ、それをはげしく鳴らして妨害した。これにはたいていの噺家が、ほうほうのていで逃げた。

「よくいえば活潑、わるくいえば軽躁」

という意味のことを子規がいったのはそれであろう。そのくせ真之が寄席でわめきはじめると、子規も尻馬に乗ってわめいた。

子規は、この年の夏休みには松山に帰ったが、九月に出てきた。

夜、仲間で語りあっていると、友人がやってきて、

「先日はおもしろかった」

と、無銭旅行の体験談をおもしろおかしく語ってみせた。無銭旅行といっても東京から江ノ島まであるいて行ったというだけのことだが、金がないために食うことも泊まることもできず、そのためさまざまな珍談ができたというのである。

真之はそれをきくと、

「行こう、いまから行こう」

と、躍りあがっていった。子規のいう軽躁である。軽躁がはじまると、一同手がつけられなかった。

「どうだ、みんな、たかが江ノ島までの無銭旅行で臆したか」

と口やかましくさわぎ、結局はみなも臆したとおもわれては業っ腹だから、

「たれが行かぬといった」

と、いきおいよく立ちあがり、それぞれげたを穿って路上に出た。すでに、夜の十一時をまわっている。

がらがら歩きだしたが、増上寺の門前を通ったときは早くも足がくたびれ、品川に入ったときは遊郭は大びけのころだった。

――なんだえ、あの連中は。

と妓夫太郎すら声をかけず、たがいにひじをつつきあってクスクス笑った。それほどしおたれた姿で遊郭の町を通りすぎ、鶴見までやってきたときに夜があけた。

たったひと晩の不眠だが、みなねむくてたまらず、子規などは歩きながらうとうとした。言い

だし兵衛の真之はまっさきにあごを出し、いつもの怒り肩がたれ、雨にうたれた病み犬のようなかっこうで歩いている。

青春というのは、ひまで、ときに死ぬほど退屈で、しかもエネルギッシュで、こまったことにそのエネルギーを智恵が支配していない。

「それが、若いことのよさだ」

と、子規は歩きながらいった。しかしこの自称哲学者も、空腹と不眠と疲労で声が蚊の羽音のように小さくなっていた。

「なんでも試みる」

――われわれわかいやつというものは、という。

「ときには試みの好奇心が変形して、自殺というものまで試みるやつがある。自殺はエネルギーのあだ花だが、精力がなくて世間智恵ばかりが発達している老人にはとてもできない」

「それはおかしい」

と、たれかがいった。

「年寄の首つりということもあるぜ」

「半畳を入れるな。老人の自殺というのは物事に窮したあまりやるもので、うすぎたないし、あわれすぎる。若い者は窮してなくてもやる」

「それにしても」

と、たれか話題をかえた。

「これは愚行だなあ」

この江ノ島無銭旅行が、である。

神奈川までくると、すっかり朝になった。道ばたに小屋があって、つきたての餅をならべていた。

通りすぎて一丁ほど行ってから、子規が、

「あの餅はうまそうだったなあ」

というと、真之も同感だっただけにこわい顔をして、

「うまそうならなぜ買わなかったのだ」

と、腹をたてた。会計は子規の責任になっていた。が、懐中には五十銭しかなかった。ともかく、神奈川駅に出てみた。陸橋にのぼって下をみると、おりから下りの汽車がかまに火を入れて出支度をしている。やがて出発し、たちまちその黒煙が陸橋を覆い、橋上のこの連中の肺いっぱいに煤かすを吹き入れた。

「帰ろうか」

と、すっかり里心がついた子規がいった。後年、子規にいわせればこれは弱音ではなく、真之のつかれぶりのひどさが正視に堪えなかったからだという。

が、真之はそういう子規をののしって、

「だからおまえは弱虫だというのだ。ここまできて帰るという法があるか」

と言い、ヨボヨボと歩きながら、陸橋を降りた。子規は腹が立った。このあと駅前で焼きいもを買ってみなに分配し、ふたたび歩きはじめたが、——秋山は、はやよほど余等に後れたり。

と、後年子規はかいている。

みな、一丁行っては道ばたにすわった。すわるというより、尻餅をついてかしこまるような姿勢になった。ときどき真之がうしろから前をゆく連中に声をかけ、「もうかしこまれ、かしこまれ」と叫んで、まっさきに道ばたにへたりこんだ。

こんなぐあいで、歩いてゆく。

戸塚に入ったのは、正午だった。小ぎたない茶店に入ってめしを食った。昨夜十一時に東京を出てから、はじめてのめしである。

「こんなうまいものがあるか」

と、子規はどんぶりをかかえこんだが、真之は疲労の限度を越えてしまったせいか、ふた箸ほどつけて、

「うまくない」

といい、そのまま土間にすわりこみ、ゆるゆると体をのばし、横臥し、あとはぼろぎれのようになって寝入ってしまった。

「この男の兄さんがこのざまをみれば、とびあがっておこるぜ」

と、子規はいった。

午後一時になった。

「ゆこう。この秋山をおこさねば」

と、小倉という男が真之をゆりおこしたがそのつどいびきをやめるだけで、目をひらこうとしない。ついに邪慳(じゃけん)にゆすった。

「秋山、だいじょうぶか」

みな、心配になった。あと江ノ島まで三里あるが、真之のこの様子では歩くどころか、立てそうにさえなかった。

――たのむ。東京へ帰ろう。

と、真之が薄目をひらいて懇願したから、子規はのちのちまでこれをよろこんだ。

――さすがの秋山も強情がはりきれなくなり……懇願するありさまなれど。

と、子規は「筆まかせ」に書いている。

ともかく、この戸塚から退却ということにきまった。神奈川までひきかえしてあとは汽車で帰ればいいが、その汽車賃がなかった。しかしたすけの神がいた。

小倉という仲間である。かれはこういうこともあるかとおもい、一同にはいわずに余分の金をもっていた。

神奈川駅まで、ひきかえした。駅前にたどりついたときは、

「蟻(あり)の歩みもただならず」

と、子規はいう。子規の形容では、一歩をあるくのに、うしろの足が前足のところまで来ない。前足のなかごろまでやっと後足をもってきても、つぎの一歩がなかなか出ない。

「なんだえ、あの連中は」

と、駅前にいるひとびとがみなふりかえり、なかにはげらげら笑う者もある。

子供がそのあたりを走りまわっている。その軽快に走りまわる姿がなんとも子規にはうらやましく、

（人間というのはああも機敏なものか）

と、この哲学志望者には、別世界のいきものを見るような心地がした。

結局は、汽車に乗った。

車中、真之はわずかに元気をとりもどし、

「天にも昇る竜も」

と、へらず口をたたいた。

「魚に変ずれば漁師の魚籠に入る」

自分を竜にたとえている。竜も魚に化けてしまえばあっけないもので、漁師の手にとらえられてしまう。先刻、おれは魚に化けていたのさ、と言い、あとはずるずると床に沈みこみ、そのまま昏睡してしまった。

――いったい、あしの頭はなににむいているのだろう。

ということが、子規の悩みであった。もっとも、苦手なものはわかっている。学課の勉強であった。

「勉強せざるべからずとは絶えず思えり。されど学課はきらいなり」

と、子規は書く。語学ができないだけでなく、代数がどうしてもわからない。幾何は興味があった。しかし、その程度である。

生涯の大仕事としての哲学志望が、あきらめられなかった。しかしこの当時の大学予備門の若者たちの共通した性向として、日本一を欲した。哲学をやるからには日本一の哲学者になりたい。

しかし子規の目から見れば、日本一はもうきまったようなものであった。同級の米山保三郎である。

が、あきらめきれない。

秋が深みはじめたある夜、子規は同宿の真之がその夜の勉強をおえたころを見はからって、

「相談があるんぞな」

と、もちかけた。その一件である。

「あしの頭は、哲学にむいとるか」

と真之にいった。

真之は、くびをかしげた。ものごとの追求力は、子規は常人よりすぐれている。

「しかし、考えを結晶させる力が乏しいようだな」

と、真之はいった。真之にいわせると、「考え」というものは液体か気体で、要するにとりとめがない。その液体か気体に論理という強力な触媒（しょくばい）をあたえて固体にし、しかも結晶化する力が、思想家、哲学者といわれる者の力である。その力がなければ、その方面にはすすめない。

「それが弱そうじゃな」

と、真之はいった。

それをきいて子規はみるみる顔を赤くし、自己弁護をはじめた。

「弱いのではない。あしの胸中には、結晶化をさまたげる邪魔物があるのじゃ」

「邪魔物とは、なんぞ」

「文芸じゃが」

と、子規はいった。

文芸とは、哲学とはおよそ両立しがたい精神の作用で、せっかく結晶しようという考えが、文芸によってさっと流されてしまう。

「詩歌小説というものじゃ。もはやいまでは小説なくては夜もあけぬような気持になっている」

「されば、それをやればよかろうが」

と真之がいうと、子規はにがい顔をした。子規は旧藩主の好意でできた常盤会の給費をうけている。常盤会は、ゆくゆく大臣参議か博士になるような子弟のために金を出しているのであり、給費生が、詩人歌人あるいは小説家づれになることを好まないであろう。

子規がそれをいうと、真之が、

「俗なことをいうな」

と、大声を出した。子規もわれながら俗なことをいったとおもったのか、いよいよ顔を赤くした。

語りあっているうちに、子規が急に、

「淳さん、顔色のすぐれぬのはどうしたわけかねや」

と、伊予弁できいた。

真之は、苦笑し、

「じつは、あしもな」

なやんどるのよ、といった。

真之もよく似た悩みで、大学予備門にすすんだものの、このままでいいのか、ということであった。

ひとつは、兄好古のふところぐあいであった。まだ尉官の給料で弟を大学にやるというようなことは、不可能にちかい。

「くだらぬことを心配するな」

と好古はいうが、尉官の給料がやすいうえにあの大酒である。好古の酒は生理的な欲求で、それをやめるわけにはいかない。

さらに好古は、多数の将校から抜擢(ばってき)され陸軍大学校に入っており、戦術研究のためには外国の

兵学書をとりよせねばならない。

本来、ヨーロッパの文明国では、将校はふつう貴族の子弟がなる。給料をあてにせねばならぬような階層の者はすくなく、兵学研究のための書物購入にはかれらは湯水のように私費をつかうし、また尉官程度の者でも社交費は給料の数倍もつかうというのがふつうであった。いわば将校は、貴族の名誉職のようなものなのである。

ところが日本の陸海軍は貧乏士族の子弟が将校になった。

余談ながら、これは後年、ロシアの水兵たちをおどろかした。

――日本はいい国だ。

とかれらはいったらしい。ロシアでは陸軍の兵隊や海軍の水兵は下層の農夫や農奴(のうど)、牧夫(ぼくふ)のなるもので、その階級から将校になることは絶無といっていいほどまれであったが、日本にあってはいかなる階層でも一定の学校試験にさえ合格できれば平等に将校になれる道がひらかれている。

それはいい。

しかし書籍代までは国家がその費用を負担してくれないのである。好古はこの費用の捻出については、相当苦心をしているようであった。

(あしが大学へゆくというのは、やはりむりだな)

と、真之はおもうようになった。

――やめようか。

と、何度おもったかわからない。しかし兄には言いだしかねていた。言えばこの兄はいよいよいこじになって、

「金のことを考えるまに、すこし利口なことでも考えろ」

というにきまっていた。

これが、真之の悩みの最大課題である。結局、学費無用の学校にゆきさえすれば即座に解決することであった。

学費無用の学校といえば、陸軍士官学校か、海軍兵学校である。

——ゆくとすれば、海軍だな。

とおもったりするのだが、かといって真之はいまのこの快適な学校生活をすてる気にはなれない。

「このまま大学へ行っても」

と、真之は急に話題をかえる気配を示したが、そのままだまってしまった。

子規はしばらく真之のつぎの言葉を待ったが、やがて問いかえした。

「なんのことだ、このまま大学へ行っても、とは？」

「いや、な。つまり、このまま大学へ行って学士になっても、たいしたことはないということさ」

「なにを言いだしたのだ」

「おれはな」

と、真之はいった。

「升さんとおなじで、うまれたからには日本一になりたい」

「たれでもだ」

と、子規はいった。それが国家草創期におけるえらばれた青年たちの共通のねがいであろう。この点、子規は哲学青年兼文学青年であっても、時代の子であるだけにその志向はひどく陽気で、懐疑も皮肉も屈折も感じていない。なにしろ「朝ニアッテハ太政大臣、野ニアッテハ国会議長」とおもって東京に出てきた青年なのである。

「年々学士がふえてくる」

と、真之がいった。

「そりゃふえるだろう」

「学士なんざ、めずらしがられているころでこそ、工科の学士は卒業早々に鉄橋を架けたり、医科の学士はすぐさま病院長になったりしたが、これからはそうはいかぬ」

「なるほど」

子規は、大まじめな顔でうなずいた。

そのとおりだとおもった。一つの学問を拓くにしても、草創期の連中はとくであり、その学問を外国からもってかえるだけでそのまま日本一の権威になれる。

「たとえば加藤さんや山川さんでもそうだ」

と、真之はいった。

加藤さんとは、いま大学の総理に任じている加藤弘之のことである。但馬出石藩の出身で、はじめ蘭学をまなび、蘭学をもって幕府につかえ、蕃書取調所の助教になった。ところが、時勢をどう見ぬいたのか、幕末の騒乱期にドイツ語を独習した。当時、ドイツ語などをまなぶ者は加藤弘之ひとりであった。維新後蘭学がすたるや、わが国ドイツ学の唯一の権威として尊ばれ、新政府に召され、さらにドイツ哲学の最初の輸入者になった。

教授の山川健次郎にしてもそうであった。会津藩士の家にうまれ、会津若松の落城直後、のまず食わずで東京へ出、やがて渡米し、苦学して物理学をまなんだ。

「われわれは遅くうまれすぎたのだ」

と、子規はいった。

「しかし、かれら先人のやらぬ分野がまだあるはずだがな。それが学問でなかっても」

と、子規はいう。

真之も、それを考えている。

(海軍が、それに近いな)

と、真之はおもった。

しかしそのような方面に心を動かしているということは、真之はおくびにも出さなかった。出せば、なにやら子規に対して裏切るような、そういう後ろめたさがあった。

この時期から、友人間における真之の印象がにわかに冴えなくなっている。

——あの男、からだでもわるいのか。

と、ひとが同宿の子規にきいたりした。

「いや、あいかわらずの大めしだ」

子規はそう答えた。同宿の子規の目からみれば真之の様子はふだんのとおりであった。以前とかわったといえば、子規の文芸趣味が伝染ってその種の書物をやたらに読みはじめたことであり、この点、子規は、

——あしと同病になった。

と、むしろよろこんでいる。

文芸趣味という点でいえば、子規は終生のこのみとして色恋をあつかったものを好まず、とくにそれが卑猥に堕しているものを好まなかったが、真之はなんでも手あたりしだいに読んだ。とくに浄瑠璃本をこのんだ。

「おそらく浄瑠璃本のよみすぎだろう」

と、子規は、真之の様子がわりについて仲間にそう説明した。

が、真之にとってはそれどころではない。

(おれは本来、この世界にいる人間ではあるまいか)

と、自分の文芸趣味についてそう考えつつも、そうはできぬ自分の境遇との板ばさみについて悩んでいる。

子規は、気づかなかった。

ある夜、ふたりで古今東西の文学について論じあったあげく、子規は昂奮し、

「淳さん、栄達をすててこの道をふたりできわめようではないか」

といったとき、真之にもその昂奮がのりうつり、

「あしもそうおもっとった。富貴なにごとかあらん、功名なにごとかあらん」

と口早にいった。戯作小説のたぐいの世界に入るということは、官吏軍人学者といった世界を貴(とうと)しとするこの当時にあっては生娘(きむすめ)が遊里に身をしずめるような勇気が要った。

「立身なにものぞ」

と、子規はいう。

「あしもな、淳さん、松山を出てくるときにはゆくゆくは太政大臣になろうとおもうたが、哲学に関心をもつにおよんで人間の急務はそのところにないようにおもえてきた。どうもあしにはまだよくわからんが、人間というのは蟹(かに)がこうらに似せて穴を掘るがように、おのれの生れつき背負っている器量どおりの穴をふかぶかと掘ってゆくしかないものじゃとおもえてきた」

「升さんのこうらは文芸じゃな」

(となれば、あしはどうだろう)

とも、真之はおもわざるをえない。それほどの才があるか。

(ある)

ともおもえる。うぬぼれていえば子規以上のようにおもえる。しかしその戯作者や詩文の徒の

生活を考えてみると、よくは知らぬながらともかくも書斎にこもり、明窓にむかい、浄机に硯をのせて日常をすごしているとすれば、どうも自分の肌合とはちがうようであった。

ついに、兄の好古に相談してみることにした。ところが、兄の下宿への道がわからない。好古は陸大に入ったあと、市ケ谷から通うのが不便だったため、陸大の校舎に近いところに下宿を移していた。

結局、陸大にゆくことにした。

夕刻、門前で待っていると、陸軍騎兵大尉の服装をつけた好古が、騎馬で出てきた。

「兄さん」

といって駈けよると、好古は用件もきかずに、

「淳、くつわをとれ」

と、命じた。陸大に入ると馬丁がつかないから好古はいつも徒歩でかよう。が、きょうはひさしぶりで馬に乗って騎兵連隊の営庭をひと駈けしようとおもい、門を出た。さいわい、門前に真之がいた。

「兄さん、馬はいやぞな」

と真之はしぶった。馬という動物にさわったこともないし、ましてくつわをとる技術も知らない。

「ええんじゃ。ただうしろから遅れぬようについてくれればええ」

好古はそう言いすてると、馬を早めた。真之は駈けだした。

途中、息が切れた。馬場先門の陸軍用地のあき地のそばにたどりついたころには顎が前へ出ていた。

(天下の予備門の書生もこれでは台なしだ)

とおもい、友人にこの光景だけは見られたくないとおもった。

やがて八重洲一丁目の営庭までくると、好古はふりかえり、

「なあ、淳。その叢でやすんでおれや」

と言い、拍車を入れて駈けだした。

真之は、兄の馬術を見ることができた。なるほどひとが評判するだけあってみごとなものであった。

小一時間ばかり見物していると、好古の姿が見えなくなった。ほどなく徒歩であらわれた。真之の想像するところ、あの馬はおそらくここの馬で好古はそれを返してきたのであろう。

好古は真之のかたわらの樹に近づくと、無意識のような動作で前をはずし、放尿しはじめた。

「兄さん、ここは兵営ぞな」

と、真之のほうが心配して注意した。

「なるほど」

好古もそれに気づいたらしい。が、やめるわけにもいかず、

「これは、秋山家の遺伝じゃな」

と、苦笑した。父もそうであり、このひとの立ち小便は松山でも有名であった。

やがて好古がやってきて、芝の上に腰をおろした。軍服のそで口がすりきれている。

「用か」

「いいえ、相談です」

と、真之はいった。好古はうなずき、連れ立って門を出、町で酒を買った。


好古のこんどの下宿も、離れである。沓(くつ)ぬぎがあって、あがると三畳である。そのつぎの部屋に好古は起居していた。

あいかわらず、道具がない。たんすもないから壁はむきだしであり、床ノ間には掛軸もかかっていない。将校行李(こうり)がひとつ、床ノ間においてある。

好古は、手酌(てじゃく)でのんでいる。徳利から湯のみに酒をつぎ、はじめのうちは三分もたつともうからになっている。

「大学予備門をやめたいというのか」

と、好古は念を押し、あとは炯々(けいけい)とまわりを見まわしながら酒をのむ。真之はこの、兄の一種豪宕(ごうとう)な飲酒の気分がすきで、

——人格の韻律(いんりつ)を感じさせる。

などと子規にいっていたりしたが、いまのばあい真之はだまってかしこまっているほかない。

「なぜやめたいのだ。みじかくいってみろ」

と、好古はいった。

——授業料のことが心配で。

などとは、真之はいえなかった。いえば好古は一喝するにちがいない。

「兄さん、うかがってもいいですか」

「なんだ」

「人間というものはどう生きれば」

よろしいのでしょう、と真之はおそるおそる、兄の心底をそんな質問でたたいてみた。人間はなぜ生きているのか。どう生きればよいのか。

「人間？　いや、これは」

好古は顔をなで、

「むずかしいことを言やがる」

下唇を突きあげた。おらァな、いままでどう自分を世の中で自立させてゆくか、そのことだけで精いっぱいで、土の底の根もとのことまでは考えがおよばんじゃった。

「いまやっと自立し、齢も二十代の半ばを数年すぎ、そのことをときに考えることがある。が、おれの得た思案は、お前の参考にはならぬ」

「なぜです」

「わしは日本陸軍の騎兵大尉秋山好古という者で、ざんねんながらばく然とした人間ではない」

「ばく然とした人間とは？」

「たとえば、書生よ」

書生の立場ならば、人間ということについての思案も根元まで掘り下げて考えることができるが、すでに社会に所属し、それも好古の場合陸軍将校として所属と身分が位置づけられてしまっている以上、「人間はどうあるべきか」という普遍的問題は考えられず、「陸軍騎兵大尉秋山好古はどうあるべきか」ということ以外考えられない。

「そうだろう」

と、好古は湯のみをとりあげた。

「それでもいいんです。陸軍騎兵大尉秋山好古はどうあるべきか」

「書生の参考にはならないぜ」

「聞きようによります」

「なるほど」

と、好古は湯のみをおいた。

好古は考えている。途中、真之が、

――兄さん。

といいかけたが、好古はちょっとにらみつけて黙殺した。ここはよく考えねばならない。好古は、この弟にとって教師だと自認してきた。だからいいかげんなことはいえないし、このばあいとくに真之の生涯にかかわるだけに、思慮をかさねねばならない。

やがて、

「おれは、単純であろうとしている」

と、好古はいった。さらに、

「人生や国家を複雑に考えてゆくことも大事だが、それは他人にまかせる。それをせねばならぬ天分や職分をもったひとがあるだろう。おれはそういう世界におらず、すでに軍人の道をえらんでしまっている。軍人というのは、おのれと兵を強くしていざ戦いの場合、この国家を敵国に勝たしめるのが職分だ」

――負ければ軍人ではない。

と、好古はいう。

「だからいかにすれば勝つかということを考えてゆく。その一点だけを考えるのがおれの人生だ。それ以外のことは余事であり、余事というものを考えたりやったりすれば、思慮がそのぶんだけ曇り、みだれる」

――それで？

という顔を真之はしてみせた。

「それだけさ、おれがこの世で自分について考えていることは。――」

「あしのことは、どうなります」

「知らん」

好古は、にがい顔でいった。あしのことはあしが考えろと言いたい。

「それで、兄さんは軍人に適いているとご自分でお考えですか」

「そう考えている。むいていなければさっさとやめる。人間は、自分の器量がともかくも発揮できる場所をえらばねばならない」

「それなんじゃが。兄さん」

と、真之はいった。

「あしは、いまのまま大学予備門にいれば結局は官吏か学者になりますぞな」

「なればよい」

「しかし第二等の官吏、第二等の学者ですぞな」

——ふむ？

と、好古は顔をあげ、それが癖で、唇だけで微笑した。

「なぜわかるのかね」

「わかります。兄さんの前であれですが、大学予備門は天下の秀才の巣窟です。まわりをながめてみれば、自分が何者であるかがわかってきます」

「何者かね」

「学問は、二流。学問をするに必要な根気が二流」

「根気が二流かね」

「おもしろかろうがおもしろくなかろうがとにかく堪え忍んで勉強してゆくという意味の根気です。学問にはそれが必要です。あしはどうも」

と、真之は自嘲した。

「要領がよすぎる」

——あしは要領がよすぎる。

ということばには、真之の自嘲と、それとは逆にひそかな誇りがこもっている。

一種天才的なかんがあって、真之は学校の試験などの場合、やまをあてる名人であり、予備門のなかまから、

「試験の神様」

というあだながついていた。いざ試験勉強になると、その試験範囲のなかの要点を見きわめ、あとはすさまじいほどの数夜の徹夜でやりあげてしまう。そのとき友人たちにも、「これとこれが出る」とおしえるのだが、それがかならずといっていいほど的中した。

——なぜ、そのようにあたるのだ。

と友人がきくと、真之は、自分が教師になったつもりで検討するのさ、といった。さらに教師にはすきこのみがある。それも参考にする。ついで過去の統計も必要だ。それは上級生にきけばわかる。

「そのあとは、かんだな」

と、真之はいう。そういうかんが、真之にはかくべつに発達しているらしく、そのことは自分でも気づいている。

（あしは、軍人になるほうが）

と、ひそかにおもったりした。

学者になるにはむかない。学問は根気とつみかさねであり、それだけで十分に学者になれる。一世紀に何人という天才的学者だけが、根気とつみかさねの上にするどい直感力をもち、巨大な仮説を設定してそれを裏付けする。真之は学問をするかぎりはそういう学者になりたかったが、しかし金がない。学問をするには右の条件のほかに金が要るのである。

「なるほど、要領がいいのか」

好古は、真之の自己分析をまじめにきいてやった。そのあと「学問には痴けの一念のようなねばりが必要だが、要領のいい者はそれができない」といった。が、かといって好古はこの弟のことを、単に要領がいい男とはみていない。思慮が深いくせに頭の回転が早いという、およそ相反する性能が同一人物のなかで同居している。そのうえ体の中をどう屈折してとびだしてくるのか、ふしぎな直感力があることを知っていた。

（軍人にいい）

と、好古はおもった。

軍人とくに作戦家ほど才能を必要とする職業は、好古のみるところ、他にないとおもうのだが、あるいはこの真之にはそういう稀有な適性があるかもしれぬとおもった。

「淳、軍人になるか」

と、好古はいった。真之は、兄の手前いきおいよくうなずいた。が、よろこびは湧かなかっ

た。軍人になることは、かれ自身がもっとも快適であるとおもっている大学予備門の生活をすてることであった。

子規の顔が、うかんだ。おもわず涙がにじんだ。

海軍兵学校

真之は、海軍に入ることを決意した。

――兄さん、海軍兵学寮ちゅうのはどこにあるぞな。

というほど、海軍知識にはうとかった。そもそも海軍兵学寮ということすらまちがっている。海軍士官の養成学校がそういうなまえだったのは明治九年までのことで、その後は「海軍兵学校」という名前にかわっている。

築地にあった。

「入学手続きは、きいておいてやる」

と、好古はめずらしくいった。いつもなら自分でききにゆけ、というところだったが、幸い、海軍士官に知りあいがいたらしい。

翌日、好古は前ぶれもなしに真之の下宿をおとずれた。おどろいて二階からおりてきた真之に、

「願書受付は、あすでうちきりだぞ」

と、ひとこと言って出てしまった。真之は大あわてで袴をはき、築地まで走った。走らなくてもよさそうだが、気がいそいだ。

明治海軍が築地をもってその技術訓練の根拠地にしたのは、すでに明治二年からであった。場所は、築地安芸橋内(あきばしうち)である。

建築にあたっては、多くの大名屋敷をつぶした。尾張藩蔵屋敷、芸州広島藩下屋敷、奥州白河藩下屋敷、一橋家(ひとつばしけ)下屋敷、山城淀(よど)藩中屋敷、増山河内守(かわちのかみ)上屋敷、同中屋敷、それに旗本屋敷五軒のぶんをくわえ、すべて五万坪の用地である。

校舎は最初はバラック二棟であったが、明治四年、和洋折衷(せっちゅう)のあたらしい建物がたてられ、その外壁はことごとくナマコ壁でつくられ、その偉容は東京の新名所になった。

さらに明治十六年、築地川にそうて二階だてレンガづくりの建物ができあがり、東京屈指の洋館とされた。

真之が走ってその洋館にたどりついたときひる前であった。まず建物の偉容におどろき、

(大学予備門よりりっぱじゃ)

とおもった。

願書の書式や必要書類について教えをうけ、その足で大学予備門にもどり、即日退学の手続きをとった。予備門の事務員はあっけにとられた顔で真之をみつめ、

「秋山さん、短気はいけませぬよ」

と、ひょっとすると気でもふれたのではないかという顔をした。

「なぜ退学するんです」

「一身上の都合じゃ」

と、真之は手続きをいそがせた。

翌日、兵学校への志願手続きをすべておえたが、子規にはだまっていた。どういうわけか子規にだけは海軍転出をうちあける勇気がなかった。

入学試験は、二回にわけておこなわれる。

その最初の試験が九月二十六日におこなわれた。志願者は、二百五十人ほどであり、五十人ほどが採用されるという。

最初の試験は、身体検査その他で、これは難なく合格した。つぎの試験は学科試験で、これは十月十二日におこなわれた。

真之は、合格した。

十一月のはじめ、保護者である好古の下宿へ海軍省からその通達がきた。

「淳、これだ」

と、好古は、やってきた真之にその通知書をみせた。抜くと、なるほど合格している。

「よろこべ」

と、好古はいったが、真之はさほどにうれしいともおもわなかった。大学予備門の在学生な

ら、合格するのがあたりまえというあたまが真之にある。

「おまえ、秋山家の先祖が伊予水軍であることを知っているか」

と、好古はいった。

真之は知らない。もともと秋山家の家父は無頓着なひとで、子供たちにふるめかしい家系伝説や系図のはなしなどをしたことがなく、こどもたちもそんな知識なしに成長した。

伊予は、水軍の国である。

源平のころにはすでに瀬戸内海の制海権をもち、源氏も平家もそれぞれこの水軍を抱き入れようと腐心し、最初平家に属したために平家は瀬戸内海岸に源氏を一兵もちかづけなかった。のち源氏に属したために制海権は源氏にうつり、平家はついに壇ノ浦でほろんだ。

戦国期も、伊予水軍は生きている。

さらには江戸末期にいたっても、伊予の水夫たちの実力は天下にひびいており、幕末、幕府の遣米使節をのせて「咸臨丸」が太平洋をわたるとき、幕府はその水夫を伊予から徴募したほどであった。

秋山氏は、伊予の豪族河野氏の出で、戦国期から江戸初期まで讃岐や伊賀を転々とし、やがてこの兄弟から七代前の秋山久信という者が伊予松山にもどってきて久松家につかえた。

「とにかく伊予人の遠祖はみな瀬戸内海に舟をつらねて漕ぎまわった連中ばかりだ。おまえがその伊予人のなかから出てはじめて日本海軍の士官になる」

好古は、腕をあげ、横なぐりに鼻をこすって洟をすてた。目がうるんでいる。が、すぐ声を

あげて笑いだし、

「海軍のめしはうまいぞ」

といった。これはすでに定評があった。軍艦の食事は早くから洋食が主体になっている。

真之は、父に手紙をかいた。

その後数日、海軍省に出頭したり、築地の兵学校に行ったりして所定の手続きをした。その手続きは世間馴れぬ書生にとってはずいぶんわずらわしいものであったが、こういうことには機敏な真之はべつに苦にならなかった。

苦になっていたのは、予備門の友人への手続きである。とくに子規については、

（升さんには、言うことばがない）

と、真之は心が痛みつづけている。共に文学をしようと誓いあったのに、いまさら抜けて兵隊になるというのは、このころの書生の気分からいえば裏切りであった。

だから、陳弁（ちんべん）もできない。

——いっそ、置き手紙を書こう。

と、真之は決意した。顔をあわさず、このままかれらの世界から身を消してしまおうということであった。

この月の最初の土曜日は、雨だった。子規は学校から下宿にもどると、

——正岡常規（つねのり）殿

と、見おぼえのある筆跡でかかれた封筒が机の上にのっている。

（なんぞな）

とおもってひらくと、はたして真之の手紙であり、子規はおもわず窓ぎわへ走った。障子をあけ、そとの雨あかりを入れてひらくと、手紙は数行であった。

「予は都合あり、予備門を退学せり。志を変じ、海軍において身を立てんとす。愧ずらくは兄との約束を反故にせしことにして、いまより海上へ去る上はふたたび兄と相会うことなかるべし。自愛を祈る」

という意味のもので、この年齢の若者らしく感傷にみちている。

子規は、しばらくぼう然とした。やがて、壁の上をみた。そこに鉛筆の線で大きな人のかたちが描かれている。かつて真之がかいたものであった。

真之は徹夜勉強が得意で、寄席などへ行ったあとはかならずこれをやった。あるとき子規も、

「あしもやる」と言い、

――さあ徹夜の競争じゃ。

といいながら机をならべたのだが、夜半になると子規の体力が尽き、ついに壁にもたれてねむりこけてしまった。真之はのちの証拠としてその人がたを鉛筆でとった。

（あげなことをしおって）

と、その壁の線描をみているうちに、真之の手紙の感傷がのりうつったのか、涙があふれて始末にこまった。なにやらこれで真之とは今生のわかれであるような、そんな気がした。

翌日、松山中学の同輩で、やはり東京に出てきている柳原正之（のちの極堂）がやってきて、

「ちかごろ、秋山はどうしたぞな」

ときいた。子規は海軍へ転じた、と言い、あとはくわしくは言わず、かつて真之が語っていた言葉を伝えた。

「明治も二十年に近づいてくると、学生の数がどんどんふえてくる。将来は大学生の数がちまたにふえ、あしなど鈍才は相手にされんようになる。そう言うておったが、あの男はそのことばどおりに行動した」

他の学生にも、子規はそう伝えた。

——海軍？

と、たれもが妙な顔をした。たれのあたまにも海軍についての概念がとぼしく、どう想像して論じていいのかよくわからないらしかった。

真之は、この年十二月に入校した。この期に入った者は五十五人であり、真之の入学試験の成績はこのなかで十五番であった。ただし、一学年をおわってから首席になり、ずっとそれで通した。

明治十九年十二月の寒い日、真之は築地の海軍兵学校に入校した。

この日、真之ら五十五人の海軍生徒の目をうばったのは、築地東海岸に錨をおろしている軍艦「筑波」であった。

「あれが、われわれの練習艦だ」

と、案内役の古参生徒に説明されたとき、このわずか二千トン足らずの軍艦に山を仰ぐような威容が感ぜられた。

それよりも入校生たちの驚異だったのは、その日の昼食にライスカレーが出たことであった。その名前さえ知らぬ者がほとんどだったが、真之は大学予備門の生活でこういうものには馴れていたから、めずらしくもなく食った。

さらに一同を当惑させたのは、洋服であった。洋服を着用する経験は真之以外はみなはじめてで、なかにはシャツのボタンをどうはめていいかわからず、顔を真っ赤にして苦心している者もいた。真之はさっさと洋服を着た。そういう様子を見て、

「秋山、おまえは洋行がえりか」

と、大まじめにきく者もいた。それほど、この当時の日本のふつうの生活と海軍兵学校の生活には差があった。いわば、この築地の一郭五万坪だけが生活様式として外国であったといえるであろう。

もっとも、海軍兵学校もその沿革をたどると、最初からそうであったわけではない。

海軍兵学寮といわれた最初のころは、練習艦の居住室も畳敷であった。冬は火鉢をおいた。そのころ日本海軍の傭教師であった英国人ホーズ大尉はこの状態を見かね、時の海軍担当の兵部少輔川村純義に対し、

「見ぐるしい上に火の用心がわるい。艦内ではなににもまして火気取締りを厳重にする必要があ

る。よろしく釣床にあらためよ。また火鉢を廃すべし。喫煙の場所をさだめ、かつ喫煙の時間もさだめよ。すべて制度を英国海軍にならうほうがいい」

と献言したため、以後海軍では日本式生活と訣別することになった。明治四年のことである。

ついでながらこの海軍における日本式生活というものには、妙な珍談がのこっている。

幕末、幕府がはじめて長崎において海軍伝習所をつくり、オランダ人教師によって海軍士官を養成したとき、昼めしどきになると生徒たちは甲板上にめいめい鍋と七輪をもちだし、ばたばたと火をおこして煮たきし、オランダ人を閉口させたという。

明治初期の兵学寮時代は、粗放をもって豪傑ぶる気風が生徒たちのあいだにもちこまれ、第一期の生徒であった薩摩出身の上村彦之丞などは毎日けんかを日課とし、勉強をしている生徒をみつけると容赦会釈なしになぐりつけたりした。おなじく薩摩出身の山本権兵衛などは教師にむかい、

「戦争も知らず、何バ説くか」

と高声で嘲弄した。権兵衛は戊辰戦争の出征兵あがりであった。

が、それらの悪習慣は真之らのころにはすでになく、すべて英国式になっていた。

兵学校に入るまで真之は、海軍というものはどういうものか知らなかった。

入校後、さまざまのことを知った。

「大英帝国の権威はその海軍によって維持されている」

という言葉をこの築地の兵学校の生徒の胸にきざみつけたのは、英国からきた傭教師アーチボールド・ルシアス・ダグラス少佐であった。

明治政府はそれまで旧幕式や諸藩式など雑多な考え方が雑居していた海軍教育というものを英国式に統一するため、英国政府に交渉し、教官団の派遣を乞うた。かれらは明治六年七月に来日した。その団長が右のダグラス少佐であり、少佐のもとに各科の士官が五人、下士官が十二人、水兵が十六人いた。

ダグラスはのち大将に進んだ人で、この当時の英国海軍のなかでも屈指の人材とされていた。かれは明治八年に他の英人教官と交替して日本を去ったから真之らは知らない。が、その言葉は代々の兵学校生徒にうけつがれた。ダグラスはさらにいう。

「この極東の島国の地理的環境ははなはだ英国に酷似している」

さらに、

「日本帝国の栄光と威厳は、一個の海軍士官にかかっている。言葉をひるがえせば、一個の海軍士官の志操、精神、そして能力が、すなわち日本のそれにかかっている」

とも言った。

英国はその国土こそ小さいが、その強大な艦隊と商船団によって世界を支配した。日本は英国を範とせよ、とダグラスはいったのだろうが、この当時、日本の軍事体制はかならずしもそうではない。

陸軍中心であった。

その陸軍も、鎮台主義であった。国土の要所々々に兵隊を置き、国内の治安のみを考えて創設され、錬成されていた。陸軍の演習もすべてその想定のもとにおこなわれ、片鱗も海外への軍隊派遣ということは考えられていない。自然、海軍の効用も限定されていた。

明治海軍は、艦船六隻から出発した。

明治元年三月、大阪の天保山沖でこの国初の観艦式がおこなわれたが、このとき参加した艦船は右のように六隻で、その合計トン数は二四五〇トンでしかなく、祝賀のために参加したフランス軍艦ジュープレッキス号が山のように日本艦船を圧した。

その後、国土防衛の必要から海軍をさかんにする議論がやかましくなり、艦隊はしだいに整備されてきた。砲艦や海防艦程度のものは横須賀（よこすか）、石川島、小野浜（神戸）などで国産されるようになった。他の大艦は、外国からつねに最高級のものを購入した。

真之は軍艦「浪速（なにわ）」（三六五〇トン）を見学したとき、

「これが世界でもっとも性能のいい軍艦だ」

ときかされた。浪速は高千穂（同）とともに英国の造船所でつくられたが、その新技術による諸性能がいいというのであとで本家の英国海軍が採用したほどだという。

海軍兵学校の生活は日本的習慣から断絶している。生徒の公的生活の言語も、ほとんどが英語であった。

——まるで英国にきたようじゃ。

と、ある生徒がこぼした。そういう私語だけが日本語といっていい。

教科書も原書であり、英人教官の術科教育もすべて英語で、返答もいちいち英語でなければならない。号令も大半が英語であり、技術上の術語も、軍艦の大小の部分についての名称もほとんどが英語であった。

「お前たちは留学する必要はない」

と、かつて英国で教育をうけた日本人教官が真之らに言い、幸福だとおもえ、といった。まだ明治初期のころの海軍士官の多くは政府の方針として海外留学をした。

たとえば真之が入校したころ「天城（あまぎ）」の艦長であった山本権兵衛は日本の海軍兵学寮の出身だが、少尉補になってから、同期生七人とともにドイツ軍艦の乗組を命ぜられた。日本の海軍省はドイツの海軍省に対し、これら八人の生活費その他の費用をはらって軍艦ヴィネタ号に乗せたのである。

そういう留学方式だった。

理想からいえば欧米の一流国の海軍兵学校に日本の留学生を入れてもらえるのが最良であるにちがいないが、そのことは先方が拒否した。なぜことわられたのか、理由はよくわからない。一つには機密保持ということもあったであろう。

東郷平八郎は真之の兵学校入校当時は軍艦「大和（やまと）」の艦長であり、新任早々の大佐であった。

東郷の履歴は風変りであった。かれは薩摩藩士として最初藩の海軍に属し、「春日（かすが）」乗組の三等士官として戊辰戦争に出征し、阿波沖海戦、宮古（みやこ）湾海戦に参加した。宮古湾海戦では旧幕艦

「回天」をもって斬りこんできた旧新選組副長土方歳三(ひじかたとしぞう)らの海上突撃隊とたたかい、終始艦尾の機関砲をあやつってこれを撃退した。

戦後、東京に出て英語をまなんだ。かれは海軍をやめて工学関係の技師になりたいというのが志望だったらしい。その旨を薩摩の先輩に相談すると、

——やはり海軍がよかろう。

と説得され、やがて英国留学を命ぜられた。日本政府としてはこの青年をダートマスの海軍兵学校に留学させるつもりであったが、英国側がことわった。

そのかわり、テームズ河畔の商船学校に入り、水夫待遇で商船教育をうけた。この学校は優秀な卒業生数人にかぎって海軍士官になれる道がひらかれており、多少の海軍教育もしていたから、まったく無縁の学校でもなかった。

真之らの先輩の多くはそういう履歴であった。真之らが日本に居ながらにして本場の英国式海軍教育をうけられるようになったのは、それだけ明治日本の進歩といっていい。

真之が英国式教育をうけているこの時期、陸軍大学校在籍中の好古は、ドイツ人を師としていた。

以前に触れたプロシャ(ドイツ)陸軍の参謀将校メッケル少佐である。その着任は明治十八年三月十八日で、それ以前から、

——智謀神ノゴトシ。

というわさが、すでにきこえていた。

余談ながら、のちに日露戦争を勝利にみちびいた日本軍の高級参謀将校のほとんどがメッケルの門下生であり、メッケルの在任は明治二十年前後のわずか数年の期間ながら、その門下生たちはよくその教えをまもった。のち、この間のことが極言されて、

「日露戦争の作戦上の勝利は、メッケル戦術学の勝利である」

とさえいわれたほどであった。

さらに余談ながら、日露戦争の緒戦、黒木大将の第一軍が鴨緑江の渡河戦でロシアの大軍を撃破するや、参謀長藤井茂太はなによりもまずベルリン郊外で隠棲中の少将メッケルに感謝の手紙を戦場から送った。

——貴官の教えのとおりに戦い、われわれは勝利を得た。

という意味の誠意を藤井は文面に籠めた。藤井茂太は当時陸軍少将であり、秋山好古とともにわずか十人の陸軍大学校第一期生の卒業である。

メッケルはこれに対し、

「予は最初から日本軍の勝利を信じた。この勝利は日本軍の古来培養せる精神のいたすところである」

と、返信した。

また満州派遣軍の総参謀長であった児玉源太郎も、戦前、ドイツに旅行し、メッケルを訪ねて鄭重に謝意をのべ、さらに戦いが終了するや、感謝の電報を打っている。

それでもなお日本陸軍の首脳部にとってはその師メッケルへの感謝が尽きず、明治三十九年メッケルの死をきくや、八月四日、その追悼会が参謀本部でおこなわれた。

メッケルは日本陸軍にとって文字どおり神のように仰がれたが、その本国のドイツにあっては不遇であった。近代用兵の樹立者であるモルトケの愛弟子として当然ながら参謀総長にすすむべきところ、皇帝ウィルヘルム二世に好まれず、参謀次長を最後に現役をしりぞいた。

そのメッケルが、好古らの陸軍大学校に着任したとき、その堂々たる威厳にドイツ軍人の典型を学生たちは見たが、その容貌は禿頭赭顔で多少滑稽であったため、学生たちは、

「渋柿おやじ」

と、ひそかにあだなをつけた。

開講早々、この渋柿は、

「わが精強なるドイツ陸軍の一個連隊を予に指揮せしめれば、諸君が全日本陸軍をひきいてうちかかろうとも、これを粉砕することはさほどの苦労はいらぬであろう」

といって、学生のどぎもをぬいた。学生のなかにはこの無礼を怒り、終生この異国人を憎んだ者もいた。

そのころ、陸軍部隊の最大単位は、

「鎮台」

といった。鹿児島方言などではいまだに兵隊のことをチンダイさんという。たとえば明治十年

の西南ノ役では熊本の鎮台兵が、西郷の私学校兵をふせぎ、力戦した。

明治四年には鎮台は四つあった。同六年にはこれが六つになった。六鎮台制というものである。その番号順にいうと、第一は東京、第二は仙台、つづいて名古屋、大阪、広島、熊本である。同時にこのころ、全国のおもな城はことごとく陸軍省の所轄になった。たとえば熊本鎮台は熊本城内におかれた。鎮台といういかにも防御的なにおいのよび名と言い、さらにそれが古めかしい城をもっていることと言い、どこからみても鎮台時代の日本陸軍は外征を目的としたものではない。

国内治安のためのものであり、万一のばあい外国が攻めてきたときのための防衛用の軍隊であった。

要するに鎮台という制度は外国からの輸入制度でなく、明治初年の日本人の独創によるものであった。

「諸君はどう思っているかは知らないが、制度としては、児戯にひとしい」

と、この鎮台制を笑ったのは、メッケル少佐である。メッケルは鎮台が古城に籠っていることについてもおかしがった。

「諸君は城を要塞とおもっているか。近代要塞というのはあのようなものではない」

当時の日本陸軍はやがてこのメッケルの意見を容れる。

メッケルが来日したのは明治十八年三月だが、その翌十九年三月、陸軍省のなかに「臨時陸軍制度審査会」というものが設けられ、制度改革にむかって活潑な活動がはじまった。委員長は児

玉源太郎大佐であり、委員には少将桂太郎、同川上操六らが加わっている。

――メッケルに諮問した。

というが、諮問というようななまぬるいものではなく、メッケルが口述するドイツ陸軍の軍制をそのまま直訳実施しようとするものであった。

ここに明治初年以来の鎮台が、

「師団」

という呼称にあらためられる。師団という単位思想は鎮台よりもはるかに機動的で運動能力をもっている。いわばいつなんどきでも「師団」を輸送船にのせて外征するという活動的な姿勢を帯びる。

メッケルのドイツ陸軍はフランスを仮想敵国としてつくられている。一令のもと国境線を突破してフランス領内を侵すようにその制度や機能がつくられている。日本陸軍がこのドイツ式に転換したときこそ、その軍隊目的が、国内の鎮めから外征用に一変したときであった。

日本をとりまく国際情勢も、そういう転換を強制している。清国とのあいだの争点になっている朝鮮問題が悪化し、日清両国の強硬な外交態度からみて、いずれはこの関係が外交の域をこえるであろうことはたれの目にも予測された。日本のドイツ式軍制への転換は、このいずれはのためであるといっていい。

この日本陸軍の基礎をつくったというべきメッケル少佐は、住居を三宅坂にさだめた。

陸軍省は、メッケルに気をつかい、その来日前に参謀本部構内の崖の上に赤レンガの欧州風住宅をたてた。

メッケルは、講壇に立った。かれは秋山好古を見たとき、ちょっと驚いた様子をみせ、

「君は、ヨーロッパ人か」

と、ドイツ語できいた。好古はドイツ語がわからず、メッケルを見つめたままだまっていた。通訳が、あわてていった。

「この学生も他の学生と同様、きっすいの日本人です」

あとでその内容を通訳からきき、好古は苦笑した。好古だけでなくどの学生も、メッケルの言葉がわからない。士官学校で習得したことは、みなフランス語であった。

日本陸軍は、旧幕府がフランス式であったことをひきついだ。明治三年十月、政府は、

「海軍は英式、陸軍は仏式による」

と、正式に布告した。

自然、好古らの学んだころの士官学校の教官もフランス人が多かった。

ドイツ人ということになると、日本そのものが縁がうすい。幕末、ドイツ語を学んだ者は加藤弘之ひとりとされており、明治後の日本人もドイツについての知識がとぼしく、プロシャなどはヨーロッパの二流国にすぎないとおもっていた。ところが、医学者と哲学者とが、まずドイツを認識した。ついで陸軍がそれを知った。

知るのも、当然であった。わが国の明治三年七月、プロシャはフランスに宣戦し、いわゆる普

仏戦争がおこった。九月、プロシャ軍はセダンの要塞を包囲して陥落させ、十万人の捕虜を得、ナポレオン三世を降伏させ、この戦勝によって大陸における最大の強国とされたフランスの栄光を消滅させた。翌年一月二十八日、プロシャ軍はパリに入城した。

このプロシャの勝利は、政略からいえば宰相ビスマルクの勝利であろう。

「わが国の国運は鉄と血によって回転す」

といったこの十九世紀末の政治家は、軍事力的威力の徹底した信者であり、これを外交の最大の武器につかった。

さらにこの普仏戦争の勝利は、参謀総長モルトケが独創して体系化したその戦略戦術の勝利であるといっていい。

モルトケ戦術のあたらしさは、主力殲滅主義にあるであろう。戦場における枝葉の現象に目もくれず、敵の主力がどこにいるかをすばやく知り、味方の最大の力をそこに集結させて一挙に攻撃し殲滅するというものであった。日露戦争における奉天大会戦で日本陸軍がとった方法はこのモルトケの思想であるといっていい。

そのモルトケは、わが国の安政四年以来、プロシャ陸軍の参謀総長でありつづけておりその戦術の母体になる軍制、装備などもこのモルトケの創案によるところが多い。

それらいわばモルトケの陸軍学のすべてをメッケルは日本に伝えるべくしてやってきている。

「ドイツから人をまねくのもいいが、いったいドイツ語の通訳などいないではないか」

ということが、メッケル来日までの日本陸軍のなやみであった。

が、偶然にもいた。それも、陸軍のひざもとにいた。陸軍の会計二等軍吏（経理部将校）で遠藤慎司という者が、ドイツ留学から帰朝したばかりであった。

遠藤は、旧紀州藩士である。なぜかれがドイツに縁をもったかということについては、その出身藩である紀州藩（和歌山県）のことから触れねばならない。

明治初年というのは、東京政府の成立後も同四年の廃藩置県までは依然として徳川時代の三百諸侯がその領分をおさめていた。この時期、紀州藩は他に類のないほどおもいきった藩政改革をやった。

やってのけたのは、同藩の執政津田出という人物である。政治の天才というべき人物で維新後、西郷隆盛がその名声をきき、

「われわれ薩長人は幕府をたおしたが、新政府のつくり方については不馴れである。よろしく紀州の津田先生をまねいて大久保（利通）も私も諸君もその下で働こうではないか」

と、当時東京に出てきている津田の止宿先を訪れ出馬を懇請したほどであった。もっともこのことはみのらずにおわった。その理由にはいろいろの説があるが、西郷が他のひとから、「津田は明敏だが、公金を私する癖がある」ということをきき、一時に津田への尊敬熱がさめたというのがほんとうらしい。

その津田がこの明治初年にやった藩政改革はあらゆる点で時代の先端をゆくものであったが、紀州藩の藩軍をドイツ式にしたことがもっとも特異であった。

津田は、旧幕時代からオランダ学者でとおっていた。かれはオランダ語の軍事書物でプロシャ陸軍の優越性を知り、それを極東のこの島国の紀州藩に移植しようとした。

が、プロシャに伝手がない。たまたま大阪の外国商人のなかにカッピンという者がおり、それがプロシャ人であることを知った。カッピンは幸いなことに予備役少尉であった。津田はこのカッピンを紀州に招いて軍制改革の最高顧問とした。明治二年十月である。が、軍隊には軍需品が要る。たとえば靴、服、馬具などである。津田のやりかたは徹底しており、これらも藩でつくろうとし、そのつくり方もドイツ式にしようとし、その職人をベルリンからまねいた。鍛冶屋のブーク、革職人のワルデー、築城技師のマイヨーなど五人のプロシャ人が明治三年七月に和歌山の城下にやってきた。

この兵制改革はその翌年の廃藩置県とともに解消したが、しかし紀州藩士のなかにドイツ語学習の伝統がのこった。

遠藤慎司が、そのひとりである。かれは津田が廃藩置県後、一時陸軍省の会計監督長をやったときの若い下僚であり、津田からすすめられてプロシャ式の陸軍会計をまなぶべくドイツに留学したのである。

それが、メッケルの来日で役に立った。遠藤のドイツ語はみごとであり、さらにかれがドイツの軍事用語に通暁していたことがこの当時の日本に幸いした。

メッケルは、背広で講壇に立った。開講早々この「渋柿おやじ」は、

「まず、諸君の国がもちいている操典の検討からはじめる」

と宣言し、学生を失望させた。馬鹿にしている、と立ちあがろうとする者もあった。埼玉出身の歩兵中尉榊原宰之助がそれであり、

「かれのわれわれに対する評価は低すぎる」

と、横の秋山好古にいった。好古も、苦笑した。操典というのは軍隊運動の基礎的動作を書いたもので、とっくにそういうものを卒業している陸軍大学校の学生に講義すべきではない。

が、メッケルが一時間ほどしゃべるうちに一同は粛然となった。榊原などは、頭をかかえた。

――いかに実際的ではないか。

ということを、メッケルは説くのである。

日本の操典は、幕府時代の初期はオランダの直訳であり、末期はフランスの直訳で、明治もその伝統をひきつぎ、その翻訳もより精密になった。それで訓練と教育をうけた好古らは、たとえばいますぐフランス陸軍に入れられても、そのまま士官がつとまるほどであった。

メッケルがこの開講早々で検討したのは、作戦に関する操典である。

「まちがってはいないが、理論的でありすぎる」

というのがかれの結論であり、その個所を学生にいちいち傍線をひかせて分析しはじめた。

モルトケが作りあげたドイツ式の作戦運動は、すべて実戦的といっていい。

「大作戦といえども小部隊の運動から成立している以上、こういう操典をつかっていてはどうにもならない」

　メッケルは軍人だけに、ドイツ人のフランス人に対する伝統的な憎悪というものが露骨に出ている。しかしメッケルの立論には、その正当さについて動かせぬ証拠があった。普仏戦争ではフランス陸軍は一戦といえどもドイツ陸軍に勝てず、ついにセダンの要塞で、ナポレオン三世みずからが十万人の将兵とともに捕虜になるほどの敗北をした。

「ドイツ陸軍は」

　と、メッケルはいう。

　兵器の質量においてフランスにすぐれていたのではない。兵の数においても決してフランスを凌駕（りょうが）していなかった。ドイツがフランスよりもはるかにすぐれていたのは、各級指揮官の能力である。

「指揮官の能力は、固有のものではない」

　と、メッケルはいう。

「操典の良否によるものだ」

　よき操典で心身ともに訓練されつくした指揮官は、悪（あ）しき操典で動かざるをえぬ軍隊に負けるはずがない、とメッケルはいう。

「だから私はこの講義をはじめるにあたっていった。私にプロシャ陸軍の一個連隊を指揮せしむれば全日本陸軍を破りうると」

　極端な言い方をすれば、メッケルが日露戦争までの日本陸軍の骨格をつくりあげたといえるか

もしれない。メッケル自身、後年それをひそかに自負していたようであり、日露戦争の開戦をきくや、ベルリンから日本の参謀総長あて、

「万歳――。日本人メッケルより」

と、打電した。ちなみに明治時代がおわり、日露戦争の担当者がつぎつぎに死んだあと、日本陸軍がそれまであれほど感謝していたメッケルの名を口にしなくなったのは戦勝の果実を継いだ――たとえば一代成金の息子のような――者がたれでももつ驕慢と狭量と、身のほどを知らぬ無智というものであったろう。

メッケルは、その講義でいう。

「戦いは、出鼻で勝たねばならぬ」

敵の意表に出、その機先を制さねばならぬ、という。この思想は日本人が室町時代以来数百年かかってつくりあげた日本剣術の基本思想だが、しかしそれが近代軍事学のなかでも通用しようとは、この当時の日本軍人のほとんどは考えていなかった。

これについて、メッケルはさらにいう。

「宣戦布告のあとで軍隊を動員するような愚はするな」

となれば、軍隊を動員し、準備をととのえきったところで宣戦し、同時攻撃をし、敵がねむっているあいだに叩き、あとは先手々々をとってゆく。要するにメッケルは、

「宣戦したときにもう敵を叩いている、というふうにせよ」

というのである。これをきいたとき、学生のほとんどは、

（それは卑怯ではないか）

とおもった。好古なども、

――このドイツじいはひどいことをいう。

と、おもった。

卑怯ということよりも、そういうことが国際法上ゆるされるかどうか、ということをみな不審に思った。

この時代の日本人ほど、国際社会というものに対していじらしい民族は世界史上なかったであろう。十数年前に近代国家を誕生させ国際社会の仲間入りをしたが、欧米の各国がこのアジアの新国家を目して野蛮国とみることを異常におそれた。さらには幕末からつづいている不平等条約を改正してもらうにはことさらに文明国であることを誇示せねばならなかった。文明というのは国家として国際信義と国際法をまもることだと思い、その意思統一のもとに、陸海軍の士官養成学校ではいかなる国のそれよりも国際法学習に多くの時間を割かせた。

が、メッケルはいいという。

いわば悪徳弁護士のような法解釈だが、違法ではないという。それが学生たちを安堵させ、これによって「宣戦と同時攻撃」というのは日本人の伝統的やりかたになり、ついには世界中から、

――日本人のいつものあの手。

という嘲罵をうけるようになった。

参謀旅行というのがある。

これも、フランス陸軍にはない。欧米の他の国にもなく、ドイツだけのものであった。創案者は、モルトケらしい。

統裁官はつねに戦術の大家がこれにあたる。参謀学生をひきつれ、実際の山野を舞台に、

「もしあの山ぎわの間道から敵の騎兵一個大隊が出現したらどうするか」

とか、

「この状況下で砲兵は野砲三個中隊しかない。それをどこに置けばいいか」

といったふうのことを統裁官がつぎつぎに質問し、相手の返答がわるければ罵倒し、修正し、さらに戦いをすすめてゆく。戦術は状況と地形によって流動するものだが、それを実際訓練するにはこの参謀旅行ほどいい方法はない。

その第一回の参謀旅行は、明治十八年十一月、茨城県下でおこなわれた。

戦場は、関東平野である。その第一日は利根川のほとりの取手（とりで）町から開始された。

好古も、参加した。このときのはなしを、メッケルの研究家宿利（しゅくり）重一氏が、晩年の陸軍中将藤井茂太にきいている。藤井は好古と同期で、この当時砲兵中尉であり、日露戦争では第一軍参謀長をつとめた。

――なにもおれたちは知らなかったな。

といった調子で、正直に語っている。藤井中尉はメッケルから、

——おまえは兵站監になれ。

といわれた。

兵站というのは、作戦のために必要なあらゆる物資——弾薬、食糧、衣服、馬匹などを筆頭に——を後方にあって確保し、それを作戦の必要に応じて前線へ送る機関で、近代戦をやるうえでこれほど重要な機関はない。

が、日本人の戦争の歴史は、一、二の例外をのぞいてはすべて国内が戦場になっており、兵站というほどのものが必要であったことがない。強いて例外をもとめれば、豊臣秀吉の朝鮮征伐のとき、石田三成が近代軍隊の用語でいう兵站監に任じ、そのための船舶を往来させつつ戦場への兵糧送りをした例があるにすぎない。

「兵站とはなんだ」

と、藤井は学生たちにきいてまわったが、たれも知らない。のち日露戦争における第二師団参謀長になった石橋健蔵という歩兵中尉が、

「つまり食糧だから、梅干を少々あつめておけばいいだろう」

と解釈し、藤井はそのようにした。メッケルはあとで咆えるように怒った。しかしこの当時の日本人の卑小な生活感覚からすれば、ヨーロッパで発達した近代戦の規模や質というものが、知識としてはなんとか理解できても、感覚としてはどうにも想像できなかった。

「鉄舟をもって渡河する」

と、統裁官のメッケルがいうと、鉄の舟がうかぶはずがない、と大まじめにこのヨーロッパ人

に食ってかかった学生もある。

真之の兵学校の生活がつづいている。

入校の年いっぱいはやはり気持がおちつかなかった。

——どうやら道をあやまったかもしれない。

と、しばしばおもい、大学予備門のころの自由な生活がなつかしまれてならず、自習時間のときなど、書物をひらいていながらそのころの生活が夢か幻覚のように去来した。不意に子規のなまぬるい伊予弁がきこえてきて、はっと左右をながめたこともある。

その左右にいる生徒たちにも、どうも真之はなじめなかった。大学予備門の連中からすれば子供っぽくて、土くさい。

(おれも田舎者なのだが)

と、そういう自分がおかしくおもうのだが、この感情はどうにもならない。

が、二年目には覚悟ができた。そのころから首席になった。

——秋山はいつ勉強するのか。

と、同期の生徒にいわれた。

が、真之のほうが、かれらがああも勉強していることがよくわからない。

大学予備門のころとおなじように、試験ということになると、

——どこが出るのか。

と、真之にたれもがききにきた。真之はいちいち予想すると、ほとんどが的中した。ふしぎな天分をもっている。

小柄だが、ひどく敏捷だった。マストへのぼるのはたれよりも早かった。

英国人教官は、あらゆる面でダートマス海軍兵学校の教育法をもちこんだ。この教育法に、駈け足があった。長距離を駈け足することをもって自己とたたかう精神と、艦隊勤務に堪えうる体力をつくるというところに目的があったらしい。

毎年三月三十一日には全校の生徒が分隊単位の競争でマラソンをするという催しがあった。築地から飛鳥山まで走る。真之の属する分隊が毎年優勝したわけではなかったが、かれ自身はこのマラソンが得意であった。

明治二十一年の年度の駈け足のときは第二位であった。第一位の分隊が真之らの分隊を追いぬいたとき、

(幽霊が指揮している)

とおもわずおもったほど、その優勝分隊の指揮生徒の顔が蒼かった。

真之より一年上の生徒で、名前も顔も早くから知っている。広瀬武夫といった。

広瀬は左脚が骨膜炎にかかっているのも知らず、そのはげしい痛みに堪えつつ駈けていたのである。この我慢づよい男はその夜もそのまま寝たが、激痛のため一睡もできず、終夜起きていた。

翌朝、「整列」に出たとき、はじめて教官がこの男の異常を発見し、軍医官に診せた。すでに

手遅れであり、切断を要する、と軍医官は判断したが、しかし幸いにも軍医官はそれをせず、入院させしばらく経過の観察をすることにしたが、結果はそのほうがよかった。

真之はのち、あの駈け足のときの感動からこの人物と親しくなり、ある時期には下宿を共にするほどになった。

真之らの在学中、学校が移転することになった。

広島県江田島にゆくという。

その理由はいくつかあるが、開化とともに次第に華美になってゆく東京都下の風が海軍教育にふさわしくないということがおもなものであるらしい。

「江田島」

といっても、広島県出身の者でさえそういう島があるのを知らなかった。

広島湾の東はしに浮かび、呉湾からいえば西側に位置している。小島とはいえ、能美島という別な島とほそい地頸でつながっている。生徒間にうわさがひろがったときは海軍ではすでにこの小島に軍校施設をつくりつつあった。移転は明治二十一年八月一日におこなわれた。

真之の入校三年目のとしである。

生徒の輸送は、学校の練習船である東京丸がそれにあたった。

秋山真之にとって多少ありがたかったのは、故郷の松山が近くなったことである。瀬戸内海を島づたいに手漕ぎの舟で行ってもゆけそうなほど近い。

この夏、移転早々、休暇があった。真之は島まわりの小さな蒸気船で松山のみなとの三津浜へ入った。

立派な桟橋ができていた。

(かわれば変わるものだ)

と、おどろいた。兄の好古がはじめて三津浜を出てゆくときは、ここはただの砂浜であった。小舟で沖まで出て、そこに錨をおろしている船に乗った。

真之が出てゆくときはすでに粗末な桟橋ができていたが、このように立派なものではなかった。

真之が、桟橋を歩いていると、土地の者がかれの異装に目をみはり、

……ありゃ、なんじゃろ。

と、大人も子供もふりかえって声高に言いあった。これには真之も閉口し、

(やはり夜に帰るのじゃったな)

とおもった。

この当時は、たれもがまだ和服であり、服装の点では江戸時代とさほど差がない。洋服を着ているひとは県の高官か、儀式の日の小学校長ぐらいのものであり、そのほかに兵隊と警官が制服をきている。町の者はそれは知っているが、海軍兵学校の制服などは見たことがない。

「ジャケット」

といわれる白の上着を着て、白のズボンに短剣を吊っている。松山に入ると、背後で笑う者が

いた。なぐってやろうかとおもったが、子供だった。子供たちはどぶ川で、

「もがり」

というものを獲っていた。蚊に似た、蚊よりも四、五倍大きい昆虫で、それを網でとる。

もがり、ちっちきち
上に鬼がいる
下の方へさがれ

真之も子供のころにうたった唄である。この旧城下町はすこしも変わっていない。

このころ、かれら兄弟の父の久敬(ひさたか)は、

「八十九(やそく)」

と号していた。先祖にそういう妙な名前を称したひとがいたそうで、それにあやかろうとしたらしい。晩年は、天然坊と号したというから、物の剽げた(ひょうげた)味わいがすきであったらしい。もしくは、中年のころから老荘を読みはじめたためにこういう名前の心境に至っていたのかもしれない。ともかく、名をつけたときは、

「きょうから、ヤソクとよんでくだされや」

親類や知人のあいだを言ってまわった。

八十九翁は早くから頭がうすくなっていたので、このごろは夏でも大黒頭巾のようなものをかぶっている。両眼が大きく背がとびきり高く、夏の夕ぐれなど、かたびらを着てあるいているすがたは妙に涼しげで、

——あの涼しげなのも、ヤソクさんのお人徳じゃ。

と町の者からいわれていた。

この日、その八十九翁が帰ってきて、

「いま大街道の角で、目のとびきりするどい小男があるいているのをみたが、ありゃお前そっくりじゃ」

と、老妻のお貞にいった。

「私の目はべつに鋭くありませんよ」

そう抗議したが、はっとして、

——それ。淳じゃありませんか。

といった。帰省するかもしれぬというしらせが江田島からきていたのである。八十九翁は大声をあげて笑った。

「そうじゃ、淳じゃ」

「なぜ、声をかけてあげなさらぬ」

お貞は、いそいで糸車を片づけた。

そこへ真之が帰ってきた。あわただしく両親にあいさつすると、制服をぬぎ、カフスボタンを

はずし、やがてそのシャツもぬぎ、ついに褌一つになった。

両親は、こごとも言わない。これが秋山家の家風のようなもので、八十九翁がそもそも家にいるときは褌一つであり、万事その調子であり、この点、しつけのやかましい旧藩士の家としてはめずらしい。

「淳、大街道を歩いていたな」

と、八十九翁はいった。

そのとおりであった。真之は町がどう変わっているかに興味があって、繁華街の大街道を通ってみたのである。

「お父さまも歩いておられましたな」

「なんじゃ、わしの姿を見たのか」

八十九翁は、笑いだした。あのとき真之の姿をみるやあわててむきを変え、逃げるように家へ帰ったのである。

親も親なら子も子だ、とお貞はおもった。なぜ声をかけあわぬ、と双方にいうと、八十九翁が怒りだした。

「あの大街道で、父子対面するような照れくさいことができるか。なあ、淳」

真之は、苦笑した。ひさしぶりの町も秋山家もすこしもかわっていない。

この夏、高浜清（俳号・虚子）は、松山中学に入ってまだ数カ月にしかならない少年であった。

——秋山のヤソクさんのとこの淳さんが帰っている。

といううわさは、少年の仲間にたちまちひろがった。少年たちは英雄がすきで、真之のうわさをあたかも古英雄の逸話でもきくようにきいた。

とくに、虚子にとっては真之という存在は他人のようにはおもわれない。旧藩時代、高浜家と秋山家はおなじ徒士（かち）組で、八十九翁と虚子の実父池内信夫とは同役でもあり、その後も家同士の交際がつづいている。

が、虚子自身は真之とゆききがあったわけではない。

ちなみに虚子は松山中学四年生のとき第一高等学校（大学予備門の後身）を受験するために上京し、常盤会の寄宿舎に入った。このときはじめて正岡子規に手紙を出し、文学への志をのべ、教えを乞いたいという旨を申し送っている。が、この真之帰省当時の虚子は、まだそういう志向も芽ばえぬ少年であったにすぎない。

「淳さんは、泳ぎが一番じゃげな」

と、情報にあかるい仲間の子供がそう語るのを、虚子は目をかがやかせてきいた。兵学校の遠泳で何里という距離を終始一番で泳ぎきったという。

「秋山の淳さんが、いつも昼ごろになるとお囲（かこ）い池に泳ぎにきている」

といううわさがつたわったとき、みなで見にゆこうということになった。虚子も水泳用の褌を締めてお囲い池に行った。

お囲い池というのは旧藩時代のプールで、石をもって周囲をかこみ、後のいわゆるプールとさ

ほどかわらない。旧藩のころはここで藩士の子弟が藩の水泳師範から神伝流の水泳術をまなんだが、虚子のころでも城下の少年は夏になればここであそび、水泳達者の者から旧藩以来の神伝流泳法をまなんだ。

みな昼めしを食って出かけた。仲間のなかでは虚子と中学同級の河東秉五郎（碧梧桐）がもっとも熱心な真之のファンであった。虚子の家はかれの幼時に郊外へひっこしたが、碧梧桐の家はずっと秋山家の近所だったから、かれの幼時は真之が餓鬼大将であった。

「……我々の団体の隊長とも崇められて隠然首領株を以て目されていたのが馬島某であった。温厚寡黙の人で、皆よく懐いていた。……今一人の青年は隊中の闘将とも言うべきで、どんな相手にも背ろを見せない颯爽たる気魄と風采を持っていた。その闘将が先頭（喧嘩の）に立つとき、天下に何の恐いものもないような勇気と安心とが、我々の胸に一杯になる程だった。名を秋山のじゅんさんといった。馬島はやさしくて好きであり、じゅんさんは恐ろしくて好きであった」

と、後年、碧梧桐は書いている。

お囲い池に行ってみると、その秋山の淳さんが褌ひとつで歩いていた。虚子がおどろいたことに、かれらの「英雄」は、

——ちんぽがかゆうてたまらん。

と、その部分を砂でもみながらあるいていた。それだけで少年たちは驚嘆した。

兄の好古は、東京にいる。

この前後の秋山好古の官歴は、

明治十九年（数えて二十八歳）

四月　東京鎮台参謀ニ補ス

六月　陸軍騎兵大尉ニ任ズ

明治二十年（同二十九歳）

七月　東京鎮台参謀ヲ免ジ、

自費仏国留学ヲ許可

となっている。

「自費によるフランス留学」

ということが、好古をじつは憂鬱にさせていた。

事のおこりは、旧藩主久松家にある。はなしがはじまったのは、明治十九年の春である。

「重大な話があるから、つぎの日曜日、御屋敷まで足労ねがいたい」

という旨の使いが鎮台司令部にいる好古のもとにきた。旧幕時代でいえば上使がきたようなものである。好古は、つぎの日曜日にはかれが肝煎（きもいり）をしている騎兵会の会合があったのだが、その予定を変更して参上することにした。

旧藩主家というのは、この当時、まだそれほどに重い。明治後、官吏や軍人は天子に直属し、「陛下の軍人」というたてまえになったのだが、しかし士族あがりの官吏、軍人の立場は微妙であった。なおも儀礼上、旧藩主家に対し、家臣の礼をとりつづけている。

軍人でなくても、学生の正岡子規の場合ですら、そういう例がある。十九年の夏、

——定靖さまのお供をせよ。

と、御屋敷から命ぜられた。定靖というのは久松家の子息のひとりで、日光方面に旅行するという。子規は命に従い、定靖のはなし相手をつとめつつ中禅寺湖、伊香保などにあそんでいる。

つぎの日曜日、好古は御屋敷へ参上した。が、陸軍大尉といえども、旧臣であるかぎり、応接には通されない。

「御用部屋へ」

と、案内の女中がいった。

御用部屋というのは、家令の執務室である。家令は、旧藩時代ならば家老にあたるであろう。維新後、旧藩士が離れたあと、どの大名家もそのなかから人選して家令を置き、家政上の面倒を見させた。

久松家の家令は、藤野漸である。天保十三年のうまれというから、この明治十九年には満四十四になる。維新後も、

——武士は藤野。

といわれたほどに武士らしい人物で、文武の達人とされた。廃藩後は東京に出て会計検査院につとめたが、中途で退官し、久松家に入っている。のち松山に帰ってからは国立第五十二銀行の創設に奔走し、その二代目の頭取になったりしたが、このひとの存在をのちにまで郷党に印象づけたのは、その謡曲ずきであった。旧藩と縁のふかい謡曲宝生流の保存につとめ、洋々会をお

こし、その盟主となって、

——洋々居士(こじ)

と呼ばれた。

子規の親戚で、叔父にあたる。子規が常盤会の給費生になれたのはこの叔父のおかげらしい。

好古は、軍服のひざを折って座敷にすわっている。やがて、旧藩士たちのいう、

「藤野老」

が入ってきた。四十四歳で老といわれるのは気の毒なようだが、人柄に長者の風があってその呼ばれ方がふさわしい。

——信三郎さん。

と、藤野老が、好古を通称でよんだ。

「じつは、定謨(さだこと)さまのことじゃが」

という。定謨は慶応三年うまれの二十歳ながら、久松家の当主になっている。

ちなみに、明治初年から二十年代にかけて、旧大名の子弟の私費留学がはやった。

理由は、いくつか考えられる。明治維新はいわゆる雄藩がそれをやったが、維新後、殿様は置いてけぼりになった。賢侯といわれるよほどの器量をもったひとでも、そこは大名育ちのために実際の政治や行政を担当するには、能力よりもまず性格や対人感覚がそれに適(む)いていない。あれほどのさわぎになった戊辰戦争でも、戦国期の大名のように殿様みずから藩兵をひきいて戦場に

のぞんだということは、一例もない。

これが、維新後、旧大名が政治の表から消えざるをえなかった最大の理由であるといわれている。

維新後、

——西洋の貴族はそうではない。

といわれはじめた。西洋の貴族たちは貴族であるがために庶民以上に体を鍛え、その階級が肉体的にも強者であるという古来の通念を維持しようとしている。教養や徳義の面でも庶民よりははるかに高い水準であらねばならず、さらに物事の処理能力——子規の用語でいう俗才——でも庶民の遠くおよばぬ能力を身につけていなければならない。英国やドイツにおける政治・軍事は貴族かそれに準ずる階級によって運営されていることがそのいい例であろう。

日本の公卿や殿様は、無能力者の代表とされてきた。

「これでは将来、華族はこのあたらしい国家から浮きあがってしまう」

というのが、殿様留学ばやりのおもな理由であった。

さらに、旧大名の経済的余裕がそれをゆるした。旧幕時代、大名の家というのは軒なみに財政が窮迫していたが、版籍奉還から廃藩置県にかけて、大名は家臣を養い藩財政を維持するという責任からのがれ、東京定住を命ぜられ、石高の大小によって一定の定収を得た。大名をやめて華族になることによって、かえって家政がゆたかになった。

それが、この流行をいよいよ促進させた。

そういうことで久松家の旧臣たちも、わかい当主の定謨の教育と将来を考えるについて、このひとを西洋に留学させ、西洋流の強靱な貴族としての属性を身につけさせようとした。

ただ風変りなことは、この若い殿様を軍人にしようとかれらが考えたことである。維新で敗者にまわった伊予松山藩だけに、かえってこういう力みがあったのであろう。

要するに殿様の久松定謨は、去る明治十六年、フランスに留学した。このひとの十七歳のときである。

留学するとき、旧藩士の加藤恒忠が久松家からそう言われ、輔導者としてつきそった。

加藤恒忠のことについてはすでに触れた。好古と同年で竹馬の友であり、かれらの城下では、

——秋山の信さんか、大原（恒忠の実家）の次男坊か。

といわれたほどの秀才であった。恒忠は好古よりひと足早く東京へ出て、当時天下の秀才をあつめていた司法省法学校に入った。ここで法律を専修し、一方、中江兆民の塾でフランス語を学んだ。その法学校時代の学友であった陸羯南と生涯の友誼をむすんだが、羯南ほどの人物がつねに恒忠に兄事し、生涯、敬意をうしなったことがない。

余談ながら、この加藤恒忠は外交官になって将来を嘱望されたが、三十五、六で急に役人のくらしがいやになり、やめてしまった。

「惜しいことだ」

と、あるひとが、陸羯南にいった。

「加藤恒忠という人ももうすこし辛抱していれば外務大臣になるところだのに」

というと、羯南は色をなし、

――君は加藤恒忠を知らない。

といった。羯南にいわせると、加藤は大臣になろうというようなそういう野心のある男ではない。かれほど淡泊で俗っ気のすくない人物をおれは見たことがない、いやになれば惜しげもなくやめるというところが加藤恒忠なのだ、というのである。

加藤恒忠は、松山藩の藩儒大原観山の子であり、正岡子規の母とは姉弟であることはさきに触れた。子規はこの叔父をたよって東京へ出た。たまたま恒忠は既述(さき)のいきさつによって旧藩主久松定謨のフランス留学についてゆかねばならなくなったため、子規のことを友人の陸羯南に托した。そのこともすでに触れた。

――ところで。

と、好古の面前にいる家令の藤野漸老はいうのである。

「すでに滞仏三年、加藤からのたよりでは学業は大いにすすんでおられるらしい」

さらに、

「来年――明治二十年――は、サンシールの陸軍士官学校に入学なさらねばならない」

と、藤野老はいった。

士官学校に入る以上は、輔導役としての加藤恒忠はそのほうの門外漢だから、これ以上はつき添っても意味がない。さらに加藤はこの滞仏中に外務省の籍に戻り、「交際官」という職に任ぜ

られたから、十分の面倒がみられない。

「そこで、足下だ」

と、藤野老がいった。輔導役としてフランスに行ってくれんか、というのである。

「陸軍省のほうへは、足下を借りることを久松家からもおねがいする。どうだ」

と、老は好古の意向をただした。

——どうだ。

といわれても、好古には即答のしようがなく、くびをかしげ、大きな目をあけて藤野老をながめている。

「不承知か」

「いいえ、不承知というのではありませぬ」

「ホな、承知じゃな」

(正直なところは、その中間じゃが)

と、好古はおもった。

メッケルからドイツ式の軍事学をまなんでしまった以上、いまさらフランスへ留学しても仕方がない。

——かえって頭が混乱するのではないか。

とおもった。仏式と独式では、物事が正反対のばあいが多い。たとえばドイツ式は「攻撃は最

良の防御である」という基本思想に立ち、攻撃主義を偏重するあまり、ときには戦術の論理をはずした蛮勇をさえ許容する。おそらくこの思想がうまれたのは、ドイツの戦略地理的な環境と、その帝国主義における後進性に原因しているのであろう。

フランスもまたその攻撃思想においてはなやかな伝統をもっている。とくに騎兵という純粋攻撃用の兵科の運用についてはヨーロッパにおけるもっとも光輝ある伝統をもっているが、しかしナポレオン三世の出現前後からフランスの軍事体制に停頓がみられるようになった。とくにその戦術思想は理論面でおそらく世界最高の精緻さをほこるようになったが、同時に流動性をうしない、実際面から遊離するようになった。その結果が、普仏戦争の惨敗になってあらわれた。

普仏戦争後のいま、その軍事的自信の喪失が外交面にもあらわれ、プロシャの宰相ビスマルクに思うがままにひきずられており、さらに財政難のために軍事上の整備もあまりすすんでいない。

「いま、フランスに行ってなにを学ぶか」

という気持が、好古にある。

さらに日本陸軍のすべての体制がドイツ式に転換しようとしており、陸軍の秀才のことごとくがドイツ陸軍に留学しようという情勢下にある。将来、かれらドイツ留学派が日本陸軍をにぎるであろうし、ドイツからの輸入思想で軍政をうごかし、作戦を遂行してゆくであろう。

（そのとき、ただ一人のフランス派になってしまえば）

どうなるか。

思想上の異邦人というあつかいをうける。

当然ながら、他と調和ができず、すくなくとも陸軍の作戦面の主流から離れざるをえないであろう。

(えらいことになったな)

と、好古はおもわざるをえない。

いま、好古がだまってさえいればかれにドイツ留学の官命がくだるのは必至なことであった。陸軍大学校の第一期生であるとともに、数少ない騎兵将校のなかでの抜群の秀才とされており、どの面からでも日本陸軍はかれを将来の指導者にすべくドイツにやろうとするだろう。いま、休職して私費留学でフランスへゆかねばならぬような理由は、好古にはない。

「じつはな」

と、藤野老はいった。

好古のほかに仙波太郎はどうかとも考えていたという。

仙波も、旧松山藩出身の陸軍将校である。かれは好古よりも四歳の年上で、士官学校は好古より年次が上の第一期生であった。歩兵科に籍を置き、陸軍大学校がひらかれるや、好古とともにその第一期生になった。

後年、陸軍中将になり、昭和四年七十五歳で没。桂太郎、宇都宮太郎とともに陸軍の三太郎とよばれた。

仙波は、武士のあがりではない。

藩領の久米福音寺というところの庄屋の子としてうまれた。旧藩時代、生家は裕福で知られたが、維新の変動で没落した。仙波太郎は少年のころ、魚の行商になり、荷をかついで松山の城下をながしてまわった。好古が風呂たきをしていたころよりもすこし時期が早いであろう。

城下はせまい。仙波が陸軍に入ったとき、

「あの魚売りが、陸軍に入ったげな」

と、ひとびとはうわさした。

かれの陸軍での生いたちは、児玉源太郎と同様、下士官からたたきあげている。教導団といわれる下士官養成所に入り、士官学校が創設されるや軍隊のなかから受験し、入学をゆるされた。

陸軍大学校のころ、仙波は酒をのむと、

「わしは、百姓の出だ」

と、よく好古にいった。おまえのような士族ではない、という。士族に対して一種の敵愾心をもち、平民であることに強烈な自負をもっていた。

「御一新で、おれの家はつぶれた。この御一新での被害は士族とかわらないが、しかし御一新についてはすこしも恨んでおらぬ」

という。仙波にいわせれば、平民の子でも刻苦勉励すれば立身することができる、これは御一新のおかげであり、この国をまもるためには命をすてる、といった。

立身出世主義ということが、この時代のすべての青年をうごかしている。個人の栄達が国家の

利益に合致するという点でたれひとり疑わぬ時代であり、この点では、日本の歴史のなかでもめずらしい時期だったといえる。

「ところが、仙波は」

と、藤野老がいった。

「藩士ではない」

百姓である。百姓の出の者に対して、藩主の御用によって渡仏せよなどという無理はいえぬ、と藤野はいう。

「仙波に断わられたのでしょう」

と、好古ははじめて口をひらいた。そうにちがいなかった。仙波にいわせれば、封建のころの旧藩主がおれにおいて何のことやある、ということであろう。

ここまでいわれれば、好古はやむをえなかった。先祖代々禄を食んできた恩というものが旧藩士にはある。

「渡仏します」

と、無造作にいった。いった瞬間、陸軍における栄達をあきらめた。

そういういきさつがあって、秋山好古は明治二十年七月二十五日、フランスへむかうべく横浜を出帆している。

このため、真之が帰郷した二十一年の夏は好古は日本にいない。

「信から手紙がきている」

と、八十九翁は、幾通かのそれをみせた。

その手紙によれば、旧主久松定謨はぶじサンシールの陸軍士官学校に入校できた。好古はその輔導にあたる一方、フランス陸軍省の許可を得て同校の聴講生になっているという。

(気の毒に。——)

と、真之はおもった。日本の士官学校を出て陸軍大学校にまで学んだ陸軍大尉が、また逆もどりしてフランスの陸軍士官学校で一からものをまなばねばならない。

パリからの第一信は、

「まるで田舎の処女が、吉原にかつぎこまれたようなものです」

と、八十九翁に対して書いている。

明治二十一年のころの日本というのは、陸海軍学校こそ洋式生活をさせていたが、一般はすべての面で封建時代の生活とさほどかわりがない。好古はパリについたとき、ヨーロッパ文明というものがあまりにも日本と異質なことにおどろき、その技術能力と言い、富力と言い、日本とどこまで懸絶したものであるかということが見当もつかず、ただぼう然とした。そのパリの華麗さを吉原遊郭にたとえ、自分を田舎から売られてきた処女に見たてた。

「ただいまは、まだ言語も通ぜず、様子も十分にわからず、交際やなにやかやでずいぶんこまっています。とにかく郭言葉もわからず、世事はわからず、朋輩や婢僕に対していろいろの気がねもあり、いやはや面倒なもので、この向う見ずの好古も、この様子では当分品行をつつしみ、礼

節をまもり、おとなしく暮らすほかありませぬ」

そんな手紙である。

「どうも、パリを吉原だとおもっているらしい」

と、八十九翁は大声で笑った。

「しかし淳、信は東京のころ吉原へよく行っていたのか」

「さあ、存じませんな」

といったが、真之は知っていた。好古とおなじ下宿だったころ、ときどき「淳、きょうは帰らんぞ、吉原で寝る」といって出て行ったことをおぼえている。

好古のフランスにおける生活費は、久松家から年額千円の手当が出る。それに俸給の半分が陸軍省から出る。その程度なら鳴かず飛ばずの暮らしは十分できるのだが、酒好きの好古には苦しかった。わるいことに幼友達の加藤恒忠が酒の相手になったし、それにフランス人将校とのつきあいもあり、さらに好古は馬まで買ってしまっていた。馬を飼えば馬丁をやとわねばならないし、飼料代もばかにならない。このためパンとバターだけで毎月一週間以上くらした。

馬

好古のフランス留学は現役将校としてはながく、足かけ五年にもおよんだ。途中、

——秋山がパリで窮迫しているらしい。

といううわさが本国にきこえた。同時にこの留学で好古の騎兵研究が飛躍的にすすんでいるというううわさもきこえ、

「日本の騎兵は、秋山大尉の帰国によってはじめて騎兵らしくなるだろう」

という期待ももたれていた。

それにしても私費留学はあわれすぎるという同情論が陸軍省の一部でおこり、明治二十三年一月、パリにある好古は本国からあたらしい命令と訓令とをうけとった。

——官費留学にきりかえる。

ということである。その「学資金」は、一ヵ年千六百円であった。六百円あがった。もっとも
この時期、好古はサンシールの士官学校の宿舎で猛烈な熱病でたおれていた。

外務省の加藤恒忠がこれをきき、おどろいて訪ねると、好古はシャツの胸をはだけて寝ている。胸に赤い発疹が出ていた。

「病名は？」

ときくと、好古は、熱で顔を真赤にしながら、知るもんか、といった。この人物はどういうわけか医者がきらいだった。

「医者にみせろ。サンシールにも軍医ぐらいはいるだろう」

「なにを言やがる」

と、好古は相手にしなかった。

加藤は数日かよって病状を見まもった。好古の顔がかぼちゃのようにはれぼったい。高熱で目が充血し、悪寒がするらしい。ときに意識がおぼろになり、うわごとなどをいった。

（これは傷寒だ）

と、素人目にもおもった。

ヨーロッパ医学でいえば発疹チフスで、死にいたることがある。が、この当時、特効薬がなかった。

加藤がおどろいたことには、好古はこれほどの高熱に漂いながら、めしどきになると起きあがって士官学校の食堂までゆく。

（医者ぎらいもここまでゆけば狂人だ）

とおもった。

「チフスではないか」

と、加藤はあるとき好古にいった。好古はべつにおどろきもしなかった。

「チフスなら、大変なことだぞ」

「わかっている」

と、好古は枕のむこうの書棚を指さした。そこに内科全書がひろげたままで置かれていた。チフスの項が出ている。加藤の察するところ、好古はそれを読んでは自己流の手当をしているらしい。

こんなことで、ついに強引になおしてしまった。あとで、好古はいった。

「国辱じゃからな」

という。医者に診せることは、である。妙な理屈だが、おなじ時代に生きている加藤恒忠にはよくわかった。留学日本人が発疹チフスにかかって士官学校のフランス人たちをさわがすということが、どうにもはずかしい。この種の心情は、パリで無我夢中で背のびをせざるをえぬ日本留学生の共通したものであった。

陸軍省から好古のもとにとどいた訓令は、

「留学中ハ左ノ諸項ヲ研究致スベシ」

という文章である。

諸項というのは、

軽騎兵ノ戦術
同　内務
同　経理上ノ取調
同　将校以下教育上ノ要領

というもので、そのため、

「ナルベク仏国軽騎兵隊ニ付属スベシ」

とある。要するに日本陸軍はこの満三十になったかならずの若い大尉に、騎兵建設についての調べのすべてを依頼したようなものであった。それだけでなく、帰国したのちは好古自身がその建設をしなければならない。建設するだけでなく、将来戦いがあればその手作りの騎兵集団をひきいてゆくのはかれであり、一人ですべての役をひきうけていた。この分野だけでなく他の分野でもすべてそういう調子であり、明治初年から中期にかけての小世帯の日本のおもしろさはこのあたりにあるであろう。

訓令では、

「軽騎兵」

という。ヨーロッパの騎兵にはいろいろの種別があるが、日本陸軍はその実情（経済的理由がおもだが）からして軽騎兵のみが採用されていた。従って日本でいう「騎兵」は軽騎兵のことであった。

好古が現地でなまなヨーロッパ騎兵をみたとき、それはおどろくべき多彩さに富んでいた。

たとえばナポレオン一世によって大改革された軍制を維持しているフランス陸軍は、騎兵については、

胸甲騎兵（重騎兵）

竜騎兵

軽騎兵

という三種類をもっていた。胸甲騎兵はその名のとおり銀色にかがやくよろいを胸につけ、敵の刀槍や弾丸から身をまもっている。これが別称重騎兵とよばれるように、人馬とも大型の体格がえらばれており、主として白兵襲撃にもちい、その主武器は刀と槍であり、ヨーロッパにおける騎兵の栄光はこの種目がになってきた。

竜騎兵は胸甲はつけない。体格は重と軽の中間のもので、武器は剣つきの騎兵銃であった。

軽騎兵は装備もかるく、兵の体重もかるく、諸事かるがると戦場を運動し、司令部捜索に任ずる。

そうなっている。

日本はこの軽騎兵しか採用する能力がなかったが、しかしそれだけに課題は複雑で、この軽騎兵に他の重騎兵や竜騎兵の機能や戦闘目的をつけ加えようとするものであった。この計画はヨーロッパからみればおよそ乱暴な発想であったかもしれなかったが、この種の無理やつぎはぎをやってゆく以外に日本人がヨーロッパ風の近代軍隊の世界に参加してゆくことはできない。

好古は、ヨーロッパにきてから、意外なことをいくつも知った。

ナポレオン一世は騎兵の運用について天才的な戦史をいくつも残した人物だが、そのくせ当人は乗馬がへたなのか騾馬に乗っていたという。

好古はこの話を、フランスの田舎の騎兵連隊を見学に行ったとき、話好きの古参少佐からきかされた。

「騾馬」

好古は、妙な気がした。

騾馬というのは、牝馬と牡驢馬とのあいのこである。一代かぎりのもので、騾馬自身には生殖能力はない。その特性は力がつよく、耐久力に富み、しかも少食で粗食にたえるというものであった。体は片親の驢馬に似てしまう場合は小さいが、もう一方の片親の馬に似るばあいは馬よりも大きくなることが多い。

中国人はむかしからこの騾馬を労役用につかうことを好んだということは好古も知っているが、日本にはいない。それがヨーロッパに居るということをきいておどろいた。

「むかしからいるよ」

と、その古参少佐はいった。ナポレオンのころでも砲兵隊で大砲を曳く馬として大量につかっていたという。

「ナポレオンは、砲兵の出身だからね」

と、その古参少佐はいう。だから、騾馬のほうが乗りやすく親しみやすかったのだろうとばか

にしたような顔でいった。

騾馬は、おとなしい。しかも悍威の気象がまるでない。騎兵の馬は悍ぶってたけだけしい気象のものを駿馬とする伝統があるから、騎兵隊ではむろんつかっていない。

サンシールの士官学校には、老いぼれた戦史教官がいる。アルコール中毒で指がたえずふるえているため、生徒たちまでばかにしていた。好古はこの老教官と親しかった。

「結局、ジンギス汗さ」

と、老教官はいう。中世ヨーロッパの戦術思想を一変させたのは、このアジアからやってきた目のつりあがった侵略者だという。

ジンギス汗の軍隊は、そのことごとくが騎兵であった。しかもその騎兵はすでに重騎兵と軽騎兵の二種類があった。重騎兵は、四枚がさねの皮鎧を身につけ、頭上に長槍をかざし、腰に彎月刀を吊っている。軽騎兵は鎧をつけない。武器は投げ槍と弓である。軽騎兵がまず敵に接し、その二種類の飛び道具で敵を混乱させたあと、重騎兵が突撃する。

しかもジンギス汗の戦法が画期的であったことは、騎兵をつねに密集隊形で使用したことであった。それまでヨーロッパでも戦士は馬にのっていたが、敵に対してはあくまでも個人単位の格闘用にその乗馬をつかった。ときに馬からおりて徒歩戦をしたりした。これが、ジンギス汗の乗ったままの密集戦法の前に手もなくくずれてしまった。

「日本人は、モンゴル人に顔が似ているというが」

と、老教官はいった。

「ジンギス汗から何も学ばなかったのかね」

日本は孤島である。ヨーロッパ圏のように相互刺戟による成長の機会にとぼしい、と好古は答えた。

老教官は、

――士官学校のカルパンティエ

というあだなもついている。カルパンティエというのは聖ベネディクト会に属した僧で、この時期から二百年ほど前の人物である。博学をもって一世に知られたが、博学という点ではこの老教官もそうであった。これは伝説だが、一八一五年三月一日、フランスに上陸したナポレオンはその朝なにを食ったかということを生徒にきかれたとき、教官は目をつぶってその献立をあげ、ついにはスープの量まで語ったという。むろん、かれの壮年のころのことだが。

そのころのフランス陸軍省では、過去のフランス陸軍のことでわからないことがあると、この文官教授にうかがいを立てた。

が、酒の過飲のせいか、ある年齢から急に生気をうしない、いまは指をふるわせながら小声で日常の愚痴をあきもせずに語る老婆のような老人になりはてている。

が、酒が入ってある一定の状態になると、にわかにむかしの光彩がその頭脳によみがえってくるらしく、好古が終生わすれなかったほどの名言をいくつも吐いた。

「アキヤマ、君の国には名将がいるか」

（さあ）

と、好古はくびをひねらざるをえない。ある程度の人物なら日本陸軍にも数人は居そうだが、名将といわれるような者はいない。

「居まい」

と、老教官は断定した。

居るはずがない、という。

老教官にいわせれば、人間の才能には幾種類もある。詩人、画家、音楽家、学者などいろいろあるが、天才は得がたくとも、しかしどの時代にもそのなかからわずかながらも天才は出ている。

「あらゆる分野を通じてもっとも得がたい才能というのは、司令官の才能だ」

という。数百年に一人、やっと出るか出ないかとおもわれるほどに稀少なものであり、他の分野の天才と同様、天賦のもので、これだけは教育によってつくれない。

「だから」

と、老教官はいう。

「陸軍大学校なども、本当は無意味だ。教育して将軍ができあがるものではない。ナポレオンは天才であったがゆえにその間のことを心得ており、一兵卒のなかから将軍を掘りおこした。この才能ほど天賦のものはない」

——ところが。

と、老教官はいう。

「国家はつねに一定人数の将軍をそろえておかねばならない。そのために一定の教育課程を経た者を将軍にするのだが、むろん戦争の役には立たない。あれは平和な時代のかざりものさ」

——私はなにを言おうとしているのかね。

と、老教官はいう。

「そう、騎兵のことだ」

老教官にいわせると、天才的戦略家のみが騎兵を運用できるのだ、騎兵の不幸はそこにある、という。

老教官は、おそるべきことをいった。

——騎兵は無用の長物だ。

という。

「古来、騎兵はその特性どおりにつかわれた例はきわめてまれである。中世以後、四人の天才だけが、この特性を意のままにひきだした」

かれはその四人の名前をあげた。

モンゴルのジンギス汗
プロシャのフレデリック大王
フランスのナポレオン一世

プロシャの参謀総長モルトケ

老教官にいわせると、騎兵は歩兵や砲兵とはちがい、純粋の奇襲兵種であり、よほど戦理を心得、よほど戦機を洞察し、しかもよほどの勇気をもった者でなければ、これはつかえない。集団としての騎兵は、攻撃の性能のみで、防御の力は皆無にちかい。これをあやまった戦理のもとにあやまった時期につかえば敵に損傷をあたえるどころか、騎兵じたいが全滅してしまう。

——むろん、それらのもろさは。

と、老教官はいう。

「士官学校でも教え、陸軍大学校でも教える。教えられた将軍たちはそのもろさについては十分知っている。知っているから、かれら無能な将軍たちはこの運用をおそれ、ついに最後まで手もとに温存したまま使わない。騎兵がえてして、国費を食う無用の長物であると専門家からでさえいわれるのは、この使い手が天才でなければならないからだ。ところが天才は教育で製造できない」

——気の毒なものだ。

老教官は、好古の鼻を指さして、

「君はそういう悲劇的な兵科に身をおいている」

といった。

好古には、老教官のいうことがよくわからない。

「つまり、私が」

と、いった。天才でないとおっしゃるのか、というと、老教官はかぶりをふり、

「君が天才であろうとなかろうと、この場合たいしたことではない。たとえ君が天才であっても君は最高司令官に使われる騎兵であるにすぎない。要は君の使い手が天才であるかどうかということだ」

といった。好古は、やっとわかった。

「居るかね、君の国にはそういう天才が」

「それは」

好古は、苦笑し、それは軍事機密に属しますようで、といった。

「しかし過去の例でいえば、先刻の四人しかいないというお説は訂正していただかねばなりませんな。先生の博学は有名ですが、日本のことはご存じない。世界に六人いるとおっしゃるべきでしょう」

「つまり日本人を二人加えろというのかね。たれとたれだ」

好古は、源義経と織田信長の二人をあげ、義経の鵯越（ひよどりごえ）と屋島における戦法を説明し、織田信長については桶狭間合戦を語った。

老教官はおどろき、何度もうなずき、以後六人ということにしよう、といった。

余談ながら、

「猿」

という、みじめなあだながこの当時の日本人に冠せられている。容貌が猿に似ている、ということもあるが、要するにヨーロッパ文明を猿まねしようとする民族、という意味であろう。ちなみに、この日本人の猿まねについては、最初にはげしく軽蔑したのはヨーロッパ人でなく、隣国の韓国であった。日本が維新によって大変革を遂げ、開国するとともに髷を切り、洋服を着、鉄道を敷き、ヨーロッパで勃興した産業文明に追っつこうとした。

「人にして人にあらず」

と、韓国の公文書ではいう。

さらに別な文書では、「ソノ形（髪形や服装）ヲ変ジ、俗（しきたり）ヲ易ユ。コレスナワチ日本人ト言ウベカラズ」とし、だから国交しない、国交したければもとの風俗になって出なおせ、と言う。日本は明治元年から同六年まで韓国に対し国交を要求したが同国はついにこの強硬な態度をくずさなかった。この当時韓国は清国の保護国であり、あくまでも中国ふうの儒教国家であるというたてまえをまもり、西洋化を嫌悪した。

アジアにあっては日本国だけが勃然として洋化を志し、産業革命による今世紀の文明の主潮に乗ろうとした。旧文明のなかにいる韓国からみれば狂気とみえたであろうし、ヨーロッパ人からみれば笑止な猿まねと思えたにちがいない。

日本にあっては一国のあらゆる分野をあげて秀才たちにヨーロッパの学問技術を習得させつつあったが、一軍事技術者である好古の立場は、ことがらが軍事だけにその物まねは息せき切った火急の事柄になっていた。

とくに、馬術である。

好古に課せられた多くの事柄のなかに、フランス風馬術の真髄を身につけて、帰国後、日本人たちに教えねばならぬということがあった。

それを、励んだ。

ところが滞仏中に、日本陸軍がフランス式からドイツ式に切りかえるという旨の公示が正式に発せられた。

むろん、日本を出るときからこれは覚悟していたが、正式に公示されてみると、やはり好古としては動揺せざるをえない。馬術は、フランス式とドイツ式では、まるでちがうのである。

第一、これをきいたフランス軍人は、ことごとくこの日本の措置を不愉快がった。

「日本人はよくない」

と、露骨に好古にいう士官学校教官もいたし、日本人は恩を知らないのではないか、という者もいた。

ドイツ式馬術を悪口する者もいた。

「あんなものは、馬術ではない」

と、かれらはいった。

「秋山もパリをすててベルリンにゆきたいのではないか」

という者もある。

好古は、どの問いに対しても微笑っているばかりでなにも言わなかった。一大尉の分際で、外

国人にむかって自国の方針を論評したところで、甲斐がない。

ドイツ式の馬術というのはどういうものかというのを、好古はフランス軍人からきいてほぼ見当がついている。

「ドイツ人は、人間を木か鉄だとおもっている」

と、フランスの軍人たちは悪口をいうが、ためしに好古は士官学校の図書館でドイツ陸軍の「馬術教範」のフランス語訳をよんでみて、なるほどとおもった。

(やはりドイツ人というのは世界の奇人種かもしれない)

とおもった。かれらドイツ人の能力の高さは好古が隣国のフランスに滞在しているだけにかえってよくわかっている。

物事を論理的に追及してゆく能力の高さとその構成力の堅牢(けんろう)さはもはやゲルマン人の国民性とでもいうべきもので、その能力が科学にむかうとき、おそるべき効果を発揮する。

が、長所はつねに短所の裏で、この論理ずきは形式ずきになり、それが軍隊にあてはめられるときに弊害(へいがい)も多い。

どの国の軍隊でも、軍隊は規律をもって生命としているが、ドイツ軍隊にあってはそれが極端であり、規律美のためには他の重要なことでも当然のように犠牲にする。

馬術がそうである。

フランスの馬術は、日本固有の大坪(おおつぼ)流などと同様、騎手の姿勢や反動の殺(そ)ぎかたは、馬の運動

のリズムに沿おうとしている。きわめて柔軟であることを本則としているが、ドイツ式は硬直美を愛する。

たとえば、乗馬姿勢ひとつにしてもドイツ式は容儀の凜然たるすがたを主としているために、馬に騎ったとき、ひざをぐんとうしろへひかせようとする。ひざから下のあしはひざよりもさらにうしろにひかせようとする。こういう姿勢をとると、なるほど全体の騎手の姿は、弓なりにそり、見た目には威風があり、いかにも凜々しい。

が、人間の姿勢としては不自然であるため騎手は長時間の騎乗にたえられなくなり、疲労がはなはだしい。これに対してフランス式は騎手の長時間騎乗の疲労をできるだけすくなくしようとしており、ひざやあしは後方にひかせるということをせず、これらは自然に垂れさせ、むしろやや前方に位置させる。

これは一例にすぎない。ほかにドイツ式の「馬術教範」には同種類の無理がいたるところにあり、このため、

——ドイツ騎兵の鈍重さ。

というのは、フランスだけでなくヨーロッパの馬術界の定評になっていた。あきらかにドイツ人の規律と形式を好みすぎる性癖からきた弊害だが、ドイツ人たちはこの不便さに気づきながらもなおかつこの教範を改正しようとしないのは、個人の性癖がなおしにくいのと同様、民族の性癖というものも、どうにもならぬものらしい。

好古は、日本馬術までがドイツ式になることに反対しようと決意した。

そういう時期、この当時の日本陸軍の総帥ともいうべき山県有朋がヨーロッパ視察旅行の途にのぼった。

山県は、旧長州奇兵隊士のあがりである。幕末でのこの人物のはたらきは長州での藩内活動がおもで、いわゆる志士たちのあいだで名が知られているという存在ではなかったが、維新がかれの運命を飛躍させた。

この点、革命ほど人の運命に奇蹟をもたらすものはない。幕末から維新にかけて、長州藩には軍事的才能をもった者が奇妙なほどすくなかった。わずかに作戦家として山田顕義、それに実戦家としてこの山県有朋がおり、その上に大村益次郎という天才がいたにすぎない。

山県にとって幸運だったのは、その大村が維新成立後ほどなく兇刃にたおれたことである。さらに山県の競争相手である山田顕義が他からあれほど期待されていながら、一種の心情不安定といったふうの性行がわざわいしてふるわなくなり、やがて「長の陸軍」は山県有朋のひとり舞台になった。

山県における軍人としての才能、識見というものは、どれほどのものでもなく、かれ程度のものなら、当時の諸旧藩をながめれば掃くほどにいたであろう。しかし、革命の成果は薩長が独占している。他藩出身者は革命官僚群の主流には参加できない。

山県に大きな才能があるとすれば、自己をつねに権力の場所から放さないということであり、このための遠謀深慮はかれの芸というべきものであったが、同時にこのあたらしい国家の建設の

ためによく働きもした。それについてのかれの芸は、官僚の統御であった。官僚たちから意見を出させ、その意見群のなかから適当なものをえらび、それを組織に命じて実行させてゆく。山県はなまじいかれ自身が才物でなかったから、こういう官僚統御がたれよりもうまかった。

かれの活躍範囲は、軍部だけでなくほとんど官界の各分野を覆ったが、明治二十年前後におけるその官歴をみると、陸軍卿、参謀本部長、内務大臣などを歴任している。年、四十七である。

「御用これあり、欧州諸国を視察すべきこと」

という沙汰がくだったのは、明治二十一年の十月である。「御用」というのは欧州の地方自治制の視察である。このころ日本では民間の要求もあって地方自治制の実施は時間の問題になりつつあった。

が、それだけが御用ではなく、「フランス陸軍に釈明するという御用も含められている」というのが、フランスにおける日本軍人たちのあいだでうわさになっていた。

この明治二十一年に日本陸軍が、在来のフランス式からドイツ式に切りかえたことについてフランス陸軍はそれを不快としている。それにつき、山県は日本陸軍の代表として釈明を兼ねて在来の恩誼を謝し、詫びるべきところは詫びる、ということになっていた。

山県有朋がマルセーユに上陸したのは明治二十二年の正月である。当然パリへむかうべきところ、かれはまずベルリンにむかった。

「ドイツ病だな」

と、パリ駐在の交際官である加藤恒忠は好古にいった。加藤はさらにほんの十数年前まで日本政府にドイツについての認識がほとんどなかったことを好古に語った。

「東京大学医学部がまだ東京医学校といっていた明治八年、はじめてドイツ人のホフマンとミューレルの二人をまねいたが、その講義を通訳できる医者は日本に一人しかいなかった」

と、加藤はいう。

その通訳は、司馬凌海（りょうかい）という。幕末に出現した洋学者で、経歴はふるい。この人物が世間に出てくるについては、奇縁がある。

旧幕府がオランダから医師ポンペ・ファン・メーデルフォールをまねいたのは安政四年だが、このポンペを教師として幕府は長崎ではじめて官立の洋医学塾をひらいた。

塾というが、門人は一人である。その一人の門人も、幕府の任命によるもので奥医師の松本良順（のち順）であった。この時期の幕府はなおも夷人（いじん）と日本人がほしいままに接触することをおそれ、良順にのみポンペと直接接触する資格をあたえたのである。志願者は、他にも多かった。幕府はそれらに対し、良順の門人という資格でそれを黙許し、ただしポンペの直接授業はうけさせず、良順から学ぶという形式をとらせた。

良順にすれば自分の医学修業だけで手いっぱいなはずであり、できれば言葉のできる助手を得、その助手をしてポンペの授業を他の門人に伝えさせたいとおもい、適任の者をさがした。

ふと良順がおもいだしたのは、司馬凌海である。語学の天才というべき少年で、凌海が江戸でオランダ語を修業中、良順に接していたが、その後、故郷の佐渡に帰っていた。良順はその凌海

を佐渡からよびよせた。凌海十九歳のときである。

長崎では、良順はこの助手とともにポンペの授業をうけた。凌海はポンペのオランダ語を即座に漢文でノートしてゆき、そのノートをもって他の門人に伝達した。

かれが語学の天才であったことは、この長崎滞在中、中国人と交際し、たちまちその言葉をおぼえ、詩文のやりとりまでして中国人たちをおどろかせたことでもわかる。

明治後は一時新政府に仕えたりしたが、かれが死ぬ明治十二年までのあいだに、英、独、露の三カ国語をおぼえ、さらにギリシャ語とラテン語までおぼえた。

この凌海が、前記、東京医学校の通訳になったが、ミューレルはそのドイツ語の達者さにおどろき、

——あなたは何年ドイツにいたか。

ときいたほどであった。むろん凌海はどの外国へも行ったことがない。ただ凌海は奇行が多く、飲んだくれであったため、深酒をすると翌日学校を休んだ。通訳の凌海が休むと、自然、授業は休みであった。

「その程度が、日本のドイツ認識だった」

と、加藤恒忠はいう。

加藤は、外務省の交際官だけに日本政府の対外接触史ともいうべき事柄をよく知っていて、好古に話してきかせた。

「陸軍のドイツ傾斜のそもそもは、一個の偶然からはじまっている」

と、加藤はいう。

現在、陸軍長州閥の寵児として山県から愛せられている少将桂太郎のことである。桂は戊辰戦争に従軍し、事がしずまったあと、横浜でしばらくフランス語を学び、そのあと命令によって大阪兵学寮に入れられた。かれは海外留学をしようと思い、むりやりに退学して長州の先輩に乞い、その便宜をはかってもらった。

結局、渡欧し、明治三年の暮、ロンドンに到着し、すぐ日本の弁務使館（公使館）に行ってフランスゆきの手続きをとろうとしたところ、そこにいた青木周蔵から、

「君は軽気球をもっているのかね」

と、いわれた。青木は桂とおなじ長州人で、明治初年にドイツに留学し、のちドイツ公使になった男である。いまフランスはドイツ軍に席巻されつつあるという。すでにセダンの要塞が陥ち、ツール、ストラッツ、メッツの諸城塞も陥ち、いまはパリはドイツ軍の重包囲下にあり、フランスの内相ガンベッタのごときは軽気球に乗ってパリから脱出したというニュースがロンドンの話題になっていた。

桂は、とほうに暮れた。かれは日本を発つとき、日本陸軍の傭教官であるフランス陸軍のビュランという少尉からパリのある士官あての紹介状をもらっていた。

「いっそ、勝っているドイツへ留学したらどうだ」

と、青木周蔵がなかば冗談でいったことが桂の運命を決定した。桂はすぐさまベルリンへゆ

き、そのまま三年半滞在した。ちなみにこのときの桂の身分は、兵学寮を退学しているため陸軍軍人ではなく、一介の書生であるにすぎない。自然、留学の形式も私費留学ということになっていた。

まず最初の一年はドイツ語をおぼえることに専念した。単語のカードをつくり、毎日十語ずつおぼえた。桂は記憶力のいいほうではなかったため、それ以上はおぼえられず、結局半年に千八百語をおぼえた。単語をぬきだしてくるもとは独仏辞典で、桂が多少フランス語を知っていることが、かれのドイツ語理解に多少役立った。

一年後に、かれは下宿を変えた。かれは政府留学生でなかったために軍学校に入ることができず、結局、軍人の家に下宿することによってドイツ軍事学を知ろうとした。かれが下宿したのは予備役陸軍少将であるパリースという老人の家で、このパリースから多くの軍事知識を得た。

その桂が帰国して陸軍大尉になり、その後機会あるごとに日本陸軍をドイツ式にかえることの利点を省内で力説し、とくに山県陸軍卿を説き、ほとんど十年がかりで山県を教育し、ついにかれをドイツ好きに変えてしまった。

その山県が、いまベルリンまできている。

やがて山県有朋は、おおぜいの随員をつれてパリにやってきた。

陸軍中将

内務大臣

というのが、この当時のかれの肩書きである。すぐさま、日本公使館に入った。

好古ら政府留学生は、公使館の玄関においてこの日本政府の要人をむかえねばならない。とくに好古にとっては陸軍の高官であり、こういうばあいはその見学の案内をしたり、身辺の世話までするというのが通例になっていた。ところがこの日の前日、パリ郊外で騎兵連隊の演習があり、好古はそれを見学していたため、そのあとパリにもどってきて公使館に入ったときは、例の「玄関迎え」をするどころか、山県はすでに奥の貴賓室に入ってしまっていた。

「なにをしていたんだ」

と、加藤恒忠は、さすがに苦い顔をし、この友人ののほうずさを責めた。

加藤は生涯山県有朋という人物を好かず、このときも外務省交際官として山県の滞仏中の案内をせねばならぬことをまえまえからいやがっていたが、

「そのおれでも、きょうは駅頭まで出迎えに行っている。君は、陸軍の武官ではないか」

と、小声でいった。陸軍の現役軍人であるかぎり、山県の機嫌をそこねてはとうてい栄達できない。

「わかっている」

好古は言いすて、平気な顔で貴賓室に入って行った。中央の椅子に山県が腰をおろしており、ほかに二十人ばかりの文官、武官がすわっている。好古は気まずかった。

山県が、目をするどくして戸口を見た。こういう場合の山県の小うるささは定評があり、はたしてひげの下から声を出した。

「いい、いい」

好古は、不動の姿勢をとった。

「陸軍騎兵大尉秋山好古であります」

ありますという軍隊用の敬語は、ふつうの日本語にはないが、長州弁にだけはそれがあって、山県が正式の軍隊語としてそれを採用したと好古はきいている。

山県は、うなずいた。

それだけが山県との交渉であった。このあと、山県はフランスにきているくせにドイツの話ばかりをした。

「わしにとってベルリンは二十年ぶりであったが」

という。

「面目がまるで一新している」

普仏戦争の刺戟やその勝利によって償金が入ったことなどで商工業が大いに興り、町の景が大いに変わってしまったらしい。軍備の充実ぶりは目をみはるばかりだが、奇妙なことに学問の世界までも、

「碩学(せきがく)大家彬々(ひんぴん)として輩出している」

と、山県は漢文的表現でいった。かれはドイツの行政学者であるグナイストに面会し、その地方自治についての意見をきいたのだが、

「イギリスにもおらぬほどの学者らしい」

と、そんな形容をして礼賛した。

好古は、戸口に立っている。

――言おうか。

と何度かおもったが、山県がしきりにドイツを礼賛している最中に、フランス式乗馬術の優越性を説くのは水をさすようで、わるいような気がした。ここで言わねば、日本の騎兵は、あの非合理なドイツ乗馬術の金縛り(かなしば)りにあって身うごきがとれなくなるであろう。

むろん、上級者に対し発言を求めるについては段階をふまねばならない。まず随行員の長にその諒解をもとめる必要がある。

随行長として、少佐がいた。

好古はその少佐の椅子に近づき、自分は騎兵大尉秋山好古であります、と名乗った。少佐は、

「なにをいっているんだ」

と、小声で叱った。この少佐は好古とおなじ騎兵科の平佐是純(ひらさこれずみ)で、いま陸軍監軍部(のちの教育総監部)に属しており、日本にいるときは好古が提唱してつくった騎兵会の幹事をしていたから、兄弟の仲といったほどに親しい。平佐があきれたのは、好古がフランス呆(ぼ)けで自分をわすれているのかとおもったのである。

「遅参したり、おれの顔をわすれたり、どうかしとりゃせんか」

「いや、ちがうのです」

好古は、なだめるようにいった。そこまで留学ぼけはしていないと言い、ただ重要な意見具申をしたいのであらたまって申しあげたまでです、と言った。平佐少佐は諒解し、ところでなにごとを具申したい、とその内容をきいた。

「馬術のことです。この点だけはドイツ流を採用なさってはならぬということを申しあげたいのです」

「そりゃ好都合だ。おれもどうもあのドイツ人の馬の乗り方にはむりがあるとおもっていた。遠慮はいらぬからやれ」

と言い、平佐は立ちあがって山県のそばにゆき、耳うちをした。

山県はうなずき、

「秋山大尉。きみは伊予松山だったな」

と記憶のいいところをみせた。好古は、この社会でいう不動の姿勢をとった。騎兵ズボンの腰がはちきれるほどに肉がつきはじめている。

「申しあげたい結論は、馬術という一点においてはドイツ式が欧州馬術界の定評になるほどに欠陥があり、フランス乗馬術がきわめて優越性に富んでいる、ということであります」

と、いった。こういう、結論から意見を出発させてゆくという方式も、メッケルが日本陸軍におしえたところであった。

山県は、いちいちうなずいた。が、山県にすれば陸軍をドイツ式にきりかえる以上、システム

そのものをごっそり移植すべきであり、細部の一長一短を論じて一部に仏式をのこすというのはかえって全体のシステムの力を殺ぐとおもっていたから、さほどの反応を示さなかった。要するに「考えておく。そのことをさらに研究しておくように」といった。

たとえばこの山県有朋のような、この時代の指導的軍人の基礎技術はどうというようなものはない。

かれが自分でできる軍事技術といえば、宝蔵院流の槍術だけであった。この人物は長州藩の五人扶持の足軽の家にうまれ、少年のころその階級のために屈辱をうけることが多かった。旧幕時代は身分が固定していたとはいえ、例外的な道がないことはなかった。身をおこすには学者として傑出するか、武芸者として万人に秀でるか、いずれかがある。山県の家は足軽とはいえ父親がいっぱしの国学者で、山県にその道をさずけた。山県はこれによって晩年にいたるまで調べのととのった和歌を詠むことができたが、それよりもかれは槍術で身を立てようとし、それを学び、二十二歳で免許皆伝を得た。かれは晩年、明治天皇の御前でみずから志願して槍術の専門家と試合をしたことがあるが、これだけがかれのいわば「軍事技術」であった。

馬術は知らない。

むろん旧藩時代、奇兵隊軍監として馬に乗り、戊辰戦争では北越に戦って馬には乗ったが、乗れるだけのことであり、ドイツ式やフランス式どころか、日本の大坪流とか何流とかもまなんだことはない。

が、ものごとについてのかんと理解力がどうやら人よりもすぐれていたらしく、好古のいうことはすべて理解できた。そういうものごとの理解力とともにいまひとつかれにおいて発達していたのは、他の明治草創期の指導者たちと同様、人物の選定眼であった。人間の能力を選別してそれに一分野を担当させ、それを支援するだけで一分野の建設は一人物にまかせてしまう、という方法であった。要するにかれは秋山好古という三十になったかならずの一大尉に日本の騎兵建設はまかせておく、ということであろう。

もっとも、山県は好古についてはその評判をきいていたが、くわしくは知っていたわけでなく、それと言葉をかわしたのはこのパリでの機会が最初だったといっていい。

パリ滞在中は、好古を案内役のひとりにした。ちょうどわるい時期で、フランス陸軍の高官の多くがパリを留守にしてリヨンにいた。山県はそのひとりに日本から持参した土産物(みやげもの)をとどけようとし、その使者として好古をえらんだ。

ところが好古は、ほどなくパリにもどってきた。

「なんだ、ばかに早かったじゃないか」

と、山県がおどろくと、好古は恐縮し、じつはそのお土産物のことでありますが、といった。汽車のなかで酒をのんでいるうちに紛失してしまい、やむなく途中からひきかえして参りました、といった。

酔ってねむっているうちに盗難にあったらしい。

山県は、あきれた。秘書や副官のつとまる男ではなさそうだとおもい、その後はその種の用事

を命じなかった。

ほととぎす

この年、子規は健康ではない。

「明治二十二年は、本郷の常盤会寄宿舎楼上にて初鳥を聞きぬ。折々は俳句などものせんと試むる頃なり」

と、子規は後年、この年をふりかえって書いている。

かれは一昨年までいた高等中学（大学予備門の改称、のちの第一高等学校）の寮からこの旧松山藩の書生寮である常盤会の寄宿舎に移っていた。

旧藩主久松家があらたに建てたもので大小十四、五室あり、二階は二室だけある。子規はその二階の一室八畳をひとりで占領していた。この二階の部分がちょうど坂の上になっており、子規の文章をかりると、

「常盤会寄宿舎第二号室（子規の部屋）は坂の上にありて、家々の梅園を見下し、いと好きながめなり」

という風景になる。まわりは旧幕時代からの屋敷町で、家々の庭にはかならず梅の古木が植わり、春秋を告げている。こういう生活の景色のなかで、一句をつくった。

梅の香をまとめてをくれ窓の風

この年の五月、同郷の同輩である柳原極堂が子規をこの寄宿舎にたずねると、子規がふとんをのべて寝ている。柳原はおどろき、

「升さん、どうおしたのか」

と近づくと、子規は蒼い顔色で笑顔をつくりつつ、

「喀血(かっけつ)をしたのよ」

と、小さな声でいった。

このころ肺結核といえば不治の病いとされており、まして喀血の段階となればよほど重病とみねばならず、柳原は息がとまるほどにおどろいてしまった。

同宿の青年がふたり、子規の病床を看取(みと)っているらしい。柳原極堂の「友人子規」によると、かれら二人は柳原があまり子規に話しかけて子規を疲れさせることをひどくおそれている様子であった。

柳原のこの日の用件は、かつて子規に借りた三円の金を返済するためのものであり、現金ではあまりと思ったから、かれは懐中時計を買ってもってきた。その時計を病床の子規に渡すと、子

規はよろこんだ。柳原極堂の描写では、

「子規は礼を言って、それを指先にブラブラさせて莞爾としていた」

ということであった。

子規の喀血は、この前年の夏、鎌倉へ行ったとき、路上でつづけさまに二度吐いているから、はじめてではない。が、最初のこのときは、子規は「のどかもしれぬ」とおもい、さほど気にもとめなかった。

この二十二年の喀血は、楽天家の子規でも他の解釈の仕様のないほんものであった。五月九日夜に、この事態がおとずれた。医師はしばらく安静にしたほうがいい、といった。が、子規は安静にせず、夜十一時におこったこの喀血のあと、句を作り、それも午前一時までに四、五十句もつくった。すべて時鳥に関するものであった。

子規は、やはり呑気者らしい。

この夜中の喀血のあと、べつに安静にせねばならぬとはおもわなかった。翌朝いつものように学校へゆくつもりであったが、しかし朝寝をしてしまってゆけず、学校へゆくかわりに医者のもとへ行った。そこではじめて、

「肺がおかされている。肺結核だな」

という診断をうけた。子規はつとめて驚きをあらわさず、むしろ無表情に、ああそうですか、とうなずいた。それがこの時代のひとびとの表情の習慣であった。このあと、医者は簡単ながら

応急の注意を子規にあたえた。

「うごくと熱が出る。だからうごいてはいけない」

と教えたのだが、子規はむしろ内心この不幸に抵抗した。その医院の門を出ると寄宿舎にはかえらず、九段まで歩いてある集会に参加し、そのあとふたたび歩いて本郷へ帰った。平素以上の運動量である。

そういう養生のわるさがたたったのか、この日から一週間ぶっつづけで毎夜一回ずつ五勺ほどの血を喀くというむくいがきた。

子規はさすがに衝撃をうけた。しかしその自分の衝撃と悲痛さを他人のそれであるかのように客観視してながめる勁さをこの男はもっていた。

集会から帰ってきてからかれは喀血の短歌を一首つくった。それも、みずからの喀血に血まみれようとする私小説的な短歌でなく、伊予松山へ帰るひとにおくる惜別の歌なのである。

伊予松山へ帰るひとというのは、服部嘉陳というこの寄宿舎の監督であった。

服部嘉陳は旧藩時代からの学者で、さきに出てきた久松家家令藤野漸の実兄である。人間の系譜をさらにいえばこの嘉陳の子が、俳人藤野古白になる。

服部嘉陳は、この常盤会寄宿舎が一昨年の明治二十年暮にできたとき、旧藩主久松家に乞われて出京し、その初代監督になり、旧藩の書生の面倒をみる役目をつとめた。寄宿生から大いにしたわれたが、途中病いを得、帰郷せざるをえないようになった。このため四月いっぱいで任期がきれた。

ついでながら、この後任として二代目監督になったのが、内藤素行(もとゆき)である。俳名は鳴雪。かれは明治初年には秋山兄弟の父とともに県の学務関係のしごとをしたがのち文部省にまねかれた。この寄宿舎の二代目監督をしていたとき旧藩きっての学才といわれながら逆に子規に俳句をまなび、やがて子規の後援者になり、明治俳壇の興隆に力をつくした。

さて、その初代監督の服部嘉陳が帰国するについて、喀血第二日目の子規は、

　　ほととぎすともに聞かんと契(ちぎ)りけり
　　　血に啼(な)くわかれせんと知らねば

と詠み、それを贈っている。

「ほととぎす」

杜鵑、時鳥、不如帰、子規、などとかく。和名では「あやなしどり」などと言い、血に啼くような声に特徴があり、子規は血を喀いてしまった自分にこの鳥をかけたのである。子規の号は、このときにできた。

子規は、あくまでもこの不幸を客観視することによってねじ伏せようとしている。

「才子多病という語あり」

などと、この喀血直後、病床に腹ばって原稿用紙二、三枚の文章を書いている。意訳すると、

「俗に多病というのは病身のことだが、自分は病身のうえに文字どおりに種類として多くの病気をもっている。体の上部からあげてゆくと、神経質のくせで脳がわるく、ときどきめまいをおこし、また頭蓋骨(ずがいこつ)がさけようとする心地になることが多い。第二は目である。目は結膜炎でしょっちゅう下まぶたにはれものをつくっている。ただし視力はいい。歯は堅固ではない。第四に、肺はいうまでもなくよろしくない。ことに左肺がよろしくない。第五に、胃のわるいのは書生の通病で、日本人の通病でもあるが、自分はそれ以上によくなく、食後すぐ動いたりするとかならず嘔吐(おうと)する。第六に、腸もおもしろからず。第七に、肛門不都合にしてときに脱肛する。からだ全体からみて病気のないのは足だけである。ただ貧血病であるから冬に足指の冷えること氷よりもはなはだしい」

そこで、

——才子多病という語あり。

と、つづく。むろん子規の自嘲——とまでゆかぬいわば冗談である。子規はつづける。

「若(も)し多病は才子なりといふ反対の真(コンバース)なることを許さば、世の中に我程の者は多からざるべし。呵々(かか)」(原文)

子規の文章については、その学友の夏目漱石がこの翌年、かれに手紙を寄せ、

「兎角(とかく)大兄の文はなよ〳〵として婦人流の習気を脱せず」

といっているが、かといって子規の文章における地色(じいろ)の明るさというものは「婦人流の習気」とはいえないであろう。ともすれば自分を語りたがる文章のくせに自分の皮膚をなでこすって快

感と悲傷さを得るような気味わるさは皆無で、自分を一個の客観物として見るだけの豪気さがあり、地色のあかるさはそこから発光しているらしい。

子規の肺結核は、この前年に鎌倉の路で血を喀いたことだけでもそれに気づくべきであったのに、かれはそれほどに用心をしなかった。勉強などは平素あまりせず、他のことに熱中し、学科のほうはおもに学期末試験のとき徹夜の連続でやって済ませたりした。

人一倍疲れやすいからだをもっていながら明治二十年ごろからベースボールに熱中し、仲間を組んではほうぼうで試合をしたりした。ちなみにベースボールに、

「野球」

という日本語をあたえたのはかれであった、と河東碧梧桐などはのちしきりに書いているが、そうではなく子規と一高の同窓の中馬庚（ちゅうまんかのえ）だったともいわれている。いずれにせよ、子規はこの喀血後十日ほどして様子がよくなるともう寄宿舎の門前の路上で球を投げたりした。球は硬球であり、この当時はミットもグローブもなく、素手（すで）でうけた。ぴしゃっと素手が鳴って球をうけると、掌が染めたようにあかくなった。そういう運動を、この重症状の病人がした。かといって療養についての知識はあるほうだから、やはり天性の楽天家なのかもしれない。

話がわき道にそれるようだが、薩長土肥は明治の天下をとっただけに藩が解体したあとも郷党の子弟教育に力をそそいだが、その四藩のほかでは子規らの旧松山藩がさかんだった。

文部省の部内でも、

「内藤先生は、たかが寄宿舎の舎監になるために官を辞めるのか」

とおどろいたくらいであった。

あたらしく常盤会寄宿舎の監督になった内藤鳴雪は東京でも知名の士であったが、郷里の松山ではむろん高名であった。

鳴雪はこのとし四十三歳である。

「内藤先生は一晩で『日本外史』全巻を読まれるそうだ」

というのが、子規らの少年のころの町の伝説であった。神わざにちかい。

鳴雪が寄宿舎にやってきたとき、子規はまず伝説の真否についてきいた。

「とんでもありませんよ」

と、鳴雪は青書生に対してもていねいなことばづかいでいう。

「一晩はおろか、『日本外史』を通読したこともあるかないかというところです」

そういう人柄であった。

気持のやさしいひとで、いまだかつてひとにたかぶったことがない。そういう気分のなかにも人間の世の中を達観したところがあって、あるときある人が、

「官庁の門衛ほど威張りかえっているものはなく、じつに不愉快である」

というと、官途に長かったこのひとは、それでいいのです、といった。

「官庁の門番はその世界にあっては最下等の役人で、部内ではたれにも驕ることはできない。だから外来者におごるのだが、外来者としてはそれをいちいち怒らず、そういう門番の心事を汲ん

でやり、ていねいに脱帽しておじぎをしてやればよい。それがいたわりの道だ」

こういう鳴雪が寄宿舎の監督になるというとき、鳴雪を知る者はみな、

「松山の吉田松陰になるつもりではないか」

と、おもった。事実、旧藩としては鳴雪に委嘱する以上、そういうつもりも多少あったであろう。

それをひとが鳴雪にいうと、

「私はただ若い書生の仲間に入るだけです」

といった。

これはほんとうでありすぎた。鳴雪は監督になるや、書生の子規に弟子入りして俳句をつくりはじめたからである。旧藩が鳴雪に期待していたのはその士大夫としての素養や精神をもって書生たちを感化せしめることであり、俳句のような江戸時代の町人がもてあそんだ遊戯文学を舎内にはやらせるためではなく、この点、旧藩のかたい連中のあいだではさまざまな非難があった。

その鳴雪が着任早々、子規が喀血したために鳴雪はおどろき、

「あなたは、帰国されるがよい」

と、すすめた。松山に帰れば空気もよく、西洋医のいうオゾンも豊富で、病いをやしなうのに最適であるというのである。

すぐに帰郷、といっても、子規には高等中学の卒業試験がひかえている。かつて一度落第した

子規は、ふたたび落第することはできず、

「あしは卒業試験をうけてから帰ります」

と、鳴雪にもいった。

寄宿舎ではみな反対したが、子規はきかなかった。結局は卒業試験をうけ、その結果をみずに東京を離れた。

このとし――明治二十二年――東海道線が全通している。好古、子規、真之らがはじめて東京に出てきたときは神戸・横浜間を往復する汽船を利用したものであったが、このわずかな期間に世の中がこのぶんだけ進歩した。

「汽車があるけん、病人でも疲れずにゆける」

と、子規はそういうことを汽車に期待した。かれはこの帰省ではじめて東海道を汽車で乗りとおして神戸までくだった。案外、汽船よりもつかれた。

神戸から三津浜（松山郊外）までは、汽船を利用した。

三津浜桟橋につくと、ここでも汽車が待っている。三津浜と松山の一里半というみちのりを、この汽車はひと飛ばしで人をはこぶ。

この汽車は、去年の十月に開通した。ひところをおもうと、信じられぬほどの便利さであった。

ところが子規は長途の旅で疲れきっており汽車に乗る元気もなく、ぜいたくだとおもったが、人力車に乗った。ひとつは東京帰りの書生として、威勢よく故郷の町に帰りたかったのである。

当時、子規の家はべつなところに移っている。旧宅とおなじく中ノ川沿いではある。その川筋（正確には川というより溝だが）を一丁ばかり西へくだると、通称、

「興禅寺あと」

という一角がある。そこに母方の実家の大原家（加藤恒忠の生家）の屋敷がある。大原家では子規の療養のためとおもい、その屋敷地に閑静な小家屋をたててくれていた。ちなみに子規の発病を母や大原の叔父たちが知ったのは五月なかばであり、伝え手は、前の寄宿舎監督で病いのために帰郷した服部嘉陳であった。

子規のこの松山入りは七月七日である。風のないあつい日であった。

子規はこの湊町四丁目十番地のあたらしい家に入った。

変則な建てかたで、表入口から入ると、すぐ客間の八畳になっている。客間が奥に位置していない。

奥は四畳で、これが子規のための病室であった。

「心配したものではないけん」

と、子規は母に言い、その四畳に寝床をしいてもらって長くなった。前日、汽船のなかでの一晩がどういうものか寝つかれなかったので、やつれきっていた。

こんどの帰省で、子規にとってもっともまばゆかったのは、妹のお律がすっかり女らしくなっ

てしまっていたことだった。

当然かもしれない。子規とは三つちがいの二十歳であり、この一月、縁があっておなじ旧家中の中堀家にとついだ。

嫁いでからもお律は三日に一度は帰ってきて母親の裁縫塾（さいほうじゅく）の手つだいをしている。もともとこの裁縫塾というのも、お八重のいわば趣味働きで、正岡家にはもともと士族の家禄奉還金が恒産（こうさん）としてあるし、それにお八重の実家の大原家が一ッ家として応援しているから、経済的にはそういう働きは必要がなかった。

子規にとっても母親と妹のこの労働が無用のようにおもわれたらしい。しばしば、

「母さん、お針はおよし」

といった。明治十九年に、

「半年五十銭ぐらゐにてはあハぬ商売かと存候（ぞんじそうろう）」

と、松山の叔父に書き送っている。半年五十銭というのは一人あたりの授業料で、おしえてもらっている娘たちはつねに十人内外であった。

この教場は、もとの家でも八畳の客間だったが、こんどの家も表八畳の間で、娘たちは下駄をぬいであがるだけで用が済み、奥の四畳の間にいる子規とはたがいに顔をあわさなくてもいい構造になっている。

家といえば、お八重は中学生の子規のために陽あたりのいい三畳の書斎をつくったが、こんどの家でも奥四畳の陽あたりがもっともよかった。お八重の生活は——お律をもふくめて——ほと

んどが子規にむかってうごいているようであった。

こんど、子規の発病が服部嘉陳によってつたえられると、お律は、自分はもう他家の嫁のくせに、

「私が看護するけん」

と言いきった。言い切るといったふうな表現は、この母親似の小柄で仔猫のように頼りない身ごなしをもったお律にはふさわしくないようであったが、しかしいつの場合でもものごとを言いきるのがこの妹のくせだった。

子規は幼時のころ、組（侍屋敷の同階級グループ）の悪童なかまにいじめられても泣いてかえるだけであったが、三つ下の童女であったこのお律は、

「兄ちゃまの仇」

と、そういう言葉を吐いて石を投げに行ったりして、近所では評判だった。かといってべつにお転婆ではなく、平凡ながらシンのすわった娘で、その童女のままの心でおとなになっている。

そのお律が、隔日にやってきて子規の看病をした。

松山お城下の三番丁を南に入ったところの横丁に「明星さん」という医師がいる。

——明星さんは洋学もかじったお人じゃけん、よう診なさる。

ということで、この医者が、子規のこの帰省中の主治医になった。

寝たままでいよ、と医師は厳命した。子規は、

「いつ東京へ帰れるぞなもし」

ときいた。子規にすれば来月にでも東京へ帰ろうという、その程度のたかのくくりかたを自分の病気に対してしていた。

「百年も寝よとは言わぬぞな」

と、明星さんはそんな冗談を言い、病気の程度については子規には言わなかった。

母親のお八重には、

――ご油断はなりませぬ。

と言い、こまごまと養生法を教えた。第一に安静、第二に滋養という。

滋養については牛肉が第一と明星さんはいったが、松山の牛肉はおそろしく固く、物食いの子規も、

「あの肉では、嚙むうちに疲れて、病気にはようない」

と言い、食わなかった。

スッポンの生血がいいということは、松山では定説のようになっており、スッポン屋という商売もあって、天秤棒で荷をかついで町をながしている。そのスッポン屋が、毎日正岡家に入ることになった。

スッポン屋は台所のすみを借用して仕事をする。手袋を嚙ませ、くびを十分にさしのべさせたうえで庖丁でそれを断ち、生血をとる。盃に七分どおりはとれる。

(兄さんはいやがるやろな)

と、最初、お律はおもったが、それを病室にもって行ってやると子規は平気でのんだ。子規にはそういうぬけぬけとしたところがあった。

残った肉は吸物にした。この美味は子規をよろこばせた。スッポンというのは松山でも値のたかいもので、正岡家ていどの世帯ではふつう、口に入らぬものだった。

ぜいたくといえば、医師のすすめで、桃を毎日食べた。なまの桃ではなく、ぶどう酒で煮た桃だった。

子規は元来が健啖家で、このような病気になっても食欲がおとろえず、食事と食事のあいだはかならず空腹をうったえ、

「お律、なにか食べるものはないかなもし」

と、四畳から声をかけた。

ときに、

「いまここに焼芋があったらなあ」

と、悲鳴をあげるようになった。あいにく芋のある季節ではなかった。

「東京では焼芋をよく食った」

と、子規は腹がへるとお律にそういう話ばかりした。

東京でもまだあなあきの寛永通宝が通用していて、それを三、四枚もって買いに行ったりした。

「食うて寝ておきて又食うというような行尸走肉（歩くかばねと走る肉）になるを愧ずるものな

り」

と子規はかねがね言っていながら、皮肉にもそういう生活になってしまった。

子規はじっとしていられないたちで、すこしよくなると外出しはじめた。

「升さん、そんな気なら、もうお死に」

と、母のお八重は叱ったが、とにかく帰省して一週間ほどにもなり、すこし体力がつくと、

――これでは母さん、身が腐ってしまうぞな。すこし風にあてて参じます。

と、おがみたおすようにして出かけてゆく。東京の書生のあいだではやっているように袴がうんとみじかい。赤く染まった手拭を腰にぶらさげたあたり、子規も書生のダンディズムを身につけているが、ただちがっているのは下駄がまな板のように平べったいことと、それにシャツであった。真夏というのに手首をボタンでとめるシャツを着、それもフランネルであった。これはおしゃれではなく、子規は子供のころから風邪をひきやすいために夏でもこういうシャツを身につけていた。

千里町にすむ河東静渓をたずねた。この旧藩時代明教館教授であった老学者は、維新後私塾をひらき、かつて子規も中学のころ教えをうけたことについてはさきに触れた。

「あんた、ご病気ぞな、左様にきいたが」

と、風通しのいい座敷に子規を招じた静渓はいった。

「だいぶよくなりました」

「しかしあの病気はそんなに早くよくなるものではないが」

「そうでしょうか」

と、子規は病気ばなしに乗ろうとはせず、詩文のはなしをききだそうとして唐詩選についてのいくつかの質問をした。

静渓はすぐ乗ってきた。またたくまに二時間という時間がたった。

「ところで、あんたは大学はまだかの」

「やっと高等中学がおわりましたので、この秋から参ります。大学では国文科をやろうとおもうています」

「国学かの」

と、静渓はいった。子規は、いや国学というのとはちがいます、英文学の研究があるように日本文学の研究もあってよいということでそういう学科が設けられております、といった。

「なぜそういう学科を」

「英語がどうもにがてですから」

と、子規は正直なことをいった。

子規は日本文学における俳諧と和歌の位置について論じはじめ、そういう研究がいままでなされていないことは日本国の恥ですから私がそれをやります、と言いそえた。

子規は、細い丸竹でつくったうちわの柄を両掌にはさみ、錐(きり)をもむようにしてまわしながら話した。

この当時、まだ松山中学の初年級にすぎなかった静渓の子秉五郎（碧梧桐）は、そういう子規の姿をあこがれと畏敬をこめて部屋の片すみからながめている。

子規は三時間も河東家にいた。あとで静渓は、

「渠二十三歳、然レドモ博識、吾輩ノ及ブトコロニアラザルナリ」

と、その日記に書いている。

この日、子規が帰ると、

——秋山さんから使いがきた。

と、お律がいった。

「なんの用だろう」

「江田島の淳（真之）さんからのことづてで、この二、三日じゅうに帰るからとにかくお見舞にゆきます、ということ」

（こいつ、赤くなっている）

とおもったが、お律からみれば子規のほうが、ただささがっている目尻をたっぷりさげて、

「それまでに快うならな、いけん」

といった。真之とあのようなわかれかたで別れて以来、一度も会っていない。

幸い、前年の明治二十一年に兵学校が広島県江田島に移ったから、愛媛県とは海むこうというよりは瀬戸内海を川とすれば川むこうといったような近さになっている。

「去年の夏、淳さんは帰っておいでじゃったが、たいそう」

「たいそう、なんじゃ」

「悪相になっておいでじゃった」

と、お律はいった。真之といえばもともと小柄で隼のように機敏で、そのうえ目が少年のころからするどく、顔そのものも筋肉でできているように筋ばっている。お律にいわせればそのうえに色が真っ黒になって目ばかりぎょろぎょろしている。

「だから悪相か」

子規は、笑った。お律の反語にちがいなかった。

――好きなんじゃ。

と、これまでもそうにらんできたが、いまあらためてそうおもった。

かつて、かるい縁談のようなものが、匂い程度にあったらしい。

――正岡のお律さんを、好古さんか真之さんにどうじゃろか。

と、ある漢学の先生が秋山で話した。ところが意外な返事があった。

「あれらは、どうにもなりますまい」

と、秋山家のほうではいうのである。

もともと兄の好古は独身主義者で、

「軍人でも学者でも、嫁をもらうと堕落する」

という独断をもっている。好古にいわせると、この国家を興すために大勉強をせねばならぬと

いうのに、嫁をもらって家庭をつくるとふしぎに呆けてしまう。だから嫁をもらわねばならぬとしたら、うんと晩婚がいい、というのが持説であった。この晩婚論は晩年になっても後輩にしばしば説いた。

自然、真之に対して、

——任官しても嫁をもとうとはおもうな。少佐ぐらいになってからにしろ。

と、訓戒、というより命令をくだしていた。

お律はあとになってからそんな話をきいてかるい失望をおぼえた。陸軍の好古のことはお律もよく知らなかったが、海軍の真之は兄の少年のころの親友だけによく知っている。

この気持はそれ以上のことではなかったが、とにかく真之が帰省して当家を来訪するとなれば、平静ではいられぬ思いが、心のどこかにある。

こういう伝言があって子規は二、三日楽しみにして待っていたが、伝言のぬしの真之は帰って来ず、やがて五、六日にもなったが、正岡家にいっこうにあらわれず、松山に帰ったというわさもきかない。

「病人を待たせるとはむごい」

と、子規は毎日そう言い、いうとすぐあとで、学校のほうに都合ができたのじゃろ、とつぶやき、自分をなぐさめた。

その間、

「運動は不可」

と、医者の明星さんにいわれながら、毎日のように外出している。

ある日、東京専門学校（のちの早稲田大学）にかよっている中学の同窓が二人、見舞にきた。東京専門学校といえば中学のころの子規たちがあこがれた学校で、もし大学予備門に失敗すればあの学校でもよかろうか、と叔父の加藤恒忠に相談したこともあった。

子規はその後大学予備門の生活のなかで、かれがもっとも熱中している文学のことに関しては、東京専門学校の坪内逍遙（しょうよう）から多くの影響をうけた。

「逍遙の『当世書生気質（かたぎ）』をよんだのは東京へ出て早々じゃったが、おおげさにいえば読みおわったあとは気が立ってねむれなんだ」

と、子規はこの来訪者にいった。

「そのあと、『妹と背かゞみ』が出たときは、これは書生気質以上じゃと思うた」

しかしその後、子規は英語の小説を、おぼろげな読解力ながらも読むようになってからさほどにもおもわなくなった。

そのあとは、二葉亭四迷（ふたばていしめい）の「浮雲」に感心し、また饗庭篁村（あえばこうそん）の「人の噂」や「藪（やぶ）の椿（つばき）」に傾倒したが、いまではすでにその熱もさめはじめている。

といったふうのことを、子規は語った。相手が東京専門学校だとおもって、そんなことを語ったのだが、かれらはみな退屈そうな顔をした。

「あしらは、政治がすきじゃ」

と、一人がいった。なるほどこの年の二月に憲法が発布されて、日本中が大さわぎした。高等中学ではそれほどではなかったが、私学の東京専門学校では政治論議がさかんなのであろう。

「あしはちかごろ、政論にあきた」

と、子規はいった。東京へ出たころはゆくすえは太政大臣になるつもりであったが、ちかごろはそんなことを思ったということすらわすれている。

「では、なにを語ろう」

と、子規は、天性のものだがひとにサービスをせざるをえないらしい。なにがこの旧友たちと共通の話題であるかをさがした。

ふと思いついて、

「ベースボールを知っとるかねや」

と、きいた。

「野球か」

と、一人がいった。子規が翻訳した日本語は、もう東京専門学校ではふつうにつかわれているようであった。

「野球をしにゆこう」

と、この重病人が起きあがった。

人間は、友人がなくても十分生きてゆけるかもしれない。しかし子規という人間はせつないく

らいにその派ではなかった。

たとえば、

——野球をしよう。

と言いだしたのは、そのあらわれであったであろう。かれをたずねてきたふたりの東京専門学校の学生が不幸にして文学ずきではなく、このため、文学を共通の話題にすることができなかった。そうと気づくと、子規はかれらと自分が交歓できる場をいそいでさがした。野球をおもいついた。それを提案した。子規は提案ずきであった。

ついでながらこの子規の癖（もはや思想とまでいいきってもよさそうだが）は、かれがそのみじかい生涯の仕事としてえらんだ日本の短詩型（俳句・短歌）の復興ということとじかにつながっている。

子規は小説という、この独りだけの仕事をわずかに試みたもののやがてやめてしまい、水が流れるような自然さで右の世界に入ったのは、才能よりも多分に性格的なものであった。俳句の運座を想像すればわかるであろう。宗匠役の者がその運座のお膳だてをし、題を出し、ふんいきをもりあげ、やがて選をし、たがいに論評をしあって歓談する。そういう同気相集うたサロンのなかからできあがってゆく文芸であり、この形式ほど子規の性格や才質にぴったり適ったものはない。

「野球をしよう」

といったのは、たまたまそれが俳句でなく野球であっただけのことであり、そう提案するとも

う、子規は皮下の血がさざめきたつような豊かな昂奮をおぼえるのである。

「野球は、およし」

と、二人の友人はこの重病人をおしとめようとしたが、しかしとまらなかった。子規はさっさとフランネルの長袖のシャツを身につけはじめていた。

母親のお八重がそういう子規の挙動に気づいたのは、子規がすでに三和土におりてしまっているときであった。

「ベースボール！」

と、お八重は悲鳴をあげた。

子規は薄べったい下駄に足をのせながら両手をあわせ、

「母さん、夕から気分がええもんじゃけれ、ちょっと連れざって行かせて賜し」

そう言いすてると逃げるように出た。門前の小川に板橋がかかっている。お八重がくつぬぎ石にとびおりたときは、子規の姿はなく、その板橋を駈けすぎる足音だけがきこえた。

「全国に知られた松山の野球は、正岡子規によって伝えられた」

と、昭和三十七年刊行の「松山市誌」のスポーツの項に書かれている。子規は明治十七年大学予備門に入学するとまもなく野球をおぼえ、これに熱中した、とある。その後、これを松山にもちかえった。

ちなみにかれはのちに新聞「日本」に書いた「ベースボール」という一文のなかで野球術語を翻訳した。打者、走者、直球、死球などがそうであった。

このときの子規の姿を、当時まだ松山中学の生徒であった高浜虚子（きよし）が目撃している。場所は、お城の北の練兵場である。

——見い。東京帰りじゃ。

と、虚子ら中学生たちは、そっとささやきあった。

後年、子規の俳句結社のための後継者になってゆく人物は、まだたがいに言葉をかわす仲にはなっていなかった。

当然ながら、田舎の中学生にとっては東京がえりの書生はあこがれのまとであった。

「ちがうなあ」

と、中学生のひとりがつぶやいたのは、東京がえりたちの風采であった。

この一団の松山中学生たちも、いかにも書生らしく扮装（いでたち）し、袴のすそをみじかくして腰に手拭をはさんでいたのだが、いま練兵場の一角にやってきた書生たちはさすがに本場じこみだけにどこか手拭のアカのつき方までちがっているようにおもえた。

虚子の文章によると、

> その人々は本場仕込みのツンツルテンで脛（すね）の露出し具合もいなせなり腰にはさんだ手拭も赤い色のにじんだタオルなどであることが先づ人目を欹（そばだ）たしめるのであつた。（「子規居士と余」）

という情景になる。手拭が日本手拭でなく東京のタオルであるというのがうらやましかったのであろう。

「其人(そのひと)」

と、虚子がいう子規の風采だけは他の書生たちとはすこしちがっていた。裾などもあまりツンツルテンではなく、ヘコ帯をゆるく巻帯(まきおび)にし、袖長のシャツを着、まないたのような平べったい下駄をはき、その点、

「他の東京仕込みの人々にくらべ、あまり田舎者の尊敬に値せぬような風采(ふうさい)であったが、しかもおのずからこの一団の中心人物であるごとく」

と、虚子が書いている。

虚子らは、バッティングの練習をしていた。むろんかれらはこのあそびを松山に伝来した人物がいま近づいてくるフランネルの書生だということは知らなかった。子規は中学生のむれのなかにやってくると、

「おい。ちょっとお貸しの」

といった。そういった、と虚子は書いているが、その声がなんとなく人をひきつけるような声であったとも書いている。

中学生たちは、権力者に貢物(みつぎもの)をささげるようにして、バットとボールを貸した。

子規は、バッティングをしはじめた。

他の連中は、子規が打った球を後(あと)じさりしながら空中で受けとめる。

やっているうちに子規は汗ばんできて、単衣のもろ肌をぬぎ、シャツ一枚になった。しだいに打撃がするどくなり、受け手もあとへあとへとさがってゆく。

しばらくして子規らはやめ、バットとボールを虚子らにかえし、「練兵場を横切って道後温泉の方へ行って」しまった。

そのうち、

——秋山の淳さん。

と、子規のいう真之が、みじかい兵学校の制服をきて帰ってきた。真之は家へちょっと寄って母親に声をかけると、靴もぬがずに中ノ川の流れる子規宅へいそいだ。

「升（子規）さんに胡瓜をもっていっておやり」

と、母親が胡瓜を一本手にもって追っかけてきたが、真之はふりはらった。

この日、松山の城下は「胡瓜封じ」の日で、年のうちもっともあつい日とされている。道をゆく男女が、みな胡瓜をもって歩いている。

（妙な町だ）

と、真之はわが故郷ながらおもった。この日、胡瓜をもって市中の密教系統（真言・天台両宗）の寺へゆき、それへ呪文をかいてもらって疫病ばらいをするのである。

子規の家の垣のうちに入ると、玄関さきにお律がいた。ざるに胡瓜を盛ってどこかへ出かけようとする様子だった。真之はおもわず停止し、挙手の敬礼をしてしまった。

お律にとってもこんな服装の真之をみるのがはじめてだし、人からそんなぐあいの礼をされるのがはじめてだったから、狼狽(ろうばい)のあまり、ざるをおとしそうになった。そのざるを地面に置くと、家のなかに駈けこんだ。

ざるの中の胡瓜が、まるく陽にあたっている。その一本ずつに呪文が書かれていた。となると、お律は「胡瓜封じ」から帰ってきたところなのだろう。真之はその呪文つきの胡瓜をながめているうちに、

(升さんも、大変じゃな)

と、妙に物哀しくなってきた。

子規の病気のことであった。

「正岡の家の前には、いつもスッポン屋が荷をおろしている」

ときいたが、きょうはそれをみず、呪文つきの胡瓜を見てしまった。

やがてお律がもう一度出てきたときは、別人かとおもわれるほどにとりすました顔になっていた。

武家ことばで神妙にあいさつをし、真之を招じ入れた。奥四畳に通ると、子規が臥(ね)ている。

「淳さん、おそかったなもし」

と、子規はうらむようにいった。真之はあのように伝言していながら、学校の都合で帰省の日がのびてしまった。

「ああ、都合があったけれ」

と、これが大学予備門以来数年ぶりのあいさつであった。子規は枕頭から真之の制服をにこにこ見ながら、

「よう似合うたがな」

といった。真之はもうこの風体に馴れきって照れることはなくなっている。

「兵学校は、毎日どうじゃ」

「いたちのようじゃ」

いたちのように注意ぶかく目を血走らせている毎日だという。訓練でも、学課でも、海軍教育というのは注意ということをやかましくいった。

「ホなら、淳さんにうってつけじゃガ」

と、子規は声をあげて笑った。真之は少年のころから、まわりの些細な現象の変化も瞬時も見のがすまいというそういう神経のもちぬしであった。子規は、その点をからかっている。

真之は、病状をきいた。

子規は喀血のはなしを、まるで岸辺にしゃがんで水の生態でも写生してゆくような調子で語った。ちょっと自分を突っぱなしたような、かといって自分に対する優しさをほどほどに籠めた子規のそういう淡彩な自己描写が、真之はすきであった。

「帰郷してから喀血は、どうじゃねや」

「一度」

と、子規はわざわざ上ぶとんをめくって指をたてた。

「ホヤけんど、ありゃちごうた」

と、子規はいう。帰省してからも痰のなかにときどき血がまじっていたが、十四、五日経ったあさ、突如喀血した。子規はその血をしさいに観察してみたが、東京で喀血をつづけていたときの経験で、どうもちがうようにおもえた。血のなかに泡がまじっておらず、色も以前ほどにあざやかではない。

医者がきたのでそれをいうと、やはり肺の血ではなく、あまり咳をしたために気管がやぶれたのだ、といった。

「そこであしは戯れ句をつくった」

　汽管破裂蒸気あぶなし血の海路

(あまり上手でないなあ)

と、真之はその句には感心しなかったが、しかしこういう死病——と確率からそういえるのだが——にかかってもたじろぐ気配もないこの友人に感動した。

「升さんは、大豪傑じゃねや」

と、おもわずいうと、子規はうれしそうにわらった。そういうことをこどものようにうれしがる男だった。

「しかし、豪傑というのは軍艦でも乗りまわして大砲をどんどんうつ男のことじゃろ」

子規は、皮肉をいったつもりではなかった。が、真之にすれば、自分の海軍転向については、子規に対して負い目があるだけに、そのことばを素直にはうけとれず、露骨にいやな顔をしてみせた。

が、すぐ顔色をもとにもどし、

「軍人というのは、死ぬことを売りものにして国家や国民から感謝されている連中のことだが、しかしいざ戦場に立てばどれほどの覚悟ができているものか、あし自身にもよくわからん。死ヲ見ルコト帰スルガゴトシなどというものではなく、よっぽどおのれを奮い立たせて喚きながら突撃せんと、死にきれんものかもしれん」

子規の母親が、盆に夏みかんを盛ってもってきた。真之にすすめたあと、子規に、

「ノボさんも、おあがりる？」

といった。

食いしんぼうの子規は、それをほしがったが、剝くのが大儀だった。

真之は鉢をひとつ借り、井戸ばたへ行ってみかんの袋の一つ一つをむきほぐし、それを鉢に入れてふたたび四畳にもどった。

「ノボさん、あれをお見ィな」

と、母親が、笑った。真之がむいたみかんは袋の皮がきれいにむけていて、一つ一つのみがそのままの形で鉢の底にならべられていた。こういう注意ぶかさも、海軍の訓練では要求されるの

かもしれなかった。

帰省中の秋山真之は、毎日ふたつの事柄しかしないようであった。

ひとつは子規宅へ行ってその枕頭に寝そべることと、ひとつは水泳であった。

水泳は、あいかわらず藩政時代の水練用プールである「お囲(かこ)い池」でやる。

お囲い池の入口には、脱衣所が建っている。その前に荒むしろが敷かれていて、そのむしろの上に老人がすわっている。

――お囲い池の先生。

と、世間でよばれている旧藩時代からの藩の水練神伝流師範正岡久次郎老人がそれであった。

老人はいつも袴(はかま)をつけ、夏羽織を着、扇子をひざに立て、まるで木彫(きぼり)のようにうごかない。白いひげが、顔の下半分をうずめている。

毎年、夏になると、老人はお囲い池にやってくるのである。御一新で藩が瓦解し、お役もお禄もなくなったが、それでも老人はやってきて、脱衣所の前にすわる。この点、御一新などはあたまから認めておらぬようでもあり（事実、老人はまだまげをつけていた）、あるいはそれほどの意識はなくとも、旧松山藩領での水練は自分が面倒をみなくてどうなるという、それを天職だとおもっている責務感があるのであろう。むろん、一文の報酬もでるわけではない。

ちなみにこの正岡老人らの努力で松山の水泳は瀬戸内海沿岸の諸県では群を抜いて水準が高かったことはたしかであった。流儀は一部水府流もおこなわれていたが、神伝流がおもで、大正十

二年、クロール泳法が移入されるとともにそれに座をゆずった。

とにかく、正岡老人がすわっている。

老人の頭上に、

「ここでは褌をせぬと泳がれん」

という注意がきが貼りだされている。「泳がれん」というのは泳ぐべからずという意味で伊予弁と土佐弁にある語法である。

入場者は、老人に頭をさげる。真之も老人にあたまをさげて入った。しばらく泳いで上へあがると、陸軍の兵隊が二人、入ってきた。ふたりとも放埒にも褌を締めず、上から下までつるりとしている。

木彫が、動いた。

「なぜ、法度をまもらぬ」

と大喝したが、兵隊はそれを黙殺した。老人がさらにいうと、兵隊のひとりが、

——持たんのじゃ。

と、水の中からわめき、平気でおよいでいる。藩政以来のお囲い池の神聖伝統がやぶられたばかりか、松山の水泳の神さまに対してこれほどの侮辱が加えられたことはかつてない。

お囲い池の中央に筏がうかべてある。真之はそこまで泳いで筏の上にあがり、頭の手拭をとり、兵隊どもが泳ぎついてくるのを待った。

やがて兵隊が二人同時に筏にとりつき、上へあがろうとした。その横っ面を、真之はぬれ手拭

でぴしっ、ぴしっ、とひっぱたき、ものもいわずに水中に突きとばしてしまった。

兵隊はおどろいて水を掻(か)きつつ逃げてしまったが、翌日大騒ぎになった。

他の地方もそうだが、松山でも陸軍の兵隊のことを、

——鎮台さん。

とよんでいる。が、現実の鎮台制度はメッケルの建言によって去年の二月に廃止になり、あらたに師団という呼称がうまれたが、ひとびとはまだこの呼称になじまず、依然として兵隊のことを鎮台さんとよんでいる。

　チンダイさんが兵隊ならば
　　蝶々(ちょうちょう)とんぼも鳥のうち

という唄は、この当時はすたれていた。明治十年の西南戦争まではかれら徴兵令(ちょうへいれい)によって徴募された百姓兵は士族から軽侮された。が、西南戦争でかれらが日本最強の士族とされていた薩摩士族軍をやぶってから、評価がかわった。松山地方でも、

　西郷隆盛いいわしか雑魚(ざこ)か
　　鯛(たい)（隊）に追われて逃げてゆく

という唄がはやった。チンダイの意外なつよさが見なおされたのである。

明治のはじめ、松山には連隊がなかった。明治八年、丸亀に歩兵第十二連隊がおかれ、松山には分営があっただけである。

が、明治十七年、松山にも連隊がおかれることになり、歩兵第二十二連隊とよばれたが、実際にそれが発足したのは明治十九年であった。兵営は温泉郡松山堀之内にもうけられた。

——松山も、えらいものになった。

と、土地の連中は満足していた。さらにかれらを満足させたのは、丸亀にあった歩兵第十旅団司令部が、去年の明治二十一年、松山に移ってきたことであった。

町に、兵隊の数がふえた。

さらにこのねむったように閑(しず)かな城下に話題を提供したのは、お城の北のほうの一万村の耕地六万坪が陸軍によって買収されたことであった。演習場になるわけだが、このための用地買収はすでにおわり、師団司令部のある広島から工兵隊がやってきてそれをさかんに地ならししている最中であった。

——工兵は品がわるい。

と、町の者はいっている。

品がわるいというよりも、松山の兵隊でなくいわば広島からの渡り者の兵隊であるために町のひとびとはついそういう目でみるのであろう。

「ここでは褌をせぬと泳がれん」

という注意を無視してまるはだかでお囲い池に押しこんできたのは、ことばからみて広島からきた工兵隊らしかった。

それを真之は、水のなかにたたきこんだ。二人の兵隊は逃げてしまったが、当然ながら復讐を考えたらしい。

翌日も、真之はお囲い池に行った。ひとわたり泳いでから、プールの中央に浮かべてある筏の上にあがり、そこでひる寝をした。

兵隊たちは、軍服のまま入ってきた。

「あいつじゃあいつじゃ」

と、一人がプールのふちから、筏の上にねている真之を指さした。同勢は十人ばかりであった。


真之というのは、どうも闘争心がつよすぎる。

——兄の好古には徳というものがあるが、弟の真之は嶮しすぎる。

そのように松山ではいわれていた。

この真之の闘争心が、兵隊相手の喧嘩をまねきよせた。きのう、兵隊二人を濡れ手拭でひっぱたいてお囲い池からたたき出したとき、当然かれは兵隊の復讐を覚悟していた。

それを受けて立つために、きょうわざわざお囲い池の筏の上に寝そべってかれらの来るのをひ

そかに待っていた。

(が、おおぜいすぎる)

と、さすがにおもった。十人では、ちょっと勝つ見込みがない。

が、それでも勝つこつを、この男は知っていた。こつは、一歩も退かぬことである。そういう凄みを、相手に知らしめることであった。

真之は、筏の上に立ちあがった。

「なにか、用か」

と、この若者の例のけわしすぎる両眼をいっそうにけわしくして一同をにらみわたした。

兵隊どもは、ひるんだ。

真之はすかさず、

「おれは中徒士町の秋山ジャガ、何か用か」

と、たたみかけた。

兵隊のひとりが、

——きのう、わしらの仲間をたたいたのはあんたじゃろうがの。

と、広島弁でいった。

「あしは、住所(ところ)と名を名乗った。それが武士の作法じゃが、鎮台はそれを心得んか。官姓名を名乗ってからものをいえ」

兵隊は、いよいよひるんだ。

たれも名乗らず、くちぐちにうぬは兵隊を侮辱した、警察に願い出るけん、そのつもりでおれ、といった。かれらは真之のからだのすみずみまでみなぎった闘志に閉口したのであろう、警察へ出訴するという案に方針をかえていた。

——これはいかん。

とおもったのは、脱衣所の前のむしろの上にすわっていた正岡老人である。

（警察に訴えられては、秋山の家名にも傷がつく。兵学校にも知れるにちがいない）

とおもい、立ちあがった。この時代の警察の威光は旧藩時代の奉行所以上のものであり、町の者は警察ときけばふるえあがった。むろん、兵隊も、警察をおそれた。兵隊にはなんの権力もないが、警察は国家権力そのものであった。

「おぬしら、しばし黙れ。あしは旧松山藩水練指南役で正岡という者である」

と、老人は扇子をにぎってすすみ出、

「このお囲い池にはお囲い池の規則がある。ここで規則違反をやった者はお囲い池の水をのませるという作法になっているけれ、それほど鎮台衆がご不満なら、秋山がいま申したように水のなかで勝負さっしゃい」

これには、兵隊どもも閉口した。かれらは真之の様子をみて泳ぎ達者らしいと踏んでいるから、水中の喧嘩は避けた。

結局、警察へ訴え出た。

翌朝、真之は着ながしで子規をたずねた。

「淳さん、けんかはおやめ、な」

と、子規はまゆをひそめた。すでに真之が兵隊相手に大げんかをしたということは町じゅうの評判になっていた。

「あの連中も名誉心があるけれ、あだをうちにくるぞな」

「警察にかけこみよったのじゃ。あだをうつ元気が、百姓兵隊にあるものか」

と、真之は、この当時の旧士族の多くがまだそうであったように、徴兵令による兵隊というものを小バカにしていた。

「警察か、警察ならうるさかろ」

「うるさい」

と、真之は正直なところ、これには閉口している。じつはけさ、巡査が秋山家にやってきて、

——本署までくるように。

と、応対に出た当主の八十九(やそく)翁にいった。翁はわざとおそれ入って承(うけたまわ)ったのち、

「それが、当家におりませぬ」

と、とぼけた。真之は奥にいた。その話し声がきこえたから、巡査が奥へ踏みこもうとすると、

「家屋に踏みこむとは、そりゃ、侮辱じゃぞなもし」

と、八十九翁は笑顔ながら凛(りん)としていったので、巡査もあきらめて帰った。

「けんかは、ようないなあ」

と、子規はいった。子規はこどものころからけんかをして勝ったことがなかったから、あたまからそういう腕力沙汰をきらった。

「升さんは豪傑じゃが、けんかをせぬのが玉にきずじゃ」

「けんかをせずに勇気を湛(たた)えているのが真の豪傑じゃが」

と、子規はいう。

真之もそのとおりだとおもったが、かれのわるいくせで、議論でもなんでもいっさい負けようとはせず、こんどは子規を相手に屈服させようとした。子規はわらいだし、

「淳さんは、けんか屋じゃな」

といった。たまたま真之の背後にいたお律がそれをきいてころがるように去った。よほど適評だったのか、お律は笑いがとまらなくなり、廊下でうずくまっている。

真之は、にがい顔で、

「あしのけんかをお律さんにまで笑われてはどうにもならぬ」

と言い、

「まあ、あしはその道が商売で、国と国とのけんかに出て勝たにゃならんけれ、これは大目にお見ィ」

といって話題を変えた。

いつも、文学のはなしをしている。

子規が枕頭でよんでいる江戸時代の戯作や当世の小説を、真之は借りて行って読み、それについて二人で語りあっている。

子規にとっては文学を語るうえで、どの友人よりもこの海軍へ行ってしまった友人のほうが話しごたえがあった。

この警察問題は、せまい松山では好話題になった。

――淳さんが勝つか、警察が勝つか。

と、ひとびとはそんなふうな期待のしかたでなりゆきに関心をもった。

毎日、警察から、よびだしがきた。真之は門前で応対した。

「警察は正義に味方せず、不義に味方するのか。あしが出頭せねばならぬ理由がどこにある」

と、巡査を相手に議論し、へこましてしまうとさっさと家に入ってしまう。けんかを楽しんでいるふうであった。

父親の八十九翁のほうがばかばかしくなって、

「淳や、もう兵学校にお帰り」

という始末だった。

八十九翁はながいあいだ学務関係の世話をしていたために、町でその人徳を慕うひとが多い。警察にも、知人がいた。そこで真之には内緒で出かけ、警察署に入るなり、

「秋山家の戸主が、話をつけに参りましたので、そのおつもりで」

と、係の者にいった。署のほうでおどろいたのは、八十九翁が一歩あるくごとによろめくことであった。あしが衰弱していた。署員の一人が、八十九翁をささえた。

署長が、でてきた。

「じつはそのこと、署でも弱っておるような次第で」

と、署長がいった。兵隊が毎日やってきて、

——あの件はどうなっている。

とさいそくするのである。なににしても、けりだけはつけておかないと事務が滞っていけませぬ、といった。

「では、五十銭ぐらいでいかがでしょう」

と、八十九翁が提案した。

署長もよろこび、

「五十銭なら穏当ですな」

と、それで即決した。科料五十銭ということである。八十九翁はくびからひものついた胴乱をとりだして五十銭を署長にわたし、署長がさしだした書類に拇印をついた。

これですべて落着した。

帰路、八十九翁は、会うひとごとに質問された。

「あれは、どうなりましたぞなもし」

「あれはお沙汰がくだりました」

と、八十九翁はいわねばならない。

「どうお沙汰が」

「左様さ、科料五十銭がとこに」

そういってから、

「淳にはどうぞご内分に。あれは勝ち負けのうるさい男でござってな」

と、念を押した。

やがて真之は兵学校に帰った。秋になってから八十九翁の元気がおとろえた。

その後寝たり起きたりしていたが、明治二十三年十二月十九日、永眠した。

この時期、好古はまだフランスにいる。

真之はその七月に兵学校を卒業し、少尉候補生として「比叡（ひえい）」乗組になり、海上にあった。

軍　艦

とにかく、真之は卒業した。

――勉強をせずに首席になった。

というのは、下級生にいたるまでの評判であった。

真之が最上級の一号生徒のとき、入学してきた者に伊予大洲出身の竹内重利という生徒がいる。のち、中将になった。

「伊予大洲は六万石の小藩で、全校で自分ひとりしかない」

と、このひとが後年、わざわざ語っているように、この当時、兵学校では藩閥ごとにかたまっており、真之より一級上の広瀬武夫がこの打破のためにずいぶん奔走したが、世間一般がそうであるためあらたまらなかった。

竹内重利がさびしがっていると、入校後最初の日曜日のあさ、突如「一号生徒首席」という真之によび出され、

——おれについてこい。

と、命ぜられ、学校を出た。

島に、小用村という小さな聚落がある。そこに真之ら伊予出身の者はクラブとして部屋を借りており、日曜日ごとにあつまって酒をのんでいた。この日、竹内重利がゆくと、すでに二人の上級生が部屋に陣どっていた。

「松山藩山路一善」

「宇和島藩酒井邦三郎」

と、かれらは自己紹介した。伊予出身者は要するに四人であった。

——学課でも訓練でも薩摩にまけるな。

と、真之は訓戒を垂れた。諸旧藩の出身者がそうであったようにこの郷党ごとの団結は、要するに「薩藩海軍」への反撥ということもあったにちがいない。

真之は卒業するとき、竹内重利をよび、

「これをやる」

と、書類の束を、どさりと置いた。みると入校してから卒業までの大小の試験問題集であった。真之の入校以前のものもあり、入校後のものもある。

「これが過去五年間の試験問題だ。教官というものは癖があって、必要な問題はたいていはくりかえして出す。それにあわせて、平素から教官の顔つきや説明ぶりをよく観察してその特性をみぬいておけ。その二点をあわせ察すればおのずからなにが出るかということがわかる」

といった。

「しかしそれは卑怯ではありませんか」

というと、

「試験は戦いと同様のものであり、戦いには戦術が要る。戦術は道徳から解放されたものであり、卑怯もなにもない」

竹内重利がその問題集をのぞくと、どの問題にも鉛筆で解答の要点が書いてある。その記入法がじつに簡潔で要領をえており、

——凡人の模倣しえざるところであった。

と、後年回顧している。

「秋山真之にとっては兵学校教育は平凡でむしろ苦痛だったのではないか」

とも、このひとはいった。

真之の性格と頭脳は創造力がありすぎ、既定のことをいちいちおぼえてゆくことに適していなかった。「秋山真之が、その天才的作戦家としての道を歩むのは、かれが兵学校を出てその教育的強制から解放されてからのことである」といっている。

卒業は七月である。

と同時に少尉候補生になり、練習艦隊に乗り組んで実地の訓練をうけるというのが海軍教育のしきたりであった。

練習艦には、「比叡」と「金剛」がえらばれた。どちらも明治十一年に英国から買い入れた姉妹艦で、二二八四トン、この国のこの時期の海軍では有力艦としてかぞえられていた。

練習は、遠洋まで出ない。

日本沿岸をまわる。七月、江田島を出航してさまざまの練習をかさねつつ、太平洋岸を東にむかっていたとき、遠州灘で外国船とすれちがった。

旗によって、トルコ軍艦とわかった。艦名はエルトグロールと言い、日本に国交親善の使節をおくるべく来航し、いま帰国の途につこうとしていた。

「トルコは極東のシナとともにアジアにおける一大民族であるが、マホメット教を信じるがために風俗はいちじるしく異なる。その皇帝アブズル・ハミド二世はトルコ国を近代化すべく努力しておられるが、わが明治十年から翌年にかけてロシアと戦争し、敗北した。このため領土がはなはだ小さくなったが、なお大国たるをうしなわない」

と、比叡艦上で教官が講義した。

艦は、風によってうごく。

むろん蒸気機関はすわっているが、このころの軍艦は原則として風力を利用し、蒸気力は港の出入りとか、よほど風のないとき以外はつかわなかった。

船乗りとは風のあやつり手のことであり、帆を操作してたくみに風を受ければつねに五ノット前後の速力を出して波を蹴ってゆくことができた。

風のつごうがよいと、ときにそれ以上、たとえば七、八ノットも出た。そのときは全艦水兵に

いたるまでが上機嫌になり、文字どおり、

――走ること矢のごとし。

という実感であった。この快感は帆走の経験者のみが知るものとされ、その後に出現する無帆の機械力航走船の時代になっても古参の連中はこの帆走時代の快適さがわすれられず、後輩を威喝するときはかならずこれをいって自分の過去を誇った。

比叡、金剛は、横須賀に入った。

九月に入って台風が多くなり、出航できなくなった。とくに十六日には大いに吹いた。

この九月十六日の台風で、意外にも例のトルコ軍艦が紀州沖で沈没した。

詳報は数日してはいった。

熊野灘でそれに遭い、陸地に吹きよせられ樫野崎灯台の下で沈没し、トルコ国の親善使節である海軍少将オスマン・パシャは溺死し、艦長以下五百八十一人という多数が死んだ。

生存者はわずか六十九人だという。

かれら生存者はとりあえず樫野崎灯台のわきに収容され、ついで、神戸に送られて兵庫県の手で保護されたが、政府ではこれらを比叡、金剛でトルコまで送ることをきめた。このことは真之らをよろこばせた。初の遠洋航海ができるからであった。

比叡と金剛は、

十月五日　横須賀出航

同　七日　神戸入港

という日程で神戸に入り、検疫所に収容されている六十九人のトルコ軍艦生残者を両艦にわけて搭乗させた。

（ずいぶん顔がちがう）

と、真之はおもった。トルコ人というのは大むかしは中央アジアの草原で遊牧していた騎馬民族で、言語学の通説ではそのことばはモンゴル語や日本語とおなじくウラル・アルタイ語族に属している。顔つきも日本人に近かったのであろうが、その後中近東の多くの民族と混血するうちに固有の顔かたちをうしなった。

トルコ人が勃興するのは十三世紀の初頭である。モンゴル人の征服事業に刺戟されてか、この種族もそれにならって西征し、アルメニアに移り、この前後回教文化を手に入れた。十五世紀のなかば、コンスタンチノープルを占領して東ローマ帝国をほろぼし、十六世紀にはハンガリーを征服し、その艦隊は地中海に覇をとなえてヨーロッパの脅威になった。このころが、トルコ人によって代表されるアジア人のエネルギーの最高潮の時期であったであろう。

そのころのトルコ人は、キリスト教国を圧迫することをもって宗教的任務としていたようであった。元来が中央アジアの野蛮人であったこの民族は、固有の文化というものがあまりない。宗教はアラビア人から借りた。ズボンとはきものはサラセンから借り、服の上着はペルシャ人から借り、ターバンはインド人から借りた。なによりもきらいなのはキリスト教であり、西欧の文化はいっさいうけつけず、キリスト教国を圧迫することにその宗教的使命感をもっていたようであ

った。

ところが、十七世紀ごろから、東西の形勢が逆転したらしい。西欧文明が大いに勢いを得、西欧諸国の国力が相きそうようにしてあがり、十九世紀に入るとトルコは国政がみだれ、民族的気魄がおとろえ、その衰退が決定的なかたちになった。

一八七八年、日本の明治十一年のベルリン列国会議で、トルコの領土の多くが列強のわけどりになった。さらにそれから数年後にチュニスをフランスにうばわれ、エジプトをイギリスにとられた。

「アジアにあってはトルコは凋落したり。かわって日本が立つべきなり」

と、艦上を歩きつつ、それを詩句のようにしてとなえている士官がいる。ときに帝国主義の時代であり、いわばオリンピック選手団がその競技の勝敗に国威を賭けるような、その程度に単純な勝負意識の昂揚であったといえるであろう。そういう時代に真之の青春が位置している。

「つらつらトルコ士官の様子をみるに」

と、当時比叡に乗っていた時事新報特派員野田正太郎が、そういう文章を新聞に送っている。

「口ひげの色うるわしく、顔色あえて黒からず。新調の服を着け、従容として座せるさま異郷薄命の客とは見えず」

双方、ことばが通じない。このため通訳を神戸でやとった。レビーというルーマニア人で、神

戸で酒屋をしていたが、トルコ語と英語に通じているというのでとくに乗せた。

士官は士官室に入れ、日本の士官とおなじあつかいをした。下士官と水兵も艦の下士官・兵の居住区に入れ、掃除その他の勤務はさせなかったが、食事のしまつだけは自分でさせた。

十一月一日、シンガポールにつくと、この地にいるトルコ人の有志や回教の僧侶たちが艦にやってきて、同国人からあつめた寄付金をかれらに渡した。

金は、相当の金額であった。奇妙であったのは、かれらトルコの下士官・兵の代表はそれをとりまとめ、比叡の一番分隊長坂本一大尉のもとにやってきて、

「これを日本側においてあずかってもらいたい」

と、懇願したことである。坂本大尉は、

「それはすじちがいではないか」

と、ことわった。金はトルコ士官にあずかってもらうべきであり、わざわざ日本士官にあずけることはあるまい、というのがその理由であった。が、かれらはかぶりをふった。

「あなたはトルコの実情を知らない。トルコでは士官をはじめ支配階級はすべて腐敗しきっていて、これほど信用できぬものはない。かれらに金をあずけることは盗賊に金をあずけるようなものだ」

といった。

坂本大尉はやむなくそれをあずかることになり、帳面をつくり、金額を書き入れ、あずかった。この插話ひとつをみてもトルコ帝国の秩序が相当腐敗していることを一同は知った。

坂本大尉は、トルコという国の社会制度に興味をもち、余暇をみては士官たちに質問した。それによると、階級はある。貴族と庶民にわかれている。その貴族というのもヨーロッパのように強靱な世襲階級を構成しているものではなく、庶民でも実力があれば貴族になることができる。たとえば農夫の出身でも首相の位置にのぼることができるが、首相の職は世襲できない。この点、トルコの社会は日本とよく似ており、いわば無差別社会である、などということを知った。

「この点、われわれはロシア帝国よりはすぐれている。ロシアは貴族以外の階級の者は士官になれないが、トルコはたれでも一定の能力があれば士官になれる」

ただ坂本大尉の観察ではトルコ士官は自分の下士官・兵をいっさいかまいつけず、まるで他人のようであり、無視しきっていた。

この点ちょっと理解しがたい連中だ、と坂本は真之ら候補生に語った。

世界じゅうの国々が、揉みあうようにして国力伸張の競争をしている。その象徴が軍艦であったであろう。

維新成立後二十余年をへた日本も、多少の軍艦をそろえた。が、列強の東洋艦隊のそれからみればその性能は論外で、老朽艦や鉄骨木皮の軍艦が多く、鋼鉄をもってつくられている軍艦といえば、高千穂、扶桑、浪速、高雄、筑紫ぐらいのものであり、それも三千トンから千トン台の小ぶねで、とうてい海上の威力になりえない。

明治政府の方針として大艦や中艦は外国から買うが、砲艦程度の小さなふねは国産でゆくということになっており、この計画で何隻かの国産艦が横須賀造船所でできあがった。たとえば八九七トンの清輝（木造）などはそれであり、この清輝は明治十年にできあがるや、十一年、わがくにの「国威」を示すために一年がかりでアジア・ヨーロッパの諸港を巡訪し、遠洋航海に成功した。

この間、隣国の清帝国もようやく近代化にめざめている。李鴻章が宰相になり、艦隊を整備しはじめたのは明治十二年ごろからであり、大国だけにその規模は最初から雄大で、

北洋
南洋
福建
広東

という四大艦隊を併立させ、あわせて軍艦八十二隻をもち、そのうち対日本防衛のための北洋艦隊が最大であった。もし中国大陸にその後内乱がおこなわれず、この艦隊を維持発展させていったとすれば、日本をふくめたアジアのその後の運命はおそらくこんにちのようではなかったにちがいない。

李鴻章の政治的構想力の規模がよほど大きかったという証拠のひとつは、世界最強の戦艦を二隻整備したことであった。

定遠

鎮遠

がそれであった。

つくったのはドイツのフルカン造船所で、舷側の装甲はあつさ三〇サンチの鋼板というほとんど不沈艦というべきものであり、排水量は七三三五トン、速力は一四・五ノット、主砲としては、なんと口径三〇・五サンチ（一二インチ）という当時の日本人の感覚ではばけものとしか思いようのない巨砲を四門もそなえ、そのほか一五サンチ砲二門、七・五サンチ砲四門を備えている。

しかも定遠・鎮遠は、日本軍艦にないものをもっていた。砲塔であった。大砲は砲塔の旋回によって運動するというものであり、その砲塔もあつさ三〇サンチの鋼板で鎧われている。

真之らが遠洋航海から帰ってきた明治二十四年の七月、清国北洋水師（艦隊）の提督丁汝昌は、

——親善のため。

という名目でこの両艦および、経遠、来遠、致遠、靖遠の六隻をひきいて横浜港に入ってきたのである。当然ながら、外交上の威圧を目的としていた。

明治二十四年七月十日付の東京日日新聞に、

「清国北洋艦隊司令官丁汝昌、軍艦数隻を率いて来航す、榎本外務大臣の丁汝昌歓迎園遊会」

という見出しの記事が出ている。見出しは大きいが、記事はわずか十四行で、場所（後楽園）と出席者の人数ぐらいが書かれている程度にすぎない。

これよりさき、この北洋艦隊は長崎に寄港したが、上陸した兵員に軍規がなく、艦隊の威を藉りて市民に乱暴をはたらいたり、物品を強奪するという事件が多発した。

そのあと神戸に寄港したが、司令官丁汝昌はふたたび長崎での不祥事がおこることを避け、兵員を上陸させなかった。

横浜では少人数ずつ上陸させた。ここでは司令官の配慮が徹底していて、なにごともおこらなかった。

日本側でも、警察や学校を通じ、

——歓迎せよ。

という趣旨を徹底させていたから、清国側を挑発するような事件はおこらなかった。

横浜に上陸して南京町あたりを見物している清国水兵の服装は風変りであった。水兵服ではなく、麦わら帽をかぶり、水色の羽二重金巾の服に赤い帯をしめている。港内の清国軍艦には、黄竜旗がひるがえっていた。

丁汝昌らは、後楽園で榎本外務大臣の招待をうけたあと、日本の各界要人に招待状を出し、旗艦定遠において懇親会をもよおした。

「余もまた招かれし一員にして」

と、当時衆議院議員で、東京日日新聞社長をかねていた関直彦が書いている。かれらは艦内くまなく案内され、問題の三〇・五サンチの主砲操作の実演もみせられた。

「どうじゃ、えらいものをもっているだろう、とても日本はおよばないぞと言わぬばかりの態度

を示されたり」

と、関はいう。さらに港にうかんでいる日本軍艦をみるとその貧弱さがめだった。ただかろうじて「乗組将士の状態は士気旺盛とはいえない。実戦にのぞんでは日本将士の敵ではない」と、関はみずからをなぐさめている。

この北洋艦隊の日本訪問は、はたして清国にとって外交上成功したかどうか、結果としては疑問であった。

この朝野の衝撃が、日本海軍省にとっては建艦予算をとる仕事を容易にした。議会はそのぼう大な海軍拡張費に対し大いにしぶりはしたが、政府は天皇をうごかしたり、世論を喚起したりさまざまないきさつを経て海軍拡充計画を実行して行った。

のちの日清戦争には間にあわなかったが、富士、八島という二大戦艦を外国に注文することが議会で承認された。さらに北洋艦隊来航以前に注文していた厳島、松島、橋立といういわゆる「三景艦」がこの明治二十四年夏には竣工(橋立のみは遅れた)しようとしていたし、さらに快速巡洋艦吉野も、二、三年後には英国で完成するはずであった。

真之が海軍少尉に任ぜられたのは、明治二十五年五月である。

軍艦竜驤の分隊士に補せられ、翌年、松島艦の分隊士に転じ、すぐその職を免ぜられ、

「英国ニ於テ製造ノ軍艦吉野ノ回航委員ヲ命ズ」

という辞令をもらった。明治二十六年六月のことである。

「任官一年で英国ゆきとは、秋山さん、ただごとじゃないよ。将来の参謀だね」

といってくれたのは、ミセス・海軍(ネービイ)といわれた品川のおなおさんであった。

当時、日本海軍の艦艇は、旧幕以来の碇泊港(ていはくこう)として品川港をつかっていた。

軍艦乗組の士官たちは航海から帰ってくると、品川の海に錨(いかり)をなげこみ、服を着かえて上陸する。

品川にはこのための「上陸宿」というものがあり、村田屋伝右衛門といった。みなこの村田屋にとまって東京へ出かける。

村田屋に、女中頭がいる。それが、

「おなおさん」

であった。海軍士官ならばたれでも知っているどころか、彼女の世話にならなかった者はなく、彼女のほうも、上は将官から下は新品少尉にいたるまで名前や性癖をおぼえこんでいる。旧幕の御家人の娘というが、ことばはやや伝法(でんぽう)で、

「あたしゃね、自分に手間をかけるのがいやなんだよ、自慢じゃないが、うまれてお化粧をしたことがない」

などというが、化粧の必要がないほど皮膚がきれいで、唇はいつも乾いており、目が休みなく動いていた。真之が任官したころは四十すぎで、この有名なミセス・海軍にあいさつにゆくと、

「おどろいた。あなた、伊予?」

と、妙に感心したようにいった。真之が、なぜ伊予だとおどろく、ときくと、死んだ亭主が伊

予大洲藩出身の船乗りだったという。

「しかし、伊予にしちゃあんた、どすが利いてるね」

といったりした。

そんなことで格別目にかけてくれたが、こんど松島艦から降りると、すぐ村田屋へ出かけてゆき、「吉野のうけとりにゆく」というと、

「おやおや」

とおおげさにおどろいてくれて、前記のようなことをいったのである。

吉野は、巡洋艦であった。

——巡洋艦だが、吉野は熊を追う猟犬のように定遠・鎮遠に食いさがるだろう。

と海軍部内でもいわれていたし、事実その両遠対策のためのみの目的で英国のアームストロング社に注文した軍艦であった。排水量は四一六〇トンしかなく、備砲は一五サンチ速射砲が四門、一二サンチ速射砲が八門という軽装だったが、速力がむやみに速く、二二・五ノットという、世界で最も船あしのはやい軍艦であった。この快速と発射速度のはやい速射砲を利用して敵の巨艦の艦上を掃射しようというものであった。

巡洋艦吉野の回航委員は十五人で、ゆくゆくこの艦の艦長になる河原要一大佐が委員長になっている。その顔ぶれは、
副　長　坂元八郎太少佐、

航海長　梶川良吉大尉、
砲術長　加藤友三郎大尉、
水雷長　村上格一大尉、
分隊長　高桑勇大尉、同西紳六郎大尉、
機関長　深見鐙三郎機関少監、
軍医長　荻原貫一大軍医、
主計長　真野秀雄大主計、
分隊士　井出謙治少尉、同秋山真之少尉、同田所広海少尉、
航海士　木山信吉少尉、
水雷主機　鈴木三郎大機関士。

であった。

一行の案内役には、英国駐在中に回航委員を命ぜられた加藤友三郎大尉があたった。この広島藩出身の大尉は真之より十期上で、

「島村速雄クラス」

というのに属していた。加藤の卒業のときの同期生は三十人で、その首席が土佐出身の島村速雄であった。その期をよぶとき首席の者の名でよぶのが初期海軍の習慣で、真之の期は「秋山真之クラス」ということになる。

真之と加藤友三郎は因縁にむすばれているといっていいであろう。のち日露戦争における連合

艦隊参謀長の職は、最初が島村速雄、つぎが加藤友三郎であった。真之は日本海の海上でふたりの参謀長に仕えた。

「吉野は、いいぞ」

と、一行が山高帽にフロック・コートという姿でロンドンにつくなり、おなじ服装で出むかえた加藤友三郎が、弾んだ声でそういった。

加藤は、二年前から英国に滞在してアームストロング会社と連絡しつつ吉野の造艦監督というしごとをしていた。

一行の英国の宿は、No.76, Gower Street にあるミセス・スタンレーの家である。ここが日本海軍の定宿で、いわば品川における村田屋のような存在であった。

女中頭にエミリーという女性がいる。よく気がついて親切で、年ごろと言い感じといい、村田屋のおなおさんとそっくりなところから海軍士官たちは、

「おなおさん」

とよび、彼女もそう呼ばれることが得意で、よばれると本物のおなおさん以上の元気のいい声で返事をした。

(これがイギリスのおなおさんか)

と、真之は相手の顔をまじまじとみてふしぎにおもった。まつげが雀の毛のようであった。

「おなおさん、ビールをたのむ」

と、ためしに日本語でいった。

「Yes, sir」

と、ふしぎなほどに通じ、ちゃんとビールをもってきてくれた。

「日本語がよほどわかるようですね」

真之が加藤友三郎にいった。

「古いからね。山本権兵衛さん時代からいるから、彼女が海軍にいれば大佐だろう」

ただこのおなおさんのふしぎさはそれほど日本語がわかるくせに、自分の口から日本語の一語でも出したことがないことだった。英語以外は使わぬという英国人の誇りが、この女中頭にもあるようだった。

真之らが、エルジック造船所で軍艦吉野をみたとき、これこそ新時代の軍艦だとおもったのは、帆がないことであった。

真之がかつて少尉候補生として乗った比叡もその僚艦である金剛も、むろん蒸気エンジンはついているが、しかし汽罐はできるだけ節約して風力で艦をはしらせることが船乗りの要件とされているし、そのような概念に適わせた艦であったが、この吉野はエンジンだけが推進力であった。しかも世界最高速力の軍艦なのである。

「小さいが、定遠、鎮遠ごろしの猟犬だ」

と、回航委員長の河原要一大佐はいった。そのとおり、風を巻いて走る猟犬のような、みるからに速そうな艦形をしていた。

設計は、英国造船界の俊才といわれた技師ペレットで、かれ自身、一行に、

——自分としても英国の技術としてもこれ以上の軍艦は設計できない。

といった。

それが英国海軍の伝統であった。日本やチリーなどの三流国から軍艦の注文をうけたとき、造艦についてのあらゆる冒険をそれによって試み、もし実際にそれを使ってみて冒険が適当であったばあいは英国海軍が正式に採用する。だから軍艦吉野は中型艦としては世界最高の性能であったにちがいない。

「中型艦」

というが、正しくは中艦である。ちなみに、この吉野はのちに二等巡洋艦という種類に入れられるが、このころはまだ戦艦や巡洋艦という正式の区別はなかった。

戦艦、巡洋艦、海防艦、砲艦といったふうの種別ができるのは、明治三十一年になってからである。

さらについでながら、外国に注文した軍艦ができあがった場合、これを日本に回航してくるのはつねにその造船会社の要員によってなされていた。たとえばいま日本の「大艦」である扶桑、金剛、比叡なども英国人の手で日本に回航されてきたが、これが日本人の手で回航されるようになったのは、明治十九年の浪速からであった。

理由は、それによって経費をやすくすることと、それを回航できるほどに日本海軍の技術が向上したということもある。浪速の回航委員長は、大佐伊東祐亨（すけゆき）であり、委員に大尉山本権兵衛が

加わっていた。

なお浪速はその同型艦の高千穂とともに英国でつくられたが、同時期にフランスに注文した類似艦があり、「畝傍（うねび）」といった。この畝傍はフランス人の手で回航された。しかしこの艦はついに日本に着かなかった。明治十九年、回航の途上、シンガポールを出たまではたしかであったが、その後煙のように消えてしまったのである。これについてはさまざまに取り沙汰されたが、こんにちにいたるまで謎になっている。

軍艦吉野は明治二十六年十月五日英国を出発し、プリマウス、ジブラルタル、ポートセッド、アデン、コロンボ、シンガポール、香港（ホンコン）をへて、翌二十七年三月六日、ぶじ広島県呉の軍港についた。

文春文庫

坂の上の雲（一）

定価はカバーに表示してあります

1978年1月25日　第1刷
1996年7月5日　第39刷

著　者　司馬遼太郎

発行者　新井　信

発行所　株式会社　文藝春秋

東京都千代田区紀尾井町3—23　〒102

TEL　03・3265・1211

落丁、乱丁本は、お手数ですが小社営業部宛お送り下さい。送料小社負担でお取替致します。

印刷・凸版印刷　製本・加藤製本

Printed in Japan

ISBN4-16-710528-4

- 司馬遼太郎　最後の将軍
- 司馬遼太郎　十一番目の志士 上・下
- 司馬遼太郎　世に棲む日日 全四冊
- 司馬遼太郎　酔って候
- 司馬遼太郎　竜馬がゆく 全八冊
- 司馬遼太郎　功名が辻 全四冊
- 司馬遼太郎　故郷忘じがたく候
- 司馬遼太郎　幕末
- 司馬遼太郎　夏草の賦 上・下
- 司馬遼太郎　義経 上・下
- 司馬遼太郎　坂の上の雲 全八冊
- 司馬遼太郎　殉死
- 司馬遼太郎　翔ぶが如く 全十冊

- 司馬遼太郎　木曜島の夜会
- 司馬遼太郎　菜の花の沖 (一)〜(六)
- 芝木好子　隅田川暮色
- 柴田翔　されどわれらが日々―
- 柴田錬三郎　猿飛佐助 柴錬立川文庫1
- 柴田錬三郎　真田幸村 柴錬立川文庫2
- 柴田錬三郎　裏返し忠臣蔵 柴錬立川文庫3
- 柴田錬三郎　柳生但馬守 柴錬立川文庫4
- 柴田錬三郎　毒婦伝奇 柴錬立川文庫5
- 柴田錬三郎　嗚呼江戸城 全三冊
- 柴田錬三郎　われら九人の戦鬼 全三冊
- 柴田錬三郎　徳川太平記 上・下
- 柴田錬三郎　徳川三国志

文春文庫　フィクション

澁澤龍彦　高丘親王航海記
島田荘司　夏、19歳の肖像
島田雅彦　未確認尾行物体
清水義範　動物ワンダーランド　——ヒト特集
清水義範　ナウの水びたし
清水義範　ムイミダス
清水義範　酒とバラの日々
白石一郎　天翔ける女（あまかけるひと）
白石一郎　幻島記
白石一郎　サムライの海
白石一郎　島原大変
白石一郎　海狼伝
白石一郎　長崎ぎやまん波止場　若杉清吉捕物控

白石一郎　蒙古の槍　孤島物語
白石一郎　オランダの星
白石一郎　海峡の使者
白石一郎　海王伝
白石一郎　江戸の海
白石一郎　戦鬼たちの海　織田水軍の将・九鬼嘉隆
城山三郎　鼠　鈴木商店焼打ち事件
城山三郎　一歩の距離
城山三郎　緊急重役会
城山三郎　学・経・年・不問
城山三郎　当社別状なし
城山三郎　忘れ得ぬ翼
城山三郎　甘い餌

文春文庫　フィクション

- 城山三郎　怒りの標的
- 城山三郎　望郷のとき　侍・イン・メキシコ
- 城山三郎　「粗にして野だが卑ではない」　石田禮助の生涯
- 城山三郎　賢人たちの世
- 新藤兼人　小説田中絹代
- 須賀敦子　コルシア書店の仲間たち
- 杉本章子　写楽まぼろし
- 杉本章子　東京新大橋雨中図
- 杉本章子　名主の裔
- 杉本章子　爆弾可楽
- 杉本章子　妖花
- 杉本苑子　埋み火　上・下　近松門左衛門の生涯
- 杉本苑子　影の系譜　豊臣家崩壊

- 杉本苑子　冥府回廊　上・下
- 杉本苑子　冬の蟬
- 杉本苑子　穢土荘厳　上・下
- 杉本苑子　残照
- 杉本苑子　鶴屋南北の死
- 杉本苑子　雪中松梅図
- 杉本苑子　隠々洞ききがき抄　天和のお七火事
- 杉本苑子　大江戸ゴミ戦争
- 杉本苑子　玉川兄弟　江戸上水ものがたり
- 杉本苑子　虚空を風が吹く
- 瀬戸内晴美　輪環
- 瀬戸内晴美　死せる湖
- 瀬戸内晴美　あなたにだけ

文春文庫　フィクション

文春文庫　フィクション

- 高樹のぶ子　その細き道
- 高樹のぶ子　波光きらめく果て
- 高樹のぶ子　花嵐の森ふかく
- 高樹のぶ子　寒雷のように
- 高樹のぶ子　ブラックノディが棲む樹
- 高橋治　絢爛たる影絵　小津安二郎
- 高橋治　殺意の断崖　神崎省吾事件簿
- 高橋治　美しき囮（おとり）　神崎省吾事件簿
- 高橋治　女たち
- 高橋克彦　パンドラ・ケース　よみがえる殺人
- 高橋克彦　星の塔
- 高橋克彦　緋（あか）い記憶
- 高橋克彦　南朝迷路

- 高橋揆一郎　伸予（のぶよ）
- 高橋三千綱　坂道を越えた国
- 高橋義夫　狼奉行
- 瀧澤美恵子　ネコババのいる町で
- 多島斗志之　バード・ウォーズ　アメリカ情報部の奇略
- 立原正秋　美しい城
- 立原正秋　女の部屋
- 立原正秋　きぬた
- 立原正秋　たびびと
- 田辺聖子　千すじの黒髪　わが愛の與謝野晶子
- 田辺聖子　甘い関係
- 田辺聖子　猫も杓子も
- 田辺聖子　言い寄る

文春文庫　フィクション

文春文庫・司馬遼

最後の将軍

すぐれた行動力と明晰な頭脳を持ちながら、自ら幕府を葬り去らねばならなかった徳川慶喜の悲劇の一生。

十一番目の志士 (上)(下)

高杉晋作は旅の道すがら見た天堂晋助の剣技に惚れこみ、刺客として活用する。型破りの剣客を描く長篇。

世に棲む日日 (全四冊)

幕末、長州藩は突如倒幕へと暴走した。吉田松陰と、その弟子高杉晋作を中心に変革期の人物群を描き出す。

酔って候

土佐の山内容堂を描く表題作ほか、島津久光、伊達宗城、鍋島閑叟らの大名たちを材料に混迷の幕末を探る。

竜馬がゆく (全八冊)

土佐の郷士の家に生まれ、維新の立役者となった坂本竜馬の奇跡の生涯を、大きなスケールで描く青春小説。

功名が辻 (全四冊)

戦国時代、戦闘も世渡りも下手な夫・山内一豊を土佐の太守に仕立て上げたその夫人のさわやかな内助ぶり。

故郷忘じがたく候

秀吉の朝鮮侵攻の折、薩摩に連れてこられた陶工たちの生きざまを描く表題作に「斬殺」「胡桃に酒」を収録。

幕末

歴史は時に血を欲する。凶刃をふるった者、非業の死をとげた者——。幕末の暗殺者たちを描く連作小説。